编委会

目录

散文

诗歌

（目录按姓氏笔画排序）

序言　苏州河畔的文学记忆

杨　扬

苏州河是上海的母亲河，苏州河流经最长的区段是在普陀区，很多人都喜欢用苏州河来标识普陀区。普陀区在上海人的记忆中或许不像黄浦区、徐汇区、静安区那么靓丽耀眼、珠光宝气，但在我看来，普陀区最接近上海人的气质，平凡朴实，低调做人，勤勤恳恳，兢兢业业。它不是弄潮儿、先行者，披荆斩棘，开路先锋，但它或紧或慢，跟踪时代步伐，历史的每一章每一节，它都没有落下过。它有实力，有内涵，不显山露水，但身体力行。对它的认识，需要时间和眼力，只有真正懂得它的人，才能够识别它、欣赏它，见证它的魅力和才华。打一个不恰当的比喻，它有点像文学史上的陶渊明，很长时间是被人贬压在二三流诗人的行列，随着岁月的流逝，人们才慢慢意识到陶诗的价值。普陀区的处境或许有点类似。

普陀区在上海不是文化名人集聚区，历史上像鲁迅、郭沫若、茅盾、郑振铎、巴金等，都生活在虹口、静安、卢湾等地。新中国成立后，普陀区唯一的一所大学，是二十世纪五十年代成立的华东师范大学，这所气质朴实的师范大学，仿佛浸染上了普陀区的土地芬芳，那么的低调含蓄，不事张扬。华东师大中文系汇聚了一批海内外知名的文人、学者，像许杰、施蛰存、徐中玉、钱谷融等诸位先生，培育了一大批学生，散布到海内外各地。如果说，文学、文化真有什么系统，华东师大系是被很多人认同的。今天的普陀区也拥有自己的文学人马，除了一些专业人员之外，还有为数众多的文学爱好者，平时自发地聚会，交流文学阅读和创作体会，在全国各种文学报刊上发表作品。2017 年，在普陀区领导的关心下，普陀区作家协会成立，首批会员就有五六十人。这些文学爱好者开讲座，听报告，深入社区采访，接待外国来宾，切磋文学，交流心得，组织大型诗歌朗诵，编排《苏河湾》文学读物。整个协会搞得生气勃勃，让人们感受到有文学组织与没有文学组织，文学的环境气氛就是不一样。

在苏州河流经的普陀大地，有很多值得写作者们关注的人、事和历史记忆。此次普陀区作家协会牵头组织汇编的文集，收录了普陀区作家协会会员即苏州河作家联盟成员的几十篇散文、诗歌。这些文字真真切切提供给我们当下普陀区的人物风貌和人文地图。文学的普陀与普陀的文学在文字世界中，那么亲切而真实地汇聚在一起，像舒缓而绵长的苏河湾、静静的长风社区、曾经沧海的曹杨新村、渐渐落幕的上海老火车站以及花溪路、枣阳路和普陀图书馆手稿馆等，都是上海城市记忆中最值得书写的对象。现在，由这些生活在普陀区的文学爱好者自己创作，书写自己生活的方圆天地，那种感受，与外来者和旁观者的书写，的确味道不一样。我喜欢这些饱含深情与真情的文字，我欣赏这些写作者自由开放的写作心态，我愿意向大家推荐这些作品，也希望起到一个鼓吹和鼓动作用，希望大家不要漠视周围这些最直接触摸世界的文字，希望大家都能够动起笔来，将城市的一点一滴的变化以及个人的感觉印象留存下来。

这是一个美好而激动人心的开端，这是一个艰巨而无比漫长的开端。希望这片土地上流淌的文字，像这浩浩的苏州河水那样，一直流淌下去。

是为序。

2019 年 5 月于上戏仲彝楼

（作者系中国茅盾文学研究会会长、上海戏剧学院副院长、上海作协副主席、普陀区作协主席）

散　文

曹杨新村：前身“二万户”

丰　丰

自己都没想到，怎么跟着一群外国人走进曹杨新村了？

那是一个酷热的下午，我去兰溪路附近的东方有线营业厅办理业务，出门时看见有领队带了这些外国人走进曹杨一村。“做一天上海人”，我的脑海里立刻跳出了这句话，于是，阴差阳错地我也跟进了村。

其实，说“阴差阳错”不准确，我是很希望旧地重游曹杨新村的，只是少了契机。早些年我采访过住在曹杨一村的老劳模——八十七岁高龄的王洪禄老人。他是当时第一批入住的居民，他有资格入住曹杨新村是因为劳模的身份。从棚户区搬进了曹杨一村，老人连说了几个“天上人间”，不知改善了他一家人多少居住环境和条件。

上海的居住条件一直不乐观，旧上海就有“房荒”之称。1950 年市区人均居住面积是 3.9 平方米，这个平均数还掩盖着严重的贫富不均的悬殊现象。整个城市一边是建筑豪华的高楼大厦，一边是道路泥泞、房屋简陋的贫民窟。当时最典型的是棚户区的“滚地龙”住户。无自来水，无下水道，无道路，草顶木板墙或泥墙，开个洞就算门窗。

曹杨新村是中国工人新村中的长子，它的兴建是在陈毅市长亲自过问下才得以实施的。当年，陈毅市长明确提出生产建设和生活设施两者必须兼顾，将居民住宅建设问题首先列入了市政府的议事日程，并以曹杨棚户区为试点。

1951 年，上海市政府征用真如镇东庙前村土地 225 亩开工兴建工人新村。1952 年 5 月，首期工程完工，共建成楼房 48 幢。因这个建房基地靠近曹杨路，这才定名为“曹杨新村”。首期完工的住宅就叫做“曹杨一村”。

根据当时的住宅分配标准，新建住宅总共可安排 1002 户居民，所以也称

“1002户工程”。这在上海和全国都是第一个。等到1002户居民搬迁进新房后，陈毅同志曾多次去新村看望这些工人家庭，还亲自布置续建工程。

接下来，曹杨新村又开始动工建造，虽然还是比较简陋的工房，也就是我们俗称的“二万户”，曹杨新村从1951年到1977年，这期间经过了26年，完成了曹杨一村到曹杨九村的大工程。它的面积特别大、特别广，东起曹杨路，西到杨柳青路，北至南石路，南到中山北路、金沙江路，占地有1.80平方公里。如果要走遍9个曹杨新村，公交车开开有好多站头呢。

当时，我印象很深刻的是王洪禄老人说的那份邻里之间浓浓的人文情怀。他们平时上班都是不关门的，就像一家人一样互相照应着，碰到下雨，邻居就会帮着把晾晒的衣物收回来。做晚饭时，几户人家在公用灶间里有说有笑，谁家炒菜炒到一半房间里电话铃声响了，邻居会帮着继续炒，真是情同手足啊……

老人说这番话时的自豪与幸福感恍若眼前。

那天采访结束后，陪同前往的“美眉”还带我在新村的小道上走了一圈。我记得当时也是个酷热的盛夏，但苏州河的一条一条支流环绕着新村曲曲弯弯地流淌，静谧而安详。幢幢楼房之间绿树成荫，把暴烈的阳光挡在了浓荫之外。我当时就感叹，曹杨新村成片的梧桐树真不亚于复兴路和思南路啊。

果然，“美眉”告诉我说，曹杨新村是上海第一个全面绿化的新村，它的绿化覆盖率达到34%，这在全市名列前茅，曾经获得国家教科委进步二等奖及优美新村、安静社区等称号，还是上海首批被命名的林荫道之一。走在曹杨新村几乎是一种享受。

新村的房子是整齐的田字形，据老居民说，从高空俯瞰还能看到五角星的形状。房子的外表大多是红顶白墙，带着点斑驳，透过一些纱窗，依稀还能看见居民家里狭小的空间和陈旧的楼梯。朝南的一面，家家门前整齐地排列着晾衣服的架子，就是那种上海人熟悉的、四根钢管扎个方形，两根粗铁丝或是电线在左右两侧一拉的那种。

曹杨新村街道在社区建设中曾创造全国、全市28个第一，也获得过“中国街道之星”、“全国最佳街道”等荣誉称号，是市委、市政府命名的上海市“十面红旗”之一。

从1953年到今天，外国友人从与新村居民“零距离”的接触中，亲身感受到上海本帮的风土人情。曹杨新村接待过的各个国家和地区的外宾少说也有几十万人次。这些外国客人中不乏国家元首、政党领袖、总理、部长、议员和知名人士。

那天，告别曹杨新村时已是夕阳西下，见新村大门口的小杂货店外，店主人一家在露天放了张小方桌和几只塑料小凳子。老板娘在桌子上摆放了三只有荤有素的家常菜与一碗冬瓜蕃茄汤。一会儿有小孩子奔过来买冷饮，一会儿又有赤膊的男人要了几瓶冰镇啤酒。店老板忙碌并快乐着，好一幅上海人熟悉的市井图啊。

随着曹杨新村被周边新建的幢幢高楼大厦淹没，它当年的辉煌时代已不复存在了，然而，那些绿色或许就是滋润它的魂，延续着属于曹杨新村的精气神。

老树发新芽，曹杨新村一直走在时代的前沿，焕发出她诱人的第二春。

万籁敛声水岸新

王雅军

有水的地方就是宝地，何况苏州河是以自己的乳汁哺育上海人的母亲河。苏州河流经上海，形成90度以上的河湾十三个，而它在普陀的河段竟然有十一个，它在市区内有二十多公里，在普陀就有十四公里之长，活脱脱就是一条蜿蜒普陀的长河，一条蛇形绵绵长带，向着破晓的东方曲折前行，缓缓流淌，既象征了路途之漫漫，又暗喻了像蛇一样的蜕皮出新。

在我看来，苏州河像处子一样是静静的，它没有喧嚣，没有排天巨浪，除了一年一度的“龙舟赛”为它助威，增添一道有声有色的壮彩，它自身的本性是安恬、温柔的。但它葱郁润逸，丰繁博富，随着进一步的开发，正在走出深闺，吸引越来越多游人的目光。

曾居住在苏州河畔，见证过它的污染，它的阴暗黑臭，人在岸边要掩鼻而行，加之河道壅塞，遑论船只畅行来往。苏州河的河水多少年是呜咽的，似乎有满腹的心事。它有过深重的苦难、屈辱和辛酸。然而，光阴荏苒，奇迹终于发生了。几年前，我有幸参加了苏州河观光游船的首航活动，当时的情景记忆犹新。当游船驶出码头，河道渐宽，顿时觉得天地辽阔，风光旖旎，宛如画卷一幅幅在眼前骤然抖开，久被钢筋水泥包围的逼仄感全然没有了。只见蓝天在上，如同云磨雨洗，我们被巨大的苍穹所拥抱，有一种被抚摸的贴身温暖。在如此庞大的空间，是什么牵住了自己的衣角，心房突然之间被打开，你直想接纳天下万事万物。

船在河流中行驶，我的视线不断移动，被新奇的景致所吸引。我的眼睛贪婪而神往。我看到了水和岸亲密无间的依偎，在和风的吹动下，它们缱绻絮语，有如难舍难分的情人。太阳下，波光粼粼，水面平静，河流犹如铺展的绿色的绸缎，微微漾动、起伏。时见鱼儿悠游，自由自在，白鹭凌空展翅，忽而箭一般地朝水中扑食，又抖落掉身上的水珠，在岸边驻足栖息。一座座现代化的桥梁像彩虹飞架，车辆梭行，人们三三两两地驻足，徜徉着，流连忘返。河的两岸，绿树掩映不住崛起的楼群，不同的建筑风格争相媲美，有的耸立，有的错落，有的清俊，有的婉翘，有的如山势，有的似琴键；有钟楼，有塔楼，有城堡式的，有砖木结构的，有古典、现代、中西结合的……而杨柳依依，亭阁柱立，湖石静卧，草簇摇曳，花朵芬芳，在习习清风中，真可谓风情万种，引发人无限的遐想。

苏州河没有喧哗，却有无声的述说。它腹笥满蕴，有深广的历史内涵，历历呈现，琳琅满目，让人咋舌。如此多的历史人文景观，一一进入眼帘。如，有最早采用机器制造火柴的上海火柴厂，有中国最早的味精厂——天厨味精厂，有“东方的哈佛”之称的圣约翰大学，有“法学教育明珠”之誉的华东政法大学，有清末私家名园的九果园，有远东第一印染加工厂的上海第一印染厂，有“远东第一造币厂”之谓的上海造币厂，有中国工人阶级诞生的摇篮之一小沙渡，有中国近代工业的发源地潘家湾，等等。是硕果仅存的它们，保留了历史的记忆，告诉我们这是一块有声有色的土地，一块演绎过万千生命活剧的土地，一块有着如火如荼奋斗的众生相的土地。

后来，我有机会游览了位于苏州河南岸最大的活水公园，即具有21世纪新海派园林风格的梦清园。曾几何时，由于河水发臭，房屋破旧，垃圾成堆，它被视为上海城市的一个死角，而现在旧貌变新颜，成为当地滨水社区的一块“绿肺”。我参观了梦清馆内“印象苏州河”、“污染沉重的代价”、“未来苏州河”的展厅，感慨万千。它浓缩了苏州河的历史。园内有石阶竹露，有人造风景林，有文物古迹，空气新鲜，环境清幽，鸟语花香。在一座山坡上，一大片绿草坪让人悦目娱心，高大的乔木错落点缀，金桂、银桂、四季桂等散发浓郁的清香，道路两旁还植满各类日本晚樱、早樱。水、地、绿融为一体，宛若都市里的“世外桃源”。

最近，我又有机会参观了苏州河畔的苏州河工业文明展示馆、上海纺织博物馆。前者位于长风生态商务区绿地，分一楼展厅、二楼展厅和室外展区，以图片和实物，再现了上海开埠至今苏州河沿线工业文明的风雨历程和辉煌成就，而以大型工业机器，场景复原和雕塑作品等形式则反映了苏州河工业文化的历史遗韵。后者位于长寿路桥西北翼，分历程馆、撷英馆、科普馆、专题馆等，通过实物、资料、场景、图文、模型、多媒体等，演绎了上海纺织六千多年的产业历史和文化，不啻有一种穿越感，其中有二十世纪二三十年代使用过的纺织染化料罐原件，有云锦、侗锦、蜀锦、宋锦、壮锦、藏锦、土家锦、黎锦、苗锦、瑶锦、维吾尔锦、傣锦和艾德莱丝绸等为代表的多个少数民族的织锦，纹样风格不一，色彩对比强烈，图案细腻严谨，先后被列为世界级或国家级非物质文化遗产，让人大开眼界，叹为观止。还有上海纺织先贤、实业家、专家和劳模的精湛技艺的展示，他们的聪明才智和奉献精神，着实感人至深。

苏州河是恬静的，但它一路走过的历史是惊心动魄的，有大风大浪的；这里的人们白手起家，有冲天的干劲和卓绝的智慧，能干与巧干相结合，创造的成就让人惊讶，令人大为赞叹。如今，当历史远去，它的诉说，它的沧桑，让我们从中领略到它深沉、丰厚的内涵。“一片土地的历史，就是在她之上的人民的历史。”苏州河十八个湾，从长寿湾到清水湾，悠悠碧波，粼粼波光，湾湾映照着两岸的变迁，湾湾都有动人的故事。人民是土地的主人，是历史的主人。是人民的胼手胝足，赋予了这块土地的意义，赋予了它历史的光彩。在这块土地上，涌现了许多人杰，如吴芝瑛、孙多森、朱葆三、荣毅仁、邹韬奋、陆费逵、俞粟庐、郑逸梅、方液仙；还有很多早期共产党人在这里留下了他们的足迹，如邓中夏、项英、刘华、蔡和森、恽代英、杨之华、李立三，让令人如数家珍，倍感自豪。是无数的革命者、创业者、建设者为这块土地书写了美丽的篇章，为这块土地的繁荣挥洒下了汗水乃至血水。

在这块土地，我上了小学、中学，圆了大学梦，并工作了二十多年，与这条河流油然结下了一种亲情。天地悠悠，星河璀璨。情系苏州河，自然憧憬于它的日新月异，期待于它的大手笔。如今，苏州河游船全程航线从丹巴路直达外白渡桥，实现了苏州河全程通航，“景观之河、生态之河、休闲之河、游憩之河”转型初见端倪。得益于改革开放的东风和大潮，这条河带可谓二十一世纪的黄金水岸，给普陀的发展带来了蓬勃的生机和活力，新的蓝图已经规划，新一轮变革的序幕已经拉开。放眼长远，苏州河还河于民，将重塑滨水生活，以打造苏州河城市空间为支撑体系，增建数座跨河桥梁，打通滨水通道、增加滨水空间、打造生态廊道，并创建“苏州河书房”体系，包括在沿河若干个社区建立书房，进一步拓宽人的精神空间，形成文化、旅游、商务、生态、居住的复合名片，让母亲河闪耀变革的城市之光，成为上海核心城区发展的新亮点。可以想象，苏州河与黄浦江手足相连，人们共同勾画打造，无疑会成为上海的魅力水岸空间。我们期待着它的水岸衍生出更绚烂的自然新景、人文新景，由此，普陀人的经济腾飞梦、生态发展梦、旅游休闲梦得以实现。相信在未来的日子里，它必将更多地造福普陀，也造福上海，造福千千万万的四方游客……

三居苏州河畔

元　三

韬奋楼舍下

离开泉城前一天，我和高中班上一部分同学互留了通讯地址，依依惜别。再见了，同窗！再见了，师长！再见了，泉城！到祖国最需要的地方去学习，去工作，让青春为国为民发出闪光！

1957年8月的最后一天，我告别了年迈的父亲、母亲，以及兄、姐、侄、甥，告别了村中乡亲，告别了洪波奔腾的黄河，告别了伴我成长的故乡，告别了齐鲁文化的氤氲，在晏子封地晏城镇，乘上了由京至沪的南行列车，朝着长江三角洲的方向，疾驰而去。心中充满了有生以来极为复杂的感情与思绪！离别的戚戚和希望的欣喜相交织，将去的地方的城市、环境、地理、人文，未来时间内将会遇到什么、发生什么，对我都是一个巨大的模糊的混沌谜团。就像从地球奔向茫茫宇宙间的另一个星体，令我茫然、迷惘、猜测、幻想。隆隆奔驰的火车宛如一个巨大的航天推进器，将我的躯体和灵魂推向茫茫宇宙间的一个高深莫测的时空隧道中。

从天目东路的旧火车站出来，我第一次见到大批上海人，听到一片上海话："住宿要哦？上海地图要哦？"离开老家时，我三姐把我的学杂费缝在我的裤袋里。出站后，我本能地摸了摸裤袋，钱还在。又摸了一下上衣袋里的零钱，也在。我花几毛钱买了一张上海地图，到站外叫了一辆三轮车，放好行李，人坐好，对着五十开外的蹬三轮车的师傅说了声："到万航渡路1575号，华东政法学院！"蹬三轮的师傅应了一声："晓得啦，老底子叫梵皇渡路，圣约翰大学！"

三轮车沿着天目路和长寿路长驱西行，经过大自鸣钟和曹家渡两个热闹市口，已是万航渡路了。单就这三条马路，我同泉城的马路私下做了对照，觉得风格不同，人多得很，路长得很，显然，这个城市要比泉城大得多。如瞎子摸象，我只摸到一只大象的脚。边看边想，如刘姥姥初进大观园。三轮车突然停下来。定睛一看，是一个黑漆、花棂的大铁门，门洞开着，门上方悬着一个弓形花铁架，架上有六个大字牌，牌子上写着“华东政法学院”六个粗壮、遒劲、苍老的大字。后来才知道是著名书法家、时任中共中央华东局书记兼山东省委第一书记舒同的笔迹。

华东政法学院的校园是原圣约翰大学故址。圣约翰大学是美国基督教会在旧中国创办的大学，1879年设立于上海，初名圣约翰书院，1892年添设大学部，1906年正式称为大学，先后设神、文、理、工、医等学院，半个世纪以来培养的学生遍布祖国大地和欧美等世界各国，是中国现代教育史上的一个丰碑。1951年，圣约翰大学，由上海市人民政府接管。1952年院系调整时，圣约翰的各个学院分别并入其他大学，故址则划归华东政法学院。

圣约翰大学校园东、北、西三面紧靠苏州河，南面隔着万航渡路与中山公园相连。南北两块地皮原来均为英国人兆丰所有。创办学校之际，北面一块由美国人从兆丰手中买去建成大学。中山公园原来叫兆丰公园。

圣约翰大学及其附属的圣玛莉女中，长期以来被认为是贵族的摇篮。上学、放学多数学生都有汽车接送。不争的事实是它为半封建半殖民地的旧中国培养了大批有用的高级人才，邹韬奋、荣毅仁就是其中之佼佼者。

钟楼，原名怀施堂，后改称韬奋堂，后又改称韬奋楼，是一座占地上千平方米的城堡式建筑，也是圣约翰的一幢主体性、标志性建筑。楼分两层，底层东西南三面为一般教室，北面是个大教室。二层为小房间，作学生宿舍设计的。南面钟楼是三层建筑，上设一个自动报时的大自鸣钟。我入学时，钟楼已改称韬奋楼，是为纪念圣约翰校友、民主战士邹韬奋先生的。我的宿舍就在此楼二楼西厢房一个房间内，日夜听钟楼的钟声，楼和钟声，以及苏州河中船的汽笛声，伴随我度过了大学时代的夜梦与幻游。

那时，苏州河的水是黑色的，没有鱼虾，也没有其他生物。黑色的河水在烈日的烘烤下，散发出一派臭气，弥漫在圣约翰大学故园上空以及两岸的居民屋舍中，实在是空气污染的一大渊源。

我的大学生活过得丰富多彩，热火朝天。最大的缺憾，一是河水、空气污染，日夜呼吸着苏州河的污浊空气；二是夜间高声鸣叫的运输船的汽笛声，经常打破我夜间的清梦，梦碎神疲，甚至影响到翌日的课堂听课效果。

粪码头边上

在我从业新闻工作三十二年后，1991 年，因我夫人在华东政法大学工作，为了她上下班节省时间以及方便照顾儿子，我又搬到了华东政法学院校园内，住在新建不久的教师宿舍里。宿舍楼南向，紧靠万航渡路，过马路就是中山公园。西向，紧贴着苏州河。再一次与苏州河为近邻了，一住就是十年。

在校园里，住着我的师长，也住着我的同届同学，他们都是教授了。还有一些比我年级低的校友，他们也是教授、系主任，乃至院长。如曹建明，他住一幢高楼里，他已是院长了，居然住房面积还比我少一平方米。按规定，他可以分大的，但他谦让了。有一次，他抱着女儿在院子里散步，开口称我赵老师。我说，不要称我老师，称校友。他说，这没有错，我在读本科时，就读你的《法学漫话》了。该书 1982 年出版，曾获全国优秀政治理论读物奖。

每天清晨，天刚放出一线晨曦，对面的中山公园里就开始有鸟鸣，逐渐变成百鸟齐鸣，使人心旷神怡。在这里，使我在业余时间写出多部著作。

踏着晨露，在中山公园里散步、锻炼，看着各色人物，既是一种有益的运动，也是一种乐趣。

然而，使我遗憾的是，苏州河的黑臭、汽笛的夜间扰梦两项弊端，仍不见少减。而且就在离我一百余米的河岸，发现了一个装大粪的码头。马路上不断有装着大粪的汽车，将粪便泄在一排排的人工划的大木船上，有一些是机器船，日夜不息，路上行人尽捂着鼻子匆匆穿过。

我住的那幢楼，虽然大粪臭味并不太强烈，但作为居住环境而言，实在是一个令人摇头的大煞风景。

当时，有人大代表视察苏州河，当场被臭气熏得晕过去。

其实，上海市于1985年就订了计划。上海市与世界银行联手，将根治苏州河的黑臭。

九十年代末的一天，一位邻居对我说，粪码头已拆了。我马上跑过去察看，果然。再仔细看了一下苏州河水，黑臭不见了，代之以淡墨水状。

胶州路尽头

2000年，我迁居于普陀区胶州路的尽头，住在一家纺织厂旧址上新建起来的一个容纳了一千多户居民的小区。小区名叫绿洲城市花园。我那幢房子离苏州河岸只有几十米。居住至今已经十九个年头了。十九年来，使我近距离地见证了苏州河的巨变。

苏州河全长125公里，在上海境内有53.1公里，流经青浦、闵行、嘉定、普陀、长宁、原静安、原闸北、虹口、黄浦，最后经黄浦江流至长江汇入东海。

苏州河古时水质非常清澈，是一条风光秀丽的水道。1911年，苏州河水曾被拿到国外去作检测，结果跟法国的塞纳河、英国的泰晤士河河水不相上下。

由于水质好，1914年在闸北的苏州河段还造了一个自来水厂。但很快，这个厂就因苏州河水质变黑变臭，于1928年被迫搬迁到黄浦江的下游。

为什么苏州河的水质会从干净清澈变成又黑又臭呢?

第一次世界大战期间，苏州河一头连着腹地，一头连着大海，地理位置非常好。因此，苏州河两岸迅速建起了大量的工厂。工厂的建立，又吸引了当时江苏、安徽、山东一大批难民，他们划着小船来到苏州河两岸，搭起危棚简屋，去工厂打工。于是，大量的工业废水和生活污水未经处理就直接排入苏州河，这些都超出了河流本身的自净能力。

新中国成立后，上海工业进入一个高速发展期，苏州河两岸建起了更多的工厂，也容纳了更多的居民。污水被大量地排放到苏州河里，到了1956年，苏州河黑臭到达北新泾；1964 年，黑臭延伸到闵行区的华漕；到了 1978 年，苏州河全线黑臭，当时老百姓用六个字来形容它：“黑如墨、臭如粪。”

黑臭难除。因为它地处上海最繁华的市中心地区，这导致它污染的负荷很重。

从 1998 年开始，上海对苏州河进行综合整治。当时花了 16 亿元人民币治理直排入苏州河的 140 万吨污水。

治理十四年，污水刚刚要排出去，黄浦江就涨潮了，又把它推了回来。

苏州河整治总共进行了三期。第一期工程是 1998 年到 2002 年，投了大约 70 亿元，目标是消除苏州河干流的黑臭。第二期工程，最主要的是重新设计黄浦江和苏州河交汇处的一个闸门。

2000 年，苏州河终于开始消除黑臭现象。

最后还有第三期工程，就是将沉在苏州河底上百年的淤泥清理掉。用最新的技术，于 2012 年完成了河底淤泥的清挖。

今天的苏州河，水质稳定在五类水的标准。生态系统也得到了恢复，河里有四五十种鱼。可是，仍然是大鱼少，小鱼多；对水质要求高的鱼少，对水质要求低的鱼多。这时刻提醒我们，河水治理仍是一个长期过程。

没有了黑臭的河水，上海人就希望在苏州河边上建造一个大型环保休闲生态公园。

后来建成的苏州河梦清园环保主题公园占地 86000 平方米，它既是环境保护的教育基地，也是节水教育的科普基地。

在苏州河的治理过程中，拆除了沿岸码头，整治了环境，河两边建起了 23 公里的绿色走廊、65 万平方米的大型绿地。现在，每年端午节，苏州河上都有龙舟比赛。

我现居的小区，绿化很好。院里的香樟树和马路上的悬铃木，还有苏州河畔的雪松、落叶杉、广玉兰、白玉兰、垂丝海棠等连成一大片绿化林地带，招来数十种鸟类，有百灵鸟、大杜鹃、环颈斑鸠、八歌、白头翁、喜鹊等，还有一些水鸟，如江鸥、鸬鹚等。

寒舍被我称为二十一世纪的新工房，建筑质量并不高，但也有三室二厅二卫，有独立书房。在书房里，我完成了我的前半生回忆录、近十年杂文选集等著作。

我的居住地是普陀区苏州河畔。我的户口所在地仍在长宁区苏州河畔。我的两地苏州河情结，还将久远存在下去。

花溪路的梧桐

卢红霞

梧桐树历来就承载着美意和寄托，李白即有诗云“宁知鸾凤意，远托倚桐前”。桐木还是制琴的好材料，我很喜欢这个字，给女儿的名字里嵌了一个“桐”字，暗自期待她能弹奏出生命绵长悠扬有力的回响。上海是一座到处长满梧桐的城市，尤其是我生活的曹杨地区，更是梧桐葱茏，这让我对这座生活了十五年的城市感情又深了几分。

五月，梧桐新叶的版图就一天一个样地扩展出去，不到半个月，整条街都插满绿色的旗。七月，从家的窗户往外看，就看见大团大团的绿色色块蔓延着，路两边的它们先搭上彼此的手臂，再紧握住彼此的双手，最后十指相扣，难舍难分，密密地织就了阳光下一眼看不到尽头的绿荫长廊。

曹杨地区是著名的工人新村，也是一个人口密集的成熟街区，还是一个环形分布的街区，很多出租车司机到了这里往往会迷路。在那么多以植物和花草命名的道路中，花溪路是唯一没有任何店铺的林荫路，平时人少，显出绿色更浓。出门无论去哪个地方，学校、商场、公园、医院，或者桂巷路步行街，我都可以选择从花溪路经过，盛夏季节出门从来也不用带伞，无论左拐右拐，都是一条完美的绿荫长廊。这时，通常我和女儿的耳机里都会放一首叫《树影斑驳》的歌，两个人一人一个耳机，虽然是听不懂的法文歌，但是这丝毫不影响我们听着雀跃地走在树阴斑驳路上的心情。

最近正是落叶季节，花溪路是最早的落叶不扫街，起得早一点去慢跑一段，可以看到平铺着的金色的地毯，如果久未下雨，踩上去会有嘎吱嘎吱的响声；一场秋雨过后，贴在地面的叶子会呈现出丰富的色调，原来从绿变黄要经过这么一个细腻的过程：黄绿、浅黄、砖红、深红、金黄；又或者，每一棵树也有自己的性格，深红的是深沉的树，金黄的是干脆的树。随意放眼看去，苏联风格的老房子与金黄或暗黄的树映衬着，营造出一点点宁静的异国情调，它们在一起互相陪伴多少年了？我只知道他们还将继续每年陪伴下去。这个场景很上海了，如果遇到转角王琦瑶真是一点也不会意外。

夏天的傍晚，花溪路上，三三两两的人群走在浓浓的梧桐荫里，惬意、散淡，树影和人影交叠成一副充满味道的剪影，是慢下来的上海生活。梧桐叶中发出的蝉声则是夏日最美的协奏曲。这里是最日常的生活场景，人们从紧张的职场退下来，来到安静的花溪路，享受一个人停留的松弛、一个人疾走的酸爽或者一个人漫步的孤独。

五年前的秋天，我从普陀区中心医院出来，想着父亲的病，真是愁肠百结。外面早已下过一场秋雨，地面和路旁的木凳上落着几片黄色、红色的叶子，路面油油地湿着，叶子油油地润着，世界安静美好。我拍下这美好的瞬间发给父亲，并写了一句话：美好的世界等待跟我们重逢。

如果像王安忆在《长恨歌》里写的那样在高空俯瞰上海，你会发现上海的城市版图上，除了灰扑扑的楼房，弯来绕去的弄堂这些严肃刻板的板块，还看到一片一片或深或浅的绿间隔在其中，它们欢呼雀跃，生气勃勃，如果镜头再往下摇，就会辨认出，那些绿色的树木正是一棵棵高大深沉的梧桐，它们端正大气持重，新长出的叶片在阳光下却像新奇的小鸟，好像还要发出吱吱喳喳的声响。

感谢这些美好的树木给予父亲和我重逢在这个美好世界的勇气，名字里带“桐”的女儿也正在阳光里自由生长。作为一个中年人，我感觉自己就像一棵依然在努力生长的树，在人生的道路上必须要长成一棵挺拔的梧桐，撑开一把大伞，能为亲人为他人带去幸福的绿荫。

苏州河，曾被黑过的河

史国新

孩提时怀揣着汲取欲、新鲜感、好奇心，有事无事就去看看苏州河。反正只有三五分钟路程，河面上轮船很多，各式各样，南来北往地慢慢地缓缓地驶过；也有急吼吼机动汽笛喇叭船行驶而过，顿时荡漾起巨大的浪花，拍打着无动于衷的岸边，冲击着力所不及的小木船前翘后仰。看到这样的情景，小朋友们就特别高兴。在久远的记忆里，站在桥上俯瞰下面，感觉到一丝丝的徘徊与胆怯，那是桥面空隙较大略加抖音的跨河木桥。继而远眺天空中飞来一只只白鹭，由其鸟儿勾画出有着江南水道极其妩媚动人的性格和形态。

可是，这条厚重又沧桑的母亲河，也曾孕育这座城市早期经济中心，依河而兴的民族工业，为上海、为祖国繁荣昌盛，经济发展，振兴腾飞作出了巨大的贡献。然而，上世纪八十年代，工业废水、生活污水、民间排污，直入河中，造成了母亲河不堪重负，在不息的流淌中渐渐地失去自然本色。人们不再提及苏州河了，不再愿意关注母亲河了。它使人沮丧，让人惋惜，令人厌恶，被辱称为“臭河浜”。这时，人们经过于此，就会不由自主拿出手帕或者用手掌捂住口鼻匆匆而过。河畔居民更是生活在恶臭之中，难以自拔。

社会要发展，城市要进步，环境要保护。改善民生就要解决周边居住条件；改造环境就要治理污染机制；改变作风更要管理上各负其责。近几十年来，党和政府双管齐下，确实花了大力气，加大了苏州河实而又实的河道治理举措，支流建闸，底泥挖掉；细而又细的生活垃圾分类禁倒，环卫码头搬迁，水面保洁；严而又严的提升环境品质，满足两岸亲水要求，使苏州河恢复了本来面貌。随着上海城市建设发展和经济转型，以生态为优先，绿色发展为导向，积极推进两岸城市更新，建设生态廊道，营造水路景观，因地制宜地打造出了苏州河畔绿道，建起了有休闲、健身、娱乐的世界级观摩风景线。

有言道：堪叹不朽丹青，更青梦图，匠心神韵；重河复水，视景融情，唯有千秋飘逸。

而今，迈上苏州河桥两岸，真是生机盎然，色彩斑斓，美不胜收。看看微波碧绿的河床上水波粼粼，水鸟齐飞，时而亲水舞翅，时而俯冲啄食，沐浴在温暖的阳光下，我们也会慢慢地、深深地吸上一口略带湿润的空气，迫不及待地说一声：“你好啊，母亲河。”

苏州河的巨变，曾经引起国际社会高度评价，联合国副秘书长、环境署执行主席克劳斯·托普夫曾这样赞誉：“苏州河治理工程所取得的巨大成就，是上海市政府为改善城市环境所做努力的一个极佳例子，这在我访问上海时给我留下了深刻的印象。”

在这春风明媚的时光里，约上几位好友散步在滨河小道上，再瞧一瞧可爱又文静的河流，是多么惬意，是多么轻松，大伙心里都是美滋滋的，由衷地感激党和人民政府为老百姓做了实实在在的大好事。现在，生活是美好的，社会是稳定的，未来是梦幻的；美美与共，美美与享；斜阳照红了苏州河两岸的观景台。我感到，只有在那里，才能品味出母亲河的诗意，品读到上海城市管理的超凡。

最　爱

白　杨

夜幕低垂，万家灯火。我站在昌化路桥上，静静地看着苏州河。河水倒映着五彩的灯光，波光粼粼，泛着迷人的涟漪，犹如风韵妩媚的女人，款款地走在老街的青石板上，优雅婉约。我的心底激起一层层波澜。河水在秋风的吹拂下，一波又一波地击打着堤岸，发出轻轻的声响，就像诗人在月光下，浅吟低诵，随风而来，随风而去。

可曾记得，四十年前，苏州河哪是这般模样、这般妖娆、这般婀娜多姿。那时的苏州河，黑臭脏是它的代名词，丑和恶的名声远播，是上海的难言之隐。每到夏天，河面上漂浮着烂菜叶、各色各样的生活垃圾。黑黑的河水，见不到鱼儿的悠闲自在，犹如被生活压榨得枯萎变形，又黑又瘦，臭气熏天，不忍近前。沿河两岸的人家，都要关上门窗，以抵御苏州河发出的恶臭。当时住房条件差，没有空调，连电风扇都是奢侈品。闷热潮湿的天气，生活的艰难困苦可想而知。苏州河的黑臭脏的形成，是历史的债，是中华民族深重灾难的缩影。

上世纪一二十年代，外商投资在上海沿路沿河开办企业，中国民族资本同样是在交通便捷的地方开设工厂，这使得苏州河两岸开办的纱厂和面粉厂就有几十家之多。企业排放的废水经年累月地倾倒在苏州河内，废气黑烟污染了天空，污染了苏州河。苏州河，再也承受不了这般沉重摧残，承受不了生活重压，载不动许多愁。

四十年前改革开放，治理苏州河是上海市的头等大事。经过十几年的不懈努力，应用现代科技，终于还苏州河本来面目。苏州河焕然一新，青春重现，又展示出了它那清澈动人的身影。

苏州河是上海的母亲河。如果说黄浦江是大家闺秀，那么苏州河就是小家碧玉，犹如一条碧绿的玉带，逶迤蜿蜒于上海的中心地带，在星光下摇曳生辉。苏州河古名松江，又称松陵江和吴淞江。发源于太湖瓜泾口，东经笠泽，入三江口而达东海。江凡独流入海者，谓之“渎”，又因鱼虾满江网捕橱围而得到了反映捕鱼工具的“沪”字，所以曾经称为沪渎。其水清澈见底，唐代诗人皮日休眼中的松陵江，远胜于新安江。为之他曾写下赞美诗篇：“松陵清净雪消初，见底银安恐未知。稳凭船舷无一事，分明数得脍残鱼。”由此可见，古时的苏州河是如此美艳：碧水瑶影，清澈见底；波光潋滟，婀娜多姿；鱼虾满江，物产丰饶。

苏州河流经普陀区的地段，因河水多有九十度的折弯，形成了著名的十八湾。其中潘家湾、潭子湾、朱家湾是上海有名的棚户区，居住者以苏北人为主，生活条件异常艰辛。在九十年代初，上海第一批改造的棚户区，也是普陀人眼中最为艰难的“淮海大战”。改造后的潘家湾、潭子湾，发生了天翻地覆的变化。如今是鳞次栉比的高楼耸立在苏州河边，花草树木环绕其中，佑护着苏州河的清净美丽。沿河的亲水岸边，休闲式的开放街心花园一处接着一处。每当清晨或者傍晚，风靡的广场舞、流行音乐此起彼伏。中远两湾城早就是沪上高档的住宅小区，每当华灯初上，走在两湾城的路上，扑面而来的是都市时尚，中潭路上是一排溜的饭店、超市和商场。地铁 3 号线穿越而过，公交往来十分便捷。置身其中，仿佛是生活在发达的小城镇，时尚，悠闲，轻松，舒心。这儿早就是普陀区的一张珍贵的名片。

苏州河梦清园主题环保公园，是在上海啤酒厂原址改建的公园。1933 年上海啤酒厂由匈牙利建筑师设计建造，是当时国内最大的啤酒厂。随着城市化的进程，上海啤酒厂搬迁至松江，在原址上建造的梦清园，是苏州河十八湾又一大特色。它是 2003 年至 2004 年的市府重点工程，占地面积 6.8 公顷，分为梦清园馆和休闲公园。公园主题皆环保，六米深的地下的调蓄池对水质的循环利用，达到了同行中的先进水平。公园内的绿化假山景点设计都颇具匠心，沿河的和环绕公园的步道皆是绿树成荫。羽毛球场、亲水岸台、音乐广场等各色各样的休闲锻炼设施一一在目。树木品种众多，花的种类纷呈异彩。每当春暖花开，走在公园的小道上，仿佛置身于花丛中。耳听鸟儿的鸣唱，花香四溢。夜晚，漫步岸边，远眺一排排高楼耸立星空，拔地而起，近观是默默的河水，缓缓流淌。挽着爱人的手，浪漫悠然，恍然青春重回。

我梦魂牵绕的苏州河、苏河湾，是我生于斯长于斯的地方。我的母亲河。你历经磨难，吃尽了苦，受够了累，依然矢志不渝；不堪回首的天灾厄运，列强的肆虐凌辱，你依然艰难忍受，为一方土地，一方百姓默默奉献。斗转星移，沧桑巨变，今日苏州河靓丽的倩容，依然是我心底的最爱。

见证与奇迹

师心舟

光阴似箭，日月如梭，转瞬定居上海近三十年矣。

时代潮流滚滚向前，个人命运注定与国运同呼吸共起伏；从西南到华北到华东，我的人生抛物线的轨迹也注定与上海相交，更与普陀区建立交集。作为新上海人，我可以骄傲地说我亲眼见证了上海改革开放日新月异、翻天覆地的巨变，也可以自豪地说我亲身参与了普陀区经济和社会发展的建设进程。

1978 年，无论就个人还是国家而言都是 20 世纪一个极具历史意义的年份。这一年，作为中国最后一拨知青，我由农村考入大学，实现个人命运的重要转折。还是这一年，中国共产党十一届三中全会在北京举行，中心议题讨论把全党工作重点转移到社会主义现代化建设上来。自此，中国开启了改革开放和社会主义现代化建设的历史征程。1982 年大学毕业，我被分配到太行山老区从事宏观经济规划和研究工作。及至而立之年，国运日趋昌明，紧跟时代步伐，为实现人生价值和抱负，更好为国效力，我决心投身人生更广阔舞台。

1990 年 2 月我下太行，踏上报考上海交通大学研究生之旅。考试结束的第二天即 4 月 18 日，党中央、国务院宣布开发开放浦东。读研临近毕业，1992 年 10 月党的十四大作出了“以浦东开发开放为龙头，进一步开放长江沿岸城市，尽快把上海建设成国际经济、金融、贸易中心城市之一，带动长江三角洲和整个长江流域地区经济的新飞跃”的重大战略定位。上海经济发展进入快车道，GDP 从 1992 至 2007 年连续十多年保持两位数高速增长，平均增速达 12.7%，超过全国两个百分点。

东海之滨春风浩荡、江海扬波，黄浦江和苏州河两岸春潮涌动，直挂云帆更远航。1993 年 1 月交大毕业，我结缘普陀区并定居下来。斯年斯月，上海地铁 1

号线南段（锦江乐园站至徐家汇站）上行线建成；同年，上海内环线高架道路沪太路至金沙江路的一期工程开始动工兴建，东方明珠广播电视塔350米立体结构封顶。

1998至2004年，我在上海市综合经济研究所从事区域经济、产业经济、服务经济等学术研究，以及国民经济和社会发展战略的规划和咨询服务。机缘巧合，2000年在开展上海市现代物流产业发展规划的课题研究中，我有幸为普陀区现代物流业发展贡献应有之力。

普陀区地处上海西部交通要津，是上海的老工业区之一，也是民族工业和民族资本的发祥地之一。从“十五”到“十三五”，以发展现代物流业为契机，普陀区功能定位和产业能级不断提升，历经了从综合型工业区向上海物资贸易中心、商贸物流中心、西部新兴商贸科技区、科创驱动转型实践区和宜居宜创宜业生态区转变提升的伟大实践，经济社会发展创造了一个又一个辉煌。

苏州河日夜流淌，见证着每一个日新月异的变化，真是“女大十八变，越变越好看”。我所居住的小区恰好位于真如镇街道的大渡河路1550弄，缘来真如，小区就经历了从舢板路到同心街的蜕变：

小区紧邻区政府，外面的道路呈“人”字形，全长720米左右，周边有万余居民。之前小区道路坑坑洼洼，路边的违法搭建随处可见，菜市场环境糟糕。居民形象地称它“舢板路”——走路像跳迪斯科，坐车像是摇舢板。因为没有路名，又身处小区外围、算不上严格意义的“弄堂”，陷入似路非路、似弄非弄的尴尬境遇。

2014年起，真如镇政府及真西一居牵手社会各方力量对该区域进行综合改造，对整修道路实行统一规划、统一改造、统一招商和统一管理，积极探索区域化自治管理模式，明确治理主体，创新社区自治管理服务新路子，小区面貌焕然一新。为进一步创建“管理有序、服务完善、环境优美、生活便利”的新型社区，由真西一居党总支牵头，在城管、市容等多个部门力量支援下，成立了“我爱我家自治弄管会”，对商业街实现长效管理，引导商户及居民“人在社区、心在社区、服务社区、共建社区”，铸就文明共创共建特色品牌。

2016年2月“我爱我家自治弄管会”向小区居民征名，旨在体现真如意文化底蕴，提升商业街形象，“真如意·同心街”脱颖而出，舢板路有了新名字。昔日脏乱差，如今优而美。小区继而推出“一周一品”系列活动，通过定期组织喜闻乐见的文化演出、亲子活动、美食嘉年华、老年养生讲座、书画精品展等吸引周边居民参与，带动沿街商铺发展，提高商铺与居民间的和谐度，取得社会效益与经济效益双丰收。

缘来真如意，偕去同心街。有感于这灰姑娘变美丽公主般的变化，我曾写了《缘来》一诗，献给“真如意·同心街”——

清晨，都市的阳光临照同心街
祥瑞的真如意塑雕在宁静中醒来
社区祥和，开始一天的律动
伴随人们晨练和早班的脚步
——这是一条弄堂的喜悦，有历史的长度
1550：要我我灵！

曾记否，一条“舢板路”的摇晃
年轻人跳迪斯科踩脚走样，老年人行路需扶墙
一条路承载了怎样的沧桑
数千居民出行
我看见20多万平米的小区
活动着300多名党员的身影
作为一名普通党员
我认定这是事业的中坚力量

“两学一做”关键在践行
无数个日夜奋战的汗水
映照喜悦的脸庞
奇迹手中造，品质得提升
于是有了今天靓丽的模样
社区面貌焕然一新，像走出花轿的新嫁娘
凤凰涅槃，飞出的不只金凤凰
还有弄管会齐心协力打造美丽“同心家园”的主张

入夜，万家灯火送走最后一缕晚霞
喜庆的红灯笼染红广场的轻歌曼舞
宜创的氛围有了宜居宜业店铺的欢声笑语
孩子们在奔跑，老人漫步观景
——这是一条弄堂的欢欣，有和谐的宽度
1550：要我我也说灵！

“大美普陀，你我共同的家园”。悠悠普陀情，变老的是容颜，焕发一新的永远是城市簇新的面貌。如今上海正面向全球提升城市能级和核心竞争力，把握“五个中心”建设，打响“四大品牌”，以及长三角更高质量一体化发展等重大机遇，以桃浦地区转型示范为引领，加快转型发展和功能提升，形成“一轴两翼”功能布局，推动产业向“一河五区”集聚，打造“苏州河十八湾”品牌旅游项目等，更上层楼、再创佳绩，祝愿普陀区的明天更加美好。

手稿馆，一道人文风景

朱铁武

上海当代作家作品手稿收藏展示馆局部

一

在手稿馆第一次看到巴金先生《寒夜》手稿的时候，我站在玻璃橱柜前，沉默了许久，我找不到实在的语言表达心情，激动？ 亲切？这些都不足以表达我对前辈大作家的尊敬和追慕。

我自小是一个文学爱好者，过去是，现在是，将来还是。

能亲眼见到大作家的手稿时，那叠纸已经发黄，那一笔一画竖写的钢笔字，一个个都像立体的人儿，睁开着眼，看着你，向你诉说着什么。

这是我见到的唯一的上海当代作家手稿收藏馆，普陀区图书馆底层的电梯把你直接送至10楼，你就进入了这个精神殿堂。

二

手稿馆场地开阔，整整一个楼面，展览大厅分左右两块，正厅展出的大部分是已故作家的作品手稿，左边一个厅小一点，我熟悉的平时有来往的一些作家朋友、编辑老师的一些作品手稿都在这儿。

那些如钻石般闪光的名字，我一个也不会遗忘：除了巴金，还有钱谷融、冰心、白桦、徐开垒、任溶溶、赵丽宏、王小鹰、季振邦……

那真是一个手稿时代啊，你看那些纸张，有的还是民国时期的，透着那个年代的时间密码，纸张的样式也是各种各样的，有的是方格纸，有字数统计的，有的只是白纸，可呈现自由涂鸦的状态，还有的是信纸，甚至是信封……字体也有多种，少有毛笔字的，多的是钢笔字和铅笔字；这里有书写工整的誊抄本，特别瞩目的是那些用红笔涂改得密密麻麻的草稿本，从这些字迹里，可以透视出作家们不同的个性，看着这些别具个性的手迹，我想我要是在这里工作多好呀，我可以研究研究这些作家的书法了。

三

在手稿馆里浏览，常常会想起一些事。

几年前，我曾经采访过钱谷融先生。人的一生中是要有一次机会接触一位大师，这个机会让我碰上了；我听过钱先生的课，到过他家里，那是有一年的夏天，我第一次去，记得是他的弟子杨扬老师开的门，说钱先生已经等着了……想起来，真是满含着喜悦、感恩和挚爱。我在收藏馆里看到钱先生《我的自述》的手迹，真的是非常亲切，非常亲切，这个手迹的复印件，我家里也有。我为先生做过口述实录，一篇《“山野散人”的幼年》我自己十分珍爱，那全是先生自己说的话，那口吻全在文字里，他会说一些非常天真的话，比如他说：“……还有一个女孩子叫张慧，长得很好看，脸长形，白白净净。一毕业就再没见过，我也想伊的。这是我一面的心情，我很重友情，伊不一定知道的。”不说了吧，你们自己去看我的那本《采访钱谷融》好了！

还有一些事情我也不能忘，曾经参加过一个普图的活动，我就坐在散文大家徐开垒身边，再过去是白桦。记得我年轻的时候，徐开垒老师对我的一篇《捉煤嫂》的文章回过信，我的一篇看京剧《海港》的文艺随笔还出过清样（后来没有刊登出来），那时候他是《文汇报》的文艺编辑，我去编辑部看望过他，难忘那张在台灯下面显得特别清癯消瘦的脸……再见到他的时候，在普图，他已经年迈，我想跟他说话，又不敢。白桦，自然是我尊敬的诗人、剧作家，他为我们的《城市诗人》题过刊名，他写的“城市诗人”四个字苍劲有力，我在普图第一次见到他的时候，不知什么原因，我也没敢靠近他去说一句话。今年白桦故世了，我写了一首四行小诗，以示纪念：

门口一棵小白桦
我要把它移到山冈上去
因为它的童年会影响它一生
天上的弗洛伊德和你都如是说

四

我知道，许多当代作家都会向手稿收藏馆寄赠新出版的书籍。

我问馆里的工作人员，他们告诉我，展示厅后面还有书库。

有一次，我还看到两位业余作者，把自己的两首诗抄写了送给管理员，管理员也认真地收下了。

手稿馆进门的左边有一个小小的演示厅，有人要想看一些当代作家的人物资料片，可以向管理人员提出来，哪怕你是一个人，都会给你放映的。这些资料片，再现了像巴金、钱谷融、白桦、徐开垒这一些老一辈作家生前的身影，大概有三十多部片子吧，听说他们最近在抢拍孙毅、王智量等老作家、老翻译家的资料片。

有一次我在手稿馆随便看看，一部摄像机对准了我，熟悉的工作人员随机采访了我，问我为什么经常来这里……啊，这样的机会也许你也会有。

五

手稿时代，也许是最平静的时代。

许多作品，都收敛自己的光辉。

也许不是的，我想，这恰是崇山准备耸起，

大海正处于期待。

一个有缘的机会，我和一些朋友聚集在手稿馆，和普陀区作协的会员们成立了一个文学小组，还付印了一本《苏河湾文学》的读物——对于我们来说，也正处于一个手稿时代，尽管已经进入了电子媒体时代，但前辈作家那种手稿精神，我们永远要继承和发扬的。

每一次走出上海当代作家手稿馆，我们都不说再见，默默地让巴金这些老一辈作家的光辉形象活在我们心里，因此我们的内心一直是星光灿烂。

手稿馆，这是一道靓丽的人文风景，愿风景里有你，有我……

苏州河水向东

孙小琪

与苏州河水亲近，始于新世纪开始后的两三年里。那时候，生活有了很大变化，城市在一天天地扩展，原先的边缘变得不再荒寂凌乱，而我们渐渐开始有能力买自己的住房。家里商量买哪个地段的房，听说了苏州河边新开发的楼盘，我甚至没到现场看过，就同意了。当时，这里还是工地，但紧傍着苏州河。滚滚长江东逝水，苏州河自然样貌比不得长江，但同为江河，水流不息，东去不复返，那是几十年几百年不变的，会在心里漾起灵动和悠远。

入住时小区还是未完工的工地，一边是一期建造的三栋高楼，一边是建设中的第三期的三栋。我家属于居中的第二期，每户人家的窗户，总有一扇可以看到苏州河，连同前方的湾道和架在河上的桥。当时，建筑中的高楼被同高的脚手架、绿色的防护网包裹着，混凝土搅拌车不时在小区里开过，售楼处宣传海报上怡人的绿树成荫、游泳池、健身房、孩子玩耍的游乐园之类，还在未来进行时的想象中。唯有紧挨着的苏州河，河里的流水不疾不徐，不管它经过的傍着的是什么，只是昼夜不息地向东流去，颇有胜似闲庭信步的风度。每天早晨开窗，总要居高临下看一眼那河，在清晨的苏醒中有一份轻松和欣然。

十几年过去，小区已成熟，高大繁密的树冠几乎在小区要道上搭起拱门。木栈，长廊，小石子砌起的小径，微微起伏的被绿草覆盖的斜坡，尤其那各色花树，春天里竞放的时日，真正美如画！桂花飘香，每年秋冬会有好几次，那安静的无意争艳的幽香，牵绊着走过的脚步，不忍离去。

小区北面是苏州河的一个湾，对岸有高架着的城市铁路轨道，有三条地铁线路在此经过并停靠，似乎每间隔一两分钟就有一列车由南向北或是由北向南隆隆开过。晚间，能看见车厢里通明的灯光里人影绰绰，他们都能让列车带自己很快

宁静美丽的苏州河畔

地到达想去的地方。晚间散步的时候，可以看见这移动的风景。有趣的是，晚间灯光映照，苏州河围墙下面，河水倒映着上面的一切，每逢列车经过，水面就有相同的画面，同样一列车，与地面上的一样急速驶过，很快水面又恢复平静。如果你愿意在此时，在此岸驻足而立，就可以一次次看对面，岸上水面两列车同时隆隆地奔驰，体验真实和水中幻影，想象世上有些风景，会在人不经意间，自己就形成了。

再往南，就是江宁路桥了。我看着那宽敞的、灯火璀璨的桥面和桥上从不停歇的车流，那不断变动的画面里，总有一辆自行车会隐隐约约浮现，还有那骑车的老人。

骑自行车应该是后来的事。老人开始从江宁路桥上过时，还是二十世纪三十年代，他当时是个十一岁的孩子，为了谋生，他从附近自己的出生地宝山农村，到这里的工厂做工。那工厂，就在我此刻的脚下，当时是日本人的日本内外棉株式会社第二加工场。从家里到工厂有十里路，他每天单程至少要走一小时，干活十一个小时。每每走上江宁路桥，心里就知道即将开始或是可以回家了。那时的江宁路是座木桥，长度是刚刚跨过了苏州河的几十米。

十多年后，他结婚了，妻子瘦小羸弱，纱厂童工出身，心疼丈夫这样辛苦，岳母帮着筹钱给他买了自行车。就此，他每天自行车手把上挂着饭盒，一年四季风里雨里往返，又过了十几年。1949 年，他和这个工厂一起迎来了巨变，工厂名称改为国营上海第一印染厂。欣喜于社会的变化，他努力而勤恳地干活，不久即加入了共产党，还当上了生产小组长。只是不久，因一场工伤事故，他被机器上的帆布带卷扬到空中又重重地摔下，伤了脊椎，就此被安排做门卫，直到二十多年后退休。他在这个工厂整整干了四十六年又两个月，几乎在江宁路桥上来来往往了一辈子。他的自行车轮，在这里滚过了几个时代。这位老人，是我的公公。

公公不善言辞，大多数时间是沉默的。在子女们的印象里，公公的人生，家是第一位的，每个月几乎把他全部的工资交给婆婆，安排六个子女的吃穿。上海郊区紧邻都市，城市和农村总有些农副产品或其他可以互通有无，于是头脑活络的会另想办法挣钱，公公却从不为所动。他只是用双手一点一点打理，以此弥补正在长身体的六个孩子总也填不满的肚子。家里房前屋后稍有一点空地，都会被精心种下各种菜蔬，青菜、丝瓜、向日葵，河边散落的枯枝树叶，一样样捡回扎成把子，用做灶下烧柴，也打扫了河畔。即便后来日子好过了，也是如此。三年自然灾害，公公更是想方设法搞吃的，他把鸡蛋壳捣碎了喂鸡，让鸡能更好地下蛋，给他的孩子们补充营养。而他自己却常常只吃菜皮，以致后来落下吃了青菜就会拉肚子的病根。尊老爱幼，勤俭朴素，本分过日子，对家庭要尽到责任，公公的生活态度对儿女们的影响是深刻的。在他走完九十一岁人生旅途，平静地在家里闭上眼睛时，几十个儿孙围在床边为他送行。倘若老人有知，他在渐行渐远的路上，仍会感到安慰。

夜晚景观灯下的小区、被车流和五色灯光装点的江宁路桥，如梦如幻。这些，公公没有看到过，在他几十年每天从江宁路桥上经过的时光，无论是人车混杂的小木桥，还是一次次修缮中的危桥，只是他每天两点一线的过程。日子如苏州河的流水，柔韧也坚硬，他要在流水中稳稳地驾驭好家庭的一叶小舟。

老人对生活的要求是吃饱穿暖，全家安康，岁月静好，在他的前半生里，这样的要求也不容易做到。他对生活的信条是老百姓就要过老百姓的日子。我们搬进新居时，公婆被郑重其事地接来过，被我们欢喜地引着在新建的小区四处看看。原先的工厂已无影无踪，公公仍记得原先哪里是锅炉房，哪里是自行车棚，哪里是大门，哪里是后门。他只是淡淡地笑着，一如既往地不多说。公公对自己工作了半辈子的工厂是有感情的，曾说起“文革”开始时红卫兵要到厂里造反，做门卫的公公说这里是生产单位，硬是把他们拦在门外。公公退休后每个月依然会骑着自行车去厂里，领退休工资，理发，洗澡，吃顿饭，回来就有心满意足的开心。公公的属于他的心事和欣悦，苏州河水会知道。

江宁路桥在半个多世纪中多次维修、重修，最近的一次修缮是在2012年完工的，桥面宽22米，由原来的两车道改为三车道，其中一根可变，随时根据早晚高峰调整走向，分流交通压力。桥上另外还设有非机动车道、人行道，便于各种不同过往行人的需要。桥身长318米，25孔，南跨西苏州路和宜昌路，北跨光复西路。新桥的桥墩采用了带有线条层次的弧形拱门的外观设计，桥两侧及花坛下有凹凸的线条。它们照应着桥下的流水，也揽下了许多相关的记忆。

小区的晨昏，每天有很多人在散步、做操。遥望对岸，我总要想起那辆自行车，仿佛有了历史的穿越。历史已经进入新阶段，毕竟，生活发生了巨变，只是，我们怀念那亲切和睦的温情。

走近大师

李雨宣

2014年秋，由于工作变动，我来到普陀区图书馆，在馆里的特色馆——上海近现代作家作品手稿收藏展示馆工作。这是一个集收藏、保护和展示上海近现代作家手稿和作品的展馆。从2010年起，馆里就做着一件很有意义的事情：为那些在上海工作和生活过的老作家们拍摄影像访谈录。列入拍摄计划的大多是一些在文坛有相当知名度、著作等身且年事已高的老作家。能够抢救性地为他们留存影像资料，不管是对于作家本人，还是对于文学爱好者，乃至海派文学和我国的文学事业，都是一件功在千秋的事。

因为工作原因，我得以接触到这些著名作家，如钱谷融、徐中玉、白桦、欧阳文彬、赵丽宏、圣野等，他们在文学界几乎都是人人知晓的大师级人物。和许多读者一样，来这里工作之前，我也仅仅是用手指去触摸过他们的名字，拜读过他们的文章，而对于作家本人，是无缘见到的。能够面对面聆听他们的讲述，更是一件可望而不可及的事。而今，能有这样的机缘，可以对面聆听他们的教诲，目睹大师的风采，领会他们在处世习文治学上的风范，于我无疑是受益匪浅的。以下仅择其二三以记之。

2019年春节前夕，通过上海作协和上海翻译家协会努力，我们和九十二岁的著名翻译家、作家王智量先生取得联系。智量先生是国内顶级大翻译家，是第一个完全按原作固有的诗韵律翻译普希金的《叶甫盖尼·奥涅金》的翻译家，被称为“中国尝试再现‘奥涅金诗节’的第一人”。

这样一位国宝级的翻译家，现在居住在华东师大的一幢老式楼房里，这幢几十年前号称为教授楼的楼房，现在看来却很是破败，没有电梯，楼梯狭窄，房间光线不好，不够通透，由于年久失修，门窗都已变形，先生的妻子在门边常备一

王智量先生

个榔头，关门的时候需敲打门框才能顺利关好房门。就是在这样一个老式小楼里，先生一脸微笑地迎接了我们。

智量先生待人极为谦和，一再追问我们，你们花费这样多的时间和精力来给我作拍摄，你们觉得值得吗？这话问得我很是窘促。

智量先生的祖父王世镗是于右任的老师，母亲毕业于圣玛利亚学堂，在他童年时就开始教他英语。1947年，先生考中北京大学法律系。新中国成立后，哈尔滨成立了外国语学校，专门培养知识分子学习俄语，先生有幸被选中，正式开始学俄文。在"冰城"哈尔滨，学习俄语的王智量，在街角的旧书店里遇见了自己"生命中的太阳"——俄国著名诗人普希金的《叶甫盖尼·奥涅金》。热情洋溢的诗句、天马行空的想象，让他立刻典当了自己的西装买下这本诗集。从学习到全文背诵，先生最终拿起纸笔，开始了关于《叶甫盖尼·奥涅金》长达三十余年的翻译工作。但这工作才刚刚开始，先生却被打成右派，大环境的变动打乱了生活的节奏。这本曾点亮王智量人生的诗集，无形中变成了他苦难的源头。在那些最最苦难的日子里，先生始终没有放下手中的笔。常常是在繁重的劳动中，一边干着农活，一边背诵着《奥涅金》的诗句，推敲用怎样的语言把它译得更为贴切。收工后，油灯下，他用千方百计找来的报纸的边边角角，记录白天译出的诗句。

回上海时，先生随身携带着一个纺织袋，里面装满了报纸边，都是他翻译的《叶甫盖尼·奥涅金》。

在智量先生狭窄的书房里，先生捧着那本《奥涅金》，这本陪伴了先生七十多年的《奥涅金》，它的书页早已泛黄，封面早被磨得破损，每页的空白处都留着先生细小的笔迹，这些笔迹都署有日期，像极了一篇篇极短的日记。先生默默地凝视着这些文字，久久不语，思绪已然回到过去。

“我的诗，甘愿让一个读者读一千遍，而不愿让一千个读者只读一遍。”先生说：“要让中国人看到西方诗歌的节奏和韵律美，我们有责任把这些美的东西找回来。”九十二岁的高龄，先生给我们读着俄文版的《奥涅金》，虽然我听不懂，但是我能感受到诗节的魅力，《奥涅金》的韵律真的很美。

同样是顶级翻译家的吴钧陶先生，是智量先生的好朋友。能被称作是诗人，而又有着翻译家头衔的，时下已越来越少，而吴钧陶先生却将这两个荣誉兼而得之。他能写很自由抒情的新诗，也能写格律严谨的旧体诗；他能将中国的唐诗三百首，以及杜甫、鲁迅的诗作译成英语让外国友人去读，也能把狄更生、奥登、庞德的现代诗翻译介绍给中国读者。

同是现年九十二岁的吴钧陶先生，居住在常熟路的一栋新里洋房里。去拜访吴先生的那天，已临近2019年的春节，也正赶上南方罕见的极寒天气。进到里屋，迎接我们的是先生慈祥的、暖意融融的笑脸。屋里亮着灯，照亮这间三十多平米的集卧室、书房、会客厅于一体的房间，墙上挂着一幅先生自题的对联：“身无分文债，家徒四壁书”。房间里除了一张大床、一张书桌、几把椅子外，余下的就是书橱、书柜和书刊。书橱上挂着先生和夫人早年间的两幅照片，都是

吴钧陶先生

二十多岁的年纪，神采相当俊逸。

吴先生个头不高，由于长年腿疾，走路不很方便，但是这些难抵他与生俱来的热情和幽默。看到我们，先生非常高兴，让我没有想到的是，他与智量先生重复着几乎同样的话：你们觉得值得吗？来拍我这样一个老头子。那天，我背着一款红包，当我把包放在桌上时，先生说：我今天收到了红包。我刚要检讨自己，先生又说了：今天你们来，就是给我送红包的。看他指着我的包，我这才明白过来，先生是何其幽默呀！

吴先生出生在一个殷实之家，童年过得无忧无虑。但是天生身体孱弱，十三四岁时，在病榻上一躺就是六七年。长时间囚禁于斗室之中、病床之上，他思考最多的就是对生命本体的追问，“我是谁？我从哪里来，要到哪里去？”宇宙之谜、生命之谜是他在夜深人静时常常思索的问题，思绪的终端就是诗，写诗、译诗、在诗海中神往遨游。身心的折磨，没有摧垮他对诗的信仰，反而养成他“敏于思”的习惯。

在时间的风雨里
黑发渐渐褪色
为了抚慰这一点白雪
夕阳把它染成金色

人生本来没有意义
正如水本来没有滋味
但是正如可以使水变甜变咸
我们也可以使人生变得丰富多彩

吴先生的诗平实内敛，富有哲理。年逾九旬，与诗为伴七十多年，虽因诗惹祸受到错误批判，但是他对诗从来没有半点怨言。时代变迁，吴先生对诗依旧痴心不改。1986年，他于花甲之年出版平生第一部诗集《剪影》，还戏称自己是诗坛的“花甲新秀”。耄耋之年，诗心不灭，又陆续出版《幻影》《心影》《人影》三部诗集，另有散文集《留影》《云影》，是为“影子系列”。

还想说说白桦先生。多年以前，当我还是一个高中生的时候，就读过白桦先生的诗，有一首《叹息也有回声》的诗作，至今给我留下难以磨灭的印象：

我从来都不想做一个胜利者，
只愿做一个爱和被爱的人；
我不是，也从不想成为谁的劲敌，
因为我不攫取什么而只想给予。
我竟然成为别人眼中的强者，
一个误会！有海峡那么深！
我只不过总是和众多的沉默者站在一起，
身不由己地哼几句歌。
有时，还会吐出一声长叹。
没想到，叹息也有风暴般的回声！
可我按捺不住因痛苦而流泻的呻吟，
因爱和被爱而如同山雀一般的欢唱；
痛苦莫过如此了。
必须用自己的手去掐断自己的歌喉。

是怎样的经历，才能让作者发出这样的叹息，又是怎样深刻悲痛的绝望，才能让诗人有了扼断自己歌喉的悲鸣。

2014年底，带着年少时的诸多疑问，我在加入《苦恋——白桦访谈录》摄制团队后，这些疑问都得到了回应。半生风雨后，岁月染白了先生的须发，暮年的白桦和爱人恬然而居在上海的一处老式公房里。一生的颠沛流离，并没有消解先生对生命的希望和对于文学的信仰。白发和皱纹间潜隐的，依旧是对生活和文学的苦苦爱恋。

2019年1月15日，晨起猛然得到先生去世的消息，强压心中的悲痛，想哭却哭不出来，脑海里总是浮现出几年前坐在先生对面的情景。再大的风雨，留下来的都是雨过天晴后的平静，他娓娓道来的，正是他那大起大落的一生、起伏跌宕的经历，而那些经历，任谁听来都是惊心动魄、肝肠寸断。先生已故，找到几年前为他拍好的影像，音容笑貌，宛如昨昔。先生身后，唯留他的文字，依然犀利如一柄锋芒的剑，直指良知、骨气和历史的疮疤。

行文至此，脑中浮现的是一张又一张温和、亲切的面孔：九十七岁“老顽童”般的儿童文学作家孙毅，近百岁的女作家欧阳文彬，号称“一百岁的诗娃娃”的圣野，作家、诗人赵丽宏，《于无声处》的作者宗福先，知青文学的代表人物叶辛，患有强直性脊柱炎的陈村，女作家王小鹰，《伤痕》的作者卢新华，还有已经去世的钱谷融、徐中玉、任大星、丁锡满、丁景唐……他们早已名满天下，但是无一例外地，他们把自己的姿态都放得很低，态度诚恳，倾听认真，平易近人，留给访者的是如沐春风般的舒适和回忆。他们中的很多人，在那个特殊的年代都遭受过不公正的对待，腥风血雨，几近命殆。但是，他们信仰不灭，与之交谈，你会时刻感受到他们对文学那种永不言弃的热忱和追求，以及对我们这个国家、对我们这个民族、对我们这个时代的那种深深的炙热和忧患。

白桦先生及夫人在结束访谈后与工作人员合影

在水一方

杨小青

夏天，普陀区作协组织会员采风，第一站去的是“元代水闸遗址博物馆”。这个地方离我单位不远，只隔几条马路。入口处是个现代化建筑，不锈钢与玻璃搭建的顶棚，在烈日下闪闪发光。博物馆在十字路口的一角，四周是高楼大厦居民区，人来人往非常热闹，这么多年在上海，我应该路过这里很多次，居然没留意不知道，感叹。

沿着长长的台阶走进地下，看那些似曾相识的木桩、石条，墙壁上古人修建水闸的动态图画，栩栩如生。时光倒流，一下子把我们从现代魔都拉回到农耕时代。

我是在农村长大的孩子，对水闸并不陌生，我们当地就有个“水闸村”，心中有很多与水有关的记忆，所以倍感亲近，越看越兴奋。水是生命之源，经历过计划经济的人，对此应该更有体会。少年时根本没有水利枢纽的概念，男孩子喜欢玩水，在水坝沟渠里逮鱼。那个年代猪肉是分配的，一个月吃不到一次。即使给你猪肉票，几毛钱一斤，一般家庭也不一定能买得起。于是水里的鱼，就成了免费的荤菜。一方水土养一方人，只要有水，就不缺鱼虾。哪怕是碰到大旱，枯竭见底，下一场大雨，又会有鱼儿溯流而上，捕之不绝。

围着水闸遗址，边走边想，感慨万千。真想跨过栏杆，捏一把潮乎乎的泥土。惊叹那个年代劳动人民的勤劳与智慧，仿佛又见当年苏河十八湾青山绿水，欣欣向荣的景象。人类在与自然灾害抗争的过程中，积累了丰富的经验，留下一个个永不磨灭的里程碑，和自然共存，日月同辉。遗址中，虽没有达官贵人的金银玉器，但一草一木却都承载着上海滩海纳百川的发展轨迹。尤其是在繁华的大都市，有这么一块宝地，让人们可以静下来，回顾历史，不忘初心，弥足珍贵。

金碧辉煌的现代建筑，如果没有青山绿水的映衬，将是多么枯燥乏味。我不禁对发现和保护此遗址的人肃然起敬，苏州河母亲河，源远流长，生生不息。

走出遗址博物馆，大家合影留念，我感觉每一张笑脸都是那么幸福自然。一旁大巴车的车门已经打开，等着载我们去下一站。

路边书店

杨　扬

最美的书店变成了城市生活的一道风景，但对买书人来说，最美的书店未必是能够买到理想书籍的地方。我去过几家最美书店，很想有意外的收获，但光顾之后基本上都是空手而归。节假日去时，人满为患，大多数是游客，慕名而来，走走看看；平日里，门庭冷落，书是可以尽情地翻阅，但一想到网上书店七折八扣的便宜，也就打消了在书店买书的念头。我曾问过很多人，什么样的地方可以称得上是理想书店？回答是五花八门、各种各样的，但我想不管怎么说，书店总是要与卖书的事情有关，而且要让那些买书的人，来了还想来，日日夜夜，朝思暮想，长久地牵挂在心上。这种吊足了买书人胃口的地方，应该是理想的书店。不过，这样的书店，今天还有吗？

学校附近有一条偏僻的小路，路边都是居民区，街边一字排开的小店铺，卖水果的，修车的，做饮食生意的，还有修修补补的裁缝店，进进出出都是拆迁过来的普通百姓，你怎么都想不出，这样的地方还会有书店，这样的地方还会有人来买书。不过世界之大无奇不有，不知道什么时候，这里真的冒出了一家书店。说它是书店，很多人不同意，因为除了店老板在门楣上挂了一块书店招牌外，实在很难肯定它是不是书店。每次我开车经过，都会放慢速度，吃不准这里是不是书店。书店与餐饮店挨在一起，早上七点多就店门大开，里面永远是黑乎乎的，从车窗上望过去，犹如见到一张张大的嘴巴，黑咕隆咚，看不清里面有什么。书店门口时常有一些闲人聚在一起，太阳好的时候，常常是一堆人围着看下棋，阴雨天则是空空荡荡。这样的书店真的有书可买？我感到好奇。

寒假雪天，午后的街道人迹稀少，书店照样开着。我将车停靠在路边，想进去一探究竟。店里真是黑漆漆一片，也不见人影。我正要退出，背后传来声音。

“干什么？”“买书。”我赶紧退出来，掉头看到一位中年壮汉。听说是买书，他一脸堆笑，让我把车停到街面上，免得警察来吃罚单。他打开电灯，里面的确是一间卖旧书的书店，但乱七八糟的，紫砂壶、麻将牌、旧字画等，似乎什么东西都有，堆得满满当当。还有一张睡觉的床，估计老板就睡在这里。我没有多说，先俯身看看书架上的旧书。书大多数是文史类的，但翻着翻着，我就完全被这些书吸引住了。这些书绝大多数是文史专业书籍，而且，大都是“文革”以前的，一些文学作品集，有不少是“文革”前初版，还有一些则是解放前的。其中有关茅盾的作品和研究论著，可以说是非常齐全非常专业。几本书的扉页上，签着我熟悉的中文系老师的名字。我大概猜出是谁的藏书了。另有一大批历史类图书，主要是中国近代史研究论著，其中有不少是作者本人的签名本。挑了一会儿，已是十指黑黑。我直起腰来，问老板这些书是哪来的。老板望着我挑出的一大堆书，笑盈满面。他告诉我自己来上海收购废品已十来年了，跑遍了上海的很多街道，收了很多很多的旧报纸、旧杂志和各种书籍，慢慢地觉得收来的废品转手卖给厂家似乎有点亏，因为有的书籍拿到旧书店去卖，似乎价钱比卖到厂里更划算。这样的一来二去，老板干脆在郊区租了场地，将收来的东西堆放在那里，然后慢慢分类，在市里再找买家出售。老板一边述说自己的辉煌历史，一边又问我一些文化人的名字，先生，你巴金知道吧，我以前收来一大堆巴金的材料，后来二万元卖给一个人，再后来我看到报上说拍卖行在拍卖巴金的材料，仔细一看，就是我卖出去的东西，八万元拍卖成交。我真是悔死了。还有，施蛰存你知道吧，我收到过他的一本手稿，上面密密麻麻写了很多字，那时我不知道施蛰存是谁，标价一万，后来一个人从我店里八千元买去了。老板说得激动，手舞足蹈。我宽慰他说可以啦，你废纸的价钱买进，几万几千卖出，已经可以了，做人心要平。看我挑出的一大堆书，老板给了一个价，我很爽快地答应下来。我问我买下的这些书哪来的，他说有的大学老师死了，他们的后人觉得书堆在家里太占地方，就叫他去收废品处理掉了，这些书就是从很多人家家里收来的。我知道中文系那位研究茅盾的老师很久前病逝，而且晚景凄凉。但没想到我会在一个收废品的店里邂逅他的藏书。老板很满足地递给我一根烟。我说不抽烟。老板说你这人怎么买这一大堆旧书，有什么用？我问还有什么吗，老板问手稿要不要，我说可以看看，不过得过几天再来。

过几天我真的又去找老板了，老板也真的弄了不少旧牛皮袋装的所谓手稿。其实这也不是什么手稿，而是一堆破纸片，其中有油印材料、稿件、笔记本、信件，等等，全都混在一起。我打开一个又一个牛皮袋，一刹那间呼吸好像有点停息，第一包材料竟然是“文革”时期上海作协姜彬专案组的汇报材料，全部钢笔抄写，厚厚一本，封面上写下的时间是1968年。随后一叠是1967年上海市革命委员会材料组编的《“三十年代”文艺黑线历史资料汇编》。再翻下去是徐景贤1968年3月5日在上海作协座谈会上的讲话等有关材料。换了一只牛皮袋，倒出来一看，全都是“文革”期间中国作协造反团（——不是“派”）编的小报《文学战线》，其中1967年5月5日那一期是纪念《在延安文艺座谈会上的讲话》发表二十五周年，第三版有一篇署名“红尖兵”的文章，题目是《茅盾——大连黑会抬出来的一尊凶神》。看到这篇文章，我差点高兴得跳起来。以前听一些茅盾研究的学者说起过，“文革”初期中国作协有关部门将茅盾1949年后的文艺言论汇编成册，准备供批判使用，但后来可能是哪位中央领导讲了话，才得以避免。如果茅盾当时真的被抛出来了，很可能最后的结局是跟老舍、赵树理、冯雪峰等一样。茅盾因为被保护，所以“文革”期间被冷落在一边。但与茅盾一起参加大连会议的邵荃麟等就没有这么幸运，“文革”时被抛出来，最后被折磨致死。所以，《文学战线》上的这篇文章真正是“文革”时期批判茅盾的历史证据，在以往研究中从未见过。最后翻到的牛皮袋里是手稿，我一看到这是发表在当年《人民文学》上，一位上海当时很有名的工人作家的作品，就知道是谁的东西了。随后的几本笔记本，每一本封面上的确都写着这位作家的名字。这是我意外收获的一批历史材料，是不是珍贵，实在难说，但对我而言，是研究中可以派上用场的。站在昏暗狭小拥挤的店铺里，翻检一大堆破纸片，但感觉却是非常好，好像到处都有东西在暗处闪闪发光，在向我热情招手致意。翻了大半天，时间久了，人也感到有些乏，只得先跟老板结账，余下的等年后再说。

新学期开始，我就想着去这家路边书店看看，但意外的是书店没有了。因为市容整顿，书店属于违章建筑，被拆除封堵掉了，老板当然也失联了。好几年没有遇到过这样神奇而理想的书店，它奇迹般地出现，又快速地消失。不知道这样的书店哪里还有，如果真的有，我愿意一次两次、反反复复地去那里寻寻觅觅，购买书籍。

渡口桃花锦绣纹

杨忠明

一、真如——一个如世外桃源的地方

儿时，我恍恍惚惚知道有一个叫做“真如”的地方，在我的印象中，总觉得那是在老远老远的一个鲜为人知的角落里。早在上世纪五十年代，每逢周末，我父亲常喜欢去老家昆山走走，这里又要说到精明会算的上海人了，从市区用月票乘坐公共汽车到真如再从真如火车站上车的票价是六角，比起从北站乘火车到昆山来回的二元可以节省八角。某年春天的早晨，我随家父去昆山吃奥灶面，他顺便带我去真如古镇踏踏青。沿着一条泥泞的桃浦河边的小路，自南向北步入古镇，河边几株老柳，绿枝低垂，河水缓缓地流着，清清水面上泛着的几片绯红粉色的花瓣正被数条不知名儿的小鱼用尖嘴追逐着；河边有几楹长着瓦草的青砖矮屋，一小片金黄色油菜畦边，蜜蜂嗡嗡，篱笆里也有鸡鸣犬吠，空气中青草与野花的清香扑鼻而来，一个头上包着蓝印花土布的农妇探头向我们张望；稍远处，是一片高高低低屋顶上长着瓦草的旧砖木屋，黑不溜秋的好像有几百年了，一个废弃的青麻石井栏边上的几间房子已经坍塌，一地破砖烂瓦上长满青苔杂草，几只羊在啃食着……与我老家昆山玉山镇差不多，这是我对真如的第一感觉。说来我与真如真有缘份，二十世纪八十年代我移居真如，那年头春天里，此地老街尚存，旧屋老宅成片，景色可以入画，石桥、古寺、老树、河滩、木船、石板路，往日桃溪古镇边，桃花依旧笑春风，镇上寺前沿桃浦河边有许多小店铺，什么剃头店、打铁铺、老虎灶、小茶馆、中药房、种子摊、小诊所、老饭馆，还有那引人馋嘴满街飘香的阿桂羊肉百年老店……

真如古镇位于申城桃浦河边，此地古称桃溪，因有宋代吴淞江两侧三十六纵浦之一的桃浦河南北贯穿古镇，沿浦多桃树，故名。镇名得于元代真如寺，元延祐七年（1320年），僧人妙心将真如寺从官场（今大场）移迁至今址。真如寺是本市最古老、江南地区仅有的元代木建筑，至今已有近七百年历史。试想，一座木建筑老屋能七百年不毁于香火、战火，当属不易。其实江南的名寺古刹，近的龙华、静安，远的灵隐、天童等，虽有的早在三国、晋、唐时初建，但屡毁屡建，现存建筑大多是晚清光绪、宣统年间重建，真如寺的文物考古价值的重要性也在于此。

“真如”本佛家语，意为事实之本相。明清以来，真如寺除有韦驮、伽蓝等殿，周围还陆续建有东岳行宫、文昌阁等，那时真如地区有佛道两教寺庙堂观四十余所，故有“庙包镇”之说。现存的真如寺正殿，主体建筑结构仍保留初建时原貌，大部分木构件为元代之物，如今，你还能看到当年移建时留在正殿额枋底部的楷书墨迹：“时大元岁次庚申延祐七年癸未季夏月已巳二十乙日巽时鼎建”。虽然七百年过去了，元代墨色依旧清晰可见。僧人讲，寺院里原有一尊明代永乐二年铸就且高三尺许的铜质大弥勒佛，据说旧时香客身体欠佳，只要在铜佛身上摸一摸就会感觉舒服，天长日久，此铜佛被摸得包浆锃亮宝光熠熠。可惜，“文革”时它被击碎后送去冶炼了。

在清代上海诗人朱瀚笔下，当时的真如宛若桃花源里，景色相当迷人。《桃浦渔歌》有云：“渡口桃花锦绣纹，买鱼沽酒趁斜曛，狂歌一曲无人听，唯看青山与白云。”令人不解的是，清代的真如，白云是有的，可哪儿能看到青山呢？或许是诗人醉眼蒙眬中抒发的艺术意境？

据《真如镇志》记载，真如地区清代曾有老虎出没。“康熙四年秋，真如有虎，捕之不获，乾隆廿六年十月初九，有虎至北杨宅伤人，知县李某率兵捕而未获。”《花经》作者，著名园艺家黄岳渊的黄家花园，早在宣统元年就建于真如的李子园一带。

二十世纪八十年代初，笔者卜居真如，春月雨夜高卧斗室北窗下，风声、雨声、摇橹声、蛙鸣声不绝于耳，大得陆放翁“小楼一夜听春雨，深巷明朝卖杏花”诗句之真趣。著名书画家钱君匋先生听说我住真如，他高兴地对我说：早年他曾去过真如古镇，还在那里吃过阿桂羊肉，鲜得不得了啊，感觉比他家乡海宁的羊肉还要入味！那里的明清古屋、老柳、旧街、沿河商铺、河中船，还有真如寺前那棵元代银杏老树，都是可以入画的呀！

我发现来这里羊肉馆吃羊肉的朋友几年来总是几个老面孔，春夏秋冬，一盅老酒、一盘白切羊肉或羊杂碎，蘸着一种深褐色黏黏的调料，边吃边聊，最后再呼噜呼噜吞下一大碗羊汤面，一种享受美味快乐的咀嚼声夹杂着羊膻味融化在晨光中升华成一片青紫色的烟雾，屋外不远处从杏黄色墙体的有七百年历史的元代古寺内隐隐传来一阵阵鼓乐伴随着吃素食者的诵经声……

今年九十高龄的周老伯也是镇上羊肉老饕，他说，“已有二百年历史的真如羊肉为何长盛不衰？原来，从前真如属嘉定，农民伏天喜食羊肉，旧时，每天凌晨三点半，农民上街吃茶，四点半许，进羊肉馆要上一碟羊肉、一杯白酒、一碗羊汤面，吃完下田最有气力。后来许多老农民就此吃上瘾，引得街上有的居民也常常来尝尝。解放前这里有六家羊肉馆，当以北石村的王阿桂烹制出来的白切羊肉（阿桂羊肉）最佳。周老说，他曾看见阿桂杀本地山羊，带皮切块出水后放入一个有陈年老汤的大锅中烧煮，那个羊肉呵，色泽淡红，香气四溢，入口鲜酥，当然要蘸点酱料，食之难忘！

史料记载：在乾隆年代，真如羊肉名震江南，一条老街上竟有三十多家羊肉馆。民国年间，镇上扶栏桥东有赵群林、赵云山兄弟在北大街卖红烧羊肉（又名生糟羊肉），用稻草作柴，大灶头上烧出来的红烧羊肉，香鲜、卤浓，嚼之糯粘、肥甜，多汁但又不腻，酥烂但又不碎。一定要出锅趁热吃呀！

我住真如三十余年，都是夜晚听取蛙声一片，下雨天走泥泞不堪的小路，小区门口有个农民从种菜浇肥闻着极臭的粪坑开始，亲眼目睹真如地区一年一年旧貌变新颜的“刷新”。如今的真如，四季鲜花盛开，商铺林立，马路宽敞，街景亮丽，地铁四通八达，三十多年的变化可谓日新月异，如今，古老的苏州河、桃浦河水色变清；深秋，桂枝飘香，白鹭纷飞，草虫唧唧。新地铁正在修建，将为苏州河沿岸的居民带来出行的便利，曹杨路一带正在建立的真如北商圈，高楼、花园、商铺、荷塘、绿地，将会给新时代的苏州河周围、桃浦河一带来一个华丽的转身，曾经如世外桃源的古老的真如将又一次腾飞……

二、桃浦河边古迹多

上海苏州河、桃浦河畔留存着大量文物古迹，这是了解这个地区历史演变的最佳资料，我们要珍惜、爱护。连通苏州河的桃浦河地区，相传有一口南宋古井，千百年来迎送着日出日落，如今却沦落在上海小街一隅，被人遗忘了的角落。路人，行色匆匆，车辆，川流不息，可是，谁也没在意这口古井的存在，不屑一顾。某年，一个初冬的暮色苍茫里，我又一次来到绿杨桥，走近古井，轻轻地抚摸着灰褐色的花岗石井栏，眼前的古井石面已是斑斑驳驳状如松糕，满是蜂窝点点，铭刻着时光的记忆……

踏访百年绿杨桥

苏州河水每天不紧不慢地流向桃浦河地区，桃浦河总是波光粼粼，两岸绿树掩映，春光村五队李家浜上有座远近闻名的百年“洛阳桥”，也得到了苏州河的眷顾，从市中心美丽园开出的62路公交车终点站就是绿杨桥，桥在车站西面真南路桃苑路口。传说，古绿杨桥始建于南宋年间，后坍圮，乾隆戊子（1768年）重修。旧时，桥之两岸植杨树数十株，后人沿称“绿杨桥”。

二百三十余年后的今天，这座由数条花岗石板构成的平板石桥再次修葺一新，作为文物保护，桥侧凿有阴文“洛阳桥”三字，石桥中央有活络石板一块，行人踏上桥板就会发出“乒乓”的响声，据说从前夜深人静，若有人从桥上经过进村，村口守夜人就会警觉，有防盗功能！

清代、民国年间此桥通向当时的绿杨桥钱姓村庄，本地居民，我友钱元龄先生告诉我：绿杨桥钱姓相传是吴越国钱王后裔，明末清初，清兵入关，嘉定三屠，其祖先钱王第二十三世孙，怀桥公夫妻二人乘一小船，由太仓避难到绿杨桥时已近日落黄昏，夜饭后，其妻洗碗时不慎碗落河底，二人皆感“天留我也”。于是上岸定居，后来成为当地名门望族，乾嘉年间相继建有四座厅堂，雕梁砖刻、朱漆泥金、檐牙交啄。整个村庄，茂林修竹，小桥流水，辉煌一时。乾隆进士钱大昕曾两次来洛阳桥通谱，皆从此桥上走进村庄。如今笔者由钱家后人引导，在一处小院里寻见清代六角古井一口，内有清水一泓。此地厅堂老屋毁于日寇炮火，古建筑早已荡然无存。

上海白塔睹倩影

北京有白塔，你想看看上海的白塔吗？绿杨桥往东行约二里地，有座老上海“南宋”白塔矗立在敦煌路口，亦称“韩塔”，又称“厂头白塔”。塔身三层六角砖结构，东面有一如意形的空洞，里面宽大，可以放灯在内，奇巧空灵饶有古趣。钱元龄为白塔吟诗一首：“二塔相对对渡塔，千年遥望望千年，蕲王白塔今何在，残砖一堆长浜边。”白塔曾在清代数次重修，如今再次重修一新。传说此塔建于南宋建炎四年（1130 年），蕲王韩世忠驻兵扬州以下江南各海防，以前军驻青龙镇，中军驻江湾，后军驻海口，此地乃中军头营所在，故名“厂头”，境内桃树浦河纵贯东北，古代两岸遍植桃树，故名“桃浦”。清代诗人本源作诗二首，其《桃浦村居》云：“乍得离岩谷，村居水一湾；花眠溪色外，人卧鸟声间。夜月深如海，蓬门宛在山；披襟发长啸，引客到梦关。”又《过桃溪》云：“未到黄昏后，江村早闭门；草深秋色满，沙浅橹声喧。披褐呼童子，张灯开竹轩；夜来何处客，双屐破苔痕。”史载：韩世忠为堵金兵北撤，于厂头一线昼夜巡警并筑南北二塔，以作航标，南塔在今长征乡灯塔村，现已无迹可寻，二塔旧称对渡塔。据旧《厂头镇志》记：“镇之形胜，东环桃浦，西绕槎溪，南枕虬江，北控蕴草，为嘉、宝南隅接壤之区，白塔在镇北百步许，相传此地古海口，东望对岸，竭目力不可见。”厂头古镇，明清时有街市、宅第、庙宇、园林等，曾经繁荣，至晚清衰退、败落，但旧街、老屋、古树、石桥、池塘、残塔尚存。

南宋韩瓶可插花

从前，在绿杨桥、白塔、长浜附近，农民开河挖泥时，常会挖到一种外形粗拙修长、小口鼓腹、通体弦纹、平底有系的陶制器物，这叫“韩瓶”，是一种流行于南宋和元朝时期的陶瓶。之所以通称为“韩瓶”，相传这种陶罐是南宋名将韩世忠攻打金兵时，军队里的士兵用的汲水器。据史料记载，韩世忠每日带领士兵在荒山野岭中操练，时值盛夏，将士们口燥舌干，却苦于没有取水工具。于是，韩世忠就命人用含铁量较高的陶土制成不易敲碎的陶瓶，发给将士做水壶用，解决了将士们的饮水之难，从此“韩瓶”作为一种器型被固定了下来。到了明代，韩瓶的使用更加广泛。后来民间也广泛用来贮存酒类。韩瓶有大有小，大多外形瘦长，高约 19 厘米，最凸处直径 10 厘米，瓶口径约 6 厘米。韩瓶虽然都是陶土所制，但在制作过程中却加入了适量的沙，这样既增强了韩瓶的坚固性，又降低了陶土的吸水性，使得韩瓶更适合做盛水器皿。旧时，绿杨桥居民挖到韩瓶，原泥不去，插花清供聊有雅趣。清代乡人杨大澂诗曰：“荒江秋令暮云间，破艇斜阳吊古还，携得韩瓶种桃叶，新枝犹带土花斑。”

纬　度

杨绣丽

一、城中“城”

我所居住的小区位于普陀区，小区名字叫“万里城”。有了“城”这个字，小区在购房者的心目中便变得开阔、谨严了。首先，它既然被命名为“城”，那它定然有“城”的完善规划，能达到一定规模的人口总数，应该具备一定的优秀管理、人文景象和娱乐商圈。所以，当年我购房时候，第一次拿到这个物业的绿色宣传资料时，我立即倾心的就是这个“城”字。

“城”，在古老斑驳的岁月长河中，那是用泥土和红砖围成的壁垒。烽烟四起，都邑四周筑起防御的墙垣，人们坚守住的是永恒的家园。我喜欢在古老的词语中寻求一种岁月的风烟。尽管，时光已经不能容许我们选择更多，但我们还可以在这个世界上找寻到一个地方，供自己的身体和灵魂安宁地栖息。

愿望中的“城”不要有很大很大的规模，如我以前在故乡崇明岛生活过的小县城那般最好。它没有过分喧哗的街道，到处是绿荫满地。夏天的午后，浓郁的树木把阳光的金色投在街道，如姑娘衫裙上淡雅的花色在视野里悠悠晃动。它晃动出一声悠长的蝉鸣，晃动出开轩品茗的风韵。雨后，散淡的积雨云还在天空徘徊，青色的石子小巷有着楝树若有若无的芳香，午睡醒来的孩子穿着发出“吱吱”小猫叫的拖鞋，在年轻母亲的牵手下，去对面的烟纸店买一个卡通状的雪糕。秋天，你可以骑着自行车慢悠悠地出发，从东门、南门、西门、北门的街道上绕个一圈，半个小时的路程，你就已经把小城的秋天全部收拢了。那是金黄和温暖的腹地，闲散的居民在里面有滋有味地生活。在这个小小的城里，应该生活着你的家人、你的师长、你的同学、你的朋友、你的恋人，他们是一丛丛的火苗，在城内的家园闪着永远的光辉。小小的城外还应该有广阔的无边田野，你可以在假日穿过街道，到不远的田垄去散步，看一波如镜的池水，听稻谷香里脆脆的蛙声。小小的城外还应该有涛涛的江水，在夜晚走过长长的岸堤，可以看到一际拂水的月光和细语的微波。

这样的愿望，这样的思想，小小的“城”在我的想象中便趋向于天堂般的完美。而多年生活在上海这座繁华无比的大城市里，疲惫的身心极需要有一个安宁的绿地。

我于是便在普陀区这个名叫“万里城”的小区里安居下来。我是生活在一个“小小城”里平民的女子，穿着棉质的衫裙，在秋风舞动的梧桐落叶里捡拾到梦的金黄。

这个小小的“城”位于内环线和中环线之间，它不是处于繁喧的闹市，离开市中心也有半个小时的车程。它的面积有百万平方以上，应该有我故乡的小县城那么大吧。因为它是市政府最早提出的市示范小区，所以在最初的设计上应该比较符合现代居住理念的。它把中心商圈和居住区域分得很开，有一个家乐福上海总部所组成的商圈，错落有致的多、高层的各式建筑分布城区内，一个十多万平米的中心花园贯穿其间。这里的街道特别的开阔，主干道有着绿色的街心绿化带。从幼儿园到高中，城区内共分布着多所区、市重点学校。可能正因为学校的效应吧，许多家长就是为了解决孩子的读书来购买这里的房子的。走学校路线，这也是开发商一条极其重要的思路。

如果对照我理想中“小小的城”，这里缺少的是古朴的气息，它是新生的建筑，没有岁月的沉淀。它看不到青色的院墙，幽静的小巷。它听不到海涛的喧响，绿荫的蝉鸣。它读不到琉璃砖瓦的图书馆，见不到乡情浓郁的电影院。它没有骑着橘色顶篷三轮车的瘦瘦车夫，没有卖热气腾腾油条豆腐花的胖胖大妈……它有的只是欧式的建筑、水柱变幻的喷泉，有的只是精美时尚的商场、音乐流响的餐厅。它没有骑着三轮车的车夫，只有开着私家轿车进出的时髦女郎。它听到的是远处的火车在深夜铁轨上行进的声音，它看到的是高大的花斑狗在主人的牵引下在黄昏散步的风景。

但是，在偌大的都市里，我毕竟在这里找到了一份比较安宁的氛围。我喜欢骑着自行车在小区的街道上看落日的风光，晚霞把路边的梧桐渲染成金黄的油画。经过我曾经工作过的晋元附校校园，我看到操场的篮球架下还有晚归的学生在追逐嬉戏，我怀念曾经在学校里教书的日子：每天早晨升国旗的时候，庄严的国歌就飘荡在清新的晨空，在小区内回响。对面高楼的阳台上会有几个爷爷奶奶探出头来，朝这边的操场张望，他们正乐滋滋地看自己的孙子孙女做早操呢。我喜欢在周六的午后，去商场逛个一圈，购买下一大包有用或者无用的东西，然后去社区文化中心的阅览室看几本杂志，或者去肯德基买一个巧克力圣代。走出商场，就穿过宽宽的中央花园，看到一块巨大的石碑，上面有著名作家赵丽宏老师题写的“万里城赋”。在高高的石阶上，我可以看到整个小区的风貌，可以看到我家那个白色栏杆的阳台，看到花园南面砖红色的进华中学教学楼，教学楼面上镶砌着的黑色时钟，时针正清晰无误地告示着我光阴的流逝。在这个黄昏，时间和空间正好在这个花园的中界线上交汇，“万里城”仿佛是空寂无声的，它只是一幅幅承载我梦想的幻觉的画面，它切实地存在着，它又虚幻地分离着，它是我故乡小小县城的延伸，它又是这座红尘都市里一个寂寞的缩影。

哦，无论过去、现在，还是未来，“万里城”永远是我家园的一个梦。它是城中之城，是繁华中央寂寞清新的一隅，是喧哗和浮动背后映掩的绿荫。它居住在我的内心，是正在诞生的黎明和逐渐消逝的黄昏……

二、林荫道的“纬度”

从我家小区花园出来，沿着富平路往东，到真华路右转往南，一直走到铁路隧道口那儿，再折转回来，这就是我日常散步的林荫道，对于我来说，这条林荫道似乎别有一些深意，我太多的沉思默想和它置身于同一纬度之上，粗粝而柔和地精确。散步的起点应该从花园算起吧，一条富平路把花园分成两半，就像赤道线把地球分成南北两半一样，站在花园北部高耸的平台上，整个小区的建筑和花木高贵而矜持地围绕过来，其中我认识一些杉树、香樟树和棕榈树，也认识成片的太阳花，如同自然大气般循环。花园南部入口处树有“万里城赋”碑，为赵丽宏老师所作，与之相对的则是“暨南大学旧址”碑刻，隐于树荫之下，几乎不为人所关注。富平路上的香樟树已形成巨伞般的冠盖，终年投下一道道绿荫，大约也是一种名副其实的富足和平静。

到真华路右转时，杨树出现了，围绕着另一座小区和进华中学的围墙，有十几棵合抱一般粗的杨树，有时你走着走着，只觉得世界一片沉寂，突然就想抱抱这些参天乔木，但真的合抱不过来。太多合抱不住的东西，独自存在，独自运转，独自悲喜，似乎与我们无关，又似乎与我们紧密相联，可是我们却并不懂得它们的意思，各有各的孤独……从富平路口到隧道口那儿，大约百米的距离吧。只见人行道上的林荫，自行车道上的林荫，以及机动车道上的林荫，一层层扩散开去，重叠成一道道绿色的皮肤，吸引着清风和禽鸟发出歌唱。人行道上，高大的杨树沿围墙一侧站立，而低矮一些的香樟树站立于自行车道一侧，如同绿色迎接的拱门。若是抬起头来，你会发现树木的秘密和灵性——那排香樟树一直向上生长，在快要触碰到杨树枝叶的高度时，它们的树枝开始向着宽阔的外侧伸展出去，呈现出一种扭曲但是有力的生存韵律——而进华中学的红色砖房，操场上的绿色草坪，则是一首关于颜色的青春诗章。从进华中学再过去，是一所幼儿园，栅栏上贴满了动物造型，然后就是隧道口了，有时在夜里，隧道深处断断续续传来管风琴声，像鲸鱼出没的海底迷宫，我看见台阶一直向下延伸，但我从未涉足过那里，像是有所敬畏一般，直接就折返回来了。

漫步于这条林荫道上，有时我会想念家乡崇明——那一片岛屿，海水和沙滩积聚的语言，几乎是久已沉寂的时间，久已习惯的耐性。而遍布岛上的林荫道，从时间里站起，站在乡愁和诗意的纬度上，世上所有的林荫道似乎都有这样的位置。多年前我去新疆，见过莽莽苍苍的天山山脉雪白如玉的身躯，见过昆仑雪山千万年滋养形成的飘香绿洲，雄浑而震撼。当我们进入泽普县城，眼前豁然出现一条法桐大道，这些巨大的法桐树在心中布满欢喜与感叹。据说泽普县有很多古老的法桐树，可是没有实实在在的经济产出，并不受当地农民的喜欢，为了给经济林木让出位置，泽普各地的法桐树都移植到了县城，更显出“法桐天堂”的壮观来……清风吹拂下的法桐，枝叶苍劲挥舞，恍惚迷蒙成一幅无边的油画，一种无用之美，弥漫于天地，刹那间，我的视线似乎从那油画的框架又转到了郁郁葱葱的家乡身上……

在我看来，对林荫道的需要和亲近，是对遥远自然的远足，是对现世安稳的渴望，也是对灵魂安宁的追寻。我们都喜欢城市有着永远延续的青葱、永不缺失的存在、永远舒缓的质地，这些似乎都密布在林荫道的地图上。但是我们生活的周遭，太多的树木已被砍伐，真华路上的这些高大杨树或者是由于靠近铁路、靠近隧道，又围绕着一所校园的缘故，因此才获得了它们悠久的绿色空间。它们的高大和坚韧，有赖于远离，有赖于自处之心，从日渐浑浊的空中和大地上持续获得光和水。沿着这条林荫道走一个来回，大约三千步，我手机下载的散步软件告诉我说这个距离相当于绕着故宫走了四分之一圈。一个事物存在久了，就成了衡量另一事物的尺度。我希望世上所有的林荫道都有这样一个长存的纬度，让我们时常走入它们安静的衡量之中。

我和我的火车站

何雅君

“从包头开往宁波方向的 K255 次列车即将到达本站，列车停靠 1 号站台，请工作人员做好接车准备。”

这一段标准的报站术语并非出自上海西站，而是我趴在西站对面的窗台上念的。自从搬家来到西站对门的小区，我就忙着学舌报站，并且乐此不疲。在我第一千次报完站后的 2006 年夏天，西站的旧车站停运改造了。那时我还不知道，后来的它会变成什么样子，正如我不知道这段报站的话冥冥中对应着什么。

西站的旧车站是一幢灰扑扑的两层楼，看起来没有什么特点，我却对它充满了兴趣。2001 年我刚搬到这一带时，西站背后和旁边还没有什么高大的建筑物。站在我家东边的窗前，我可以看着列车从西站经过，一路向东，开进十里之外的上海火车站站台。后来房价越涨越高、高楼越建越多，西站背后竖起了密密麻麻的水泥森林，我便只能在它离站之后，从层层叠叠的楼群缝隙中瞅一眼它的身影。

不过，这并不影响它以别的方式融入我的生活。十几年前的上海西站没有地铁，公交车的班次间隔也很长。要去六里地外的曹杨路轻轨站乘车，得先经过一段货车铁轨、建材市场、果品市场、水产市场、超市配送中心，念一遍都很累，而那轻轨站不过是出发的开始。你知道，只要有一辆卡车横在马路中间、进不了市场，整个路段就堵住了。如果每个市场门口都有这么一辆不争气的车，后果可想而知。相比之下，火车成了西站居民最利落的出行方式——人家不堵车，也不用等红绿灯。当年的西站时刻表排得密密麻麻，周末早上起床，我只需揉揉眼问我爹：下班车几点？然后拿了钱下楼，穿过马路，搭乘最近的一班列车，去昆山吃碗奥灶面当早饭，或者到苏州园林里游逛。反正车票不过十来块钱，车程也不过几十分钟，比到徐家汇、五角场还快些。外地旅游归来途中，如若买不到直达西站的票，我便中途下车，换乘停靠西站的其他火车，以显示住在火车站对面的优越性。

当然，那些年的我不过是一个学生，并没有时间和金钱整天外出游玩。于是，我开发出一种新的乐趣，每天到点报站。我对西站的车次时间很熟悉，家里也常备一本时刻表，但我报站的技能是从西站的广播喇叭里学来的，那声音传到我的房间里还很清楚。我可不嫌它吵，对于平时封闭在学校和作业中的苦逼高中生来讲，“齐齐哈尔”、“烟台”、“怀化”这些天南海北的地名能给人带来莫大的想象空间。只要我有勇气扔下手中的作业，就能从家门口到达祖国的任意角落，连换乘都不用。即便没有勇气踏出这一步，也能在学舌报站时把这些陌生的地名一个个念一遍，过一把嘴瘾。

如果你了解当年的我，你一定会问，“你报过的这么多车次里，有没有最喜欢的呢？”答案自然是有的，且与我最喜欢的城市北京有关。我参加了北京鲁迅文学院的少年作家班，高一暑假去那里面授学习，认识了一位在清华读书的小哥哥。为了充分感受来自清华园的气息，后来一年的每个周末，我几乎都要拉着人家在 QQ 上聊天，让人给我科普各种学问。对方是浙江人，与上海的交集原本有限。我却了解到，每逢假期，他都要乘 T31/32 往返杭州，经过上海西站时会停靠 8 分钟。为了感谢大神对我这中学生的指点，那车路过西站时，我便站在窗口向其挥手——让人家下车是不可能的，何况到站时间又是午夜或黎明。后来我再去北京，也学人家的样子坐 T32，因为它是上海西到北京最快的一趟车。

和西站相处久了，我便有了一个新的想法：大学毕业后去那里上班，从事报站工作。我爹说，你念中文系就为了干这个，浪费不？我很奇怪，干自己喜欢的事怎么能叫浪费呢？问题是，我还没打听清楚怎么应聘到西站工作。2006 年 7 月 1 日，西站停运改造了，那是我准备找工作的大三暑假的第一天。它改造了三年，等到新站揭幕时，我们这儿，地铁修得差不多了，也不再是个难以到达的角落了。我每天搭地铁去市中心上班，很多普陀区的人也会搭地铁来这儿乘火车。

新的西站是一座纯高铁车站，外观很现代，供沪宁高铁专用。小区里的人都夸它好看，我却遗憾那高铁只到南京，行驶路程比原来短了许多。依照我的设想，它最好能像北京站的国际列车那样，一直开到莫斯科去。事实上，乘坐超长时间的火车到底啥滋味，我并没有经验。我向我的丈夫咨询，他叫我别试。2006年初夏，他从内蒙古包头的家里出发，坐了近三十个小时的硬座来到上海。从上一个版本的西站下车时，他几乎失去了行走能力，也因此记得那趟车叫K255。我深表同情："都到我家楼下了，怎不上来坐坐？你要是来了，咱们可以早认识八年啊！"

2010年6月25日上海西站启用仪式

探访苏州河两岸的纪念地

坚　榕

西亚文明起源于两河流域——底格里斯河、幼发拉底河，上海文明也离不开“两河流域”：黄浦江和苏州河。“苏州河十八湾”，湾湾有风景，一年四季流淌，最终注入黄浦江。黄浦江“一江春水向东流”，流入长江的入海口。日夜奔腾的长江水，带着中华民族的沧桑，带着上海的斑驳历史，汇入茫茫大海。苏州河，难道不是上海的母亲河吗？！

穿越上海普陀区，随着苏州河的流动，由西向东，河流两岸布满了这座城市生息、变迁、发展的历史遗迹。踏着四季的风，跟着四季的流，我们去探访苏州河流域的历史遗迹，去感悟那些纪念地的意义。

春季的感悟：历史悠悠

2018年的春天，上海普陀区作协组织我们参观了位于普陀区延长西路、志丹路口的“上海元代水闸遗址博物馆”。七年前也是在春季，即2001年5月，因为建造“志丹苑”商品房，打桩时偶然发现了这个元代水闸。经专家们考古勘探、文献查证和反复论证，确认这是一处与吴淞江有关的元代水闸遗址。这一发现，把人们的认识带到了13世纪末的元朝。据资料记载：当时元朝定都北京后，江南成为元大都等地赖以生存的粮仓。苏州河发源于太湖流域的吴淞江，过去人称苏州河上游为吴淞江。那时太湖因其独特的碟型洼地地貌，导致潮水倒灌，泥沙沉积，吴淞江是太湖东出泄海的最重要干道，从唐宋年间开始，吴淞江逐渐收窄，至元朝中后期，吴淞江的淤塞严重影响了该地区的经济发展。于是，元朝政府把治理吴淞江作为江南地区水利的首要任务，在吴淞江流域建造了许多水闸，那天，我们参观的志丹苑水闸遗址，正是元代著名水利专家任仁发于1324年在吴淞江上建造的六座水闸之一（迄今为止另外五座水闸遗址尚未发现）。

在这个水闸博物馆内，我们见到展厅里的十二组建闸过程描图投影，重现了七百年前宋代《营造法式》兴建水闸的重要工序，描绘了元代先民建造水闸的景象。博物馆内还陈列出该遗址的出土文物如釉陶瓶、八思巴文碗底、铁锭榫等。这个水闸遗址的发现，对研究吴淞江（苏州河）流域的历史变迁和长江三角洲地区的经济发展具有非常重要的学术价值，是上海地方史研究中一个标志性的重要物质文化遗产。志丹苑水闸遗址被评为2006年度“中国十大考古新发现”之一，2012年12月31日，这个“上海元代水闸遗址博物馆”正式对外开放。

苏州河畔具有历史传承的建筑和文化遗址，还有位于河东岸光复西路的“圣约翰大学河东旧址”，位于中山北路的“华东师范大学中山北路校区”（北至金沙江路，南至苏州河），位于安远路170号的“玉佛禅寺”等。

冬去春来，来源吴淞江的苏州河水，在春天淙淙流过，五月的鲜花盛开在上海这片土地上，苏州河承载着普陀区自然史以及人文史的来龙去脉。

夏季的回眸：工业重地

2018年夏天，值得记住。夏日的苏州河在明媚的阳光下闪烁着粼粼波光，我们迎着午后的阳光，来到位于光复西路2690号的“苏州河工业文明展示馆”。这个展示馆位于苏州河畔“长风生态5号绿地”，原址是“上海眼镜厂”，入口处院外，一块大石头上刻着“苏州河十八湾”的大字。该馆于2014年5月18日“博物馆日”建成开放，馆区分为室内和室外两大部分。

室内展示面积约八百平米，以苏州河为空间轴，用大型长廊壁图方式标明了穿越上海市的苏州河两岸工业遗址。我们在展示厅里，看到原位于苏州河畔莫干山路120号“阜丰福新面粉厂”的多栋厂房建筑大照片和许多历史票据资料。图片上那些厂房的外观和内景、立面和廊柱、天井和门楣上的巴洛克装饰，将我的思绪带到远久以前。1898年，孙多鑫、孙多森兄弟合资创办阜丰面粉厂，1900年开业，生产“车牌”面粉，成为中国近代民族资本在上海创办的第一家机制面粉厂，被誉为“远东第一面粉厂”。

在展示厅内，我们还看到“上海被服厂”、“上海橡胶厂”、“江苏药水厂”、“怡和打包厂”、“华生电器制造厂”、“上海麻袋厂”、“上海试剂总厂”、“上海印染机械厂”、“中央造币厂”、“上海啤酒厂”、“申新纺织九厂”、“信和纱厂”、“中华书局印刷所澳门路厂”等旧址照片和历史资料，见到早期“华生牌”电风扇等实物。“苏州河工业文明展示馆”室内展厅，以二百余件珍贵实物展品和丰富的历史照片及资料，再现了上海开埠至今苏州河沿线工业文明的风雨历程和辉煌成就。

室外展区，以大型工业机器展示为主，我们见到20世纪早期的“气体压缩机”和“海力斯胶印机”等实物，还见到复原仿建的“阜丰里”坊门建筑。室外展示区，用场景复原和雕塑作品相结合的形式，重现了苏州河工业文化的历史遗韵。在此，回眸苏州河工业的历程，再现苏州河工业的成就，传承苏州河工业的文脉，参观时令人心漾不已，参观后叫人回味无穷。

这天下午，我在回家途中走过江宁路桥，向东走在苏州河北岸，望着河对岸不禁感慨。今天位于南岸宜昌路130号的“梦清园”内，有座平面呈马蹄形、占地约11000平方米的现代派风格老建筑，它就是著名的匈牙利设计师邬达克设计，建于1933年，1935年建成投产的原“上海啤酒厂”（上海啤酒有限公司）的老建筑。上海啤酒厂前身是1909年德商创建的“顺和啤酒厂”，生产“UB”牌黄啤，该厂被上海市民习惯称为“上海友啤啤酒厂”，是上海最早的啤酒生产厂家。1919年该厂因经营亏损，被挪威商人收购，改为“斯堪脱维亚啤酒厂”，1935年与英商沙逊洋行合资，在香港注册为英商“上海啤酒股份有限公司”，啤酒商标“UB”仍继续保持，是当时中国最大的啤酒厂，在东南亚也享有盛誉。1949年停产，1957年由上海市人民政府接管，易名为“上海啤酒厂”。如今，上海啤酒厂旧址已被改造成苏州河畔“梦清园”主题公园。夏日的河水清澈透明，从这个老建筑身边流过，阳光明晃晃地照耀在河岸，公园内草木郁郁葱葱。

回眸历史，上海是工业重地，苏州河以此荣光。苏州河沿岸是中国民族工业的发祥地，也是中国近现代工业的摇篮，苏州河两岸留下了大量工业遗产，见证了中国近现代史上一座又一座工业丰碑。

秋季的追思：红色记忆

1989年的秋天，令人难忘。这年9月，公布了普陀区第一批革命遗址。

革命烈士顾正红（1905—1925年），1925年2月因领导日商纱厂工人举行罢工，揭露帝国主义剥削工人的罪行被枪杀。这个事件成为上海工人运动史上著名的“五卅运动”的导火线。1959年5月，在苏州河南岸澳门路300号的顾正红烈士殉难处，竖立了一座高2.5米的顾正红雕像，并立纪念碑，碑上刻有时任华东局书记魏文伯题写的“顾正红烈士殉难处”八个大字。该遗址于1989年9月被公布为普陀区第一批革命纪念地，2008年5月30日“五卅运动”八十三周年纪念日，顾正红纪念馆在其殉难处原址建成开放。

除了顾正红烈士殉难处遗址，1989年秋天，被公布为普陀区第一批革命纪念地的还有“十九路军抗日临时军部遗址”。1932年“一·二八”淞沪战役爆发，驻守上海的国民革命军第十九路军在蔡廷锴、蒋光鼐等率领下奋起抗击，前敌临时指挥部设于真如站范庄。范庄系广东人范肖之于1920年所建别墅，为两幢西式平房，在1937年“八一三”抗战中毁于炮火。1989年9月普陀区在此遗址立纪念碑，碑刻“淞沪抗战十九路军军部遗址”。

踏着秋天的落叶，我来到苏州河畔“中远两湾城”的西区，寻觅“五卅运动”浮雕纪念像。原上海总工会第四办事处遗址曾在潘家湾路227弄19—22号三德里内，今已不存。1925年初，沪西工友俱乐部由安远路迁此，5月31日上海总工会成立，设沪西办事处于此，改称第四办事处。1927年“四一二”政变后被查封。21世纪初，该纪念地移建于现远景路801号“中远实验学校”内，“五卅运动”纪念浮雕于此立碑塑像。上海总工会第四办事处遗址于1977年12月被公布为上海市级革命纪念地，1989年9月被公布为普陀区第一批革命纪念地。

秋日里，我看到苏州河水悠然而来，国庆日五星红旗飘扬在革命烈士纪念地。在上海这片土地上，苏州河记载着普陀区的重要红色历史。

冬季的纪念：光荣传承

萧瑟的寒风阻挡不住寻访的脚步，隆冬里的历史建筑依然使炽热的胸膛温暖。走向苏州河畔澳门路150号——昔日“申新纺织第九厂”职工宿舍旧址，现“纺织博物馆”、“红子鸡餐馆”、“月星家居城”之所在地，想起二十世纪三十年代上海滩著名的“荣氏家族”，新中国初期“公私合营”的纺织大厂，感到岁月如流水，却在悄然流逝中保留着特有的历史痕迹和荣光。

“申新纺织第九厂”建于1931年至1933年，其前身为清光绪十六年（1890年）开设的上海第一家纺织厂，即“上海机器织布局”，1931年成为我国民族实业家荣宗敬的产业，更名为“申新纺织第九厂”，1933年在澳门路新建厂房，占地面积68600平方米，建筑面积1167000平方米，生产“人钟”牌商标的产品，是1949年以前全国最大的棉纺织厂。1955年该厂公私合营，次年1月10日，毛主席在隆冬季节来到上海，视察申新九厂。在“苏州河工业文明展示馆”和“上海纺织博物馆”里，我看到真实历史的视频资料：毛主席在陈毅市长和荣毅仁先生的陪同下，深入到申新九厂的车间里仔细观察，和纺织女工、车间管理者亲切交谈。这是毛主席在新中国成立后首次莅临上海普陀区视察，史料极其珍贵，澳门路150号具有特殊的历史意义。1966年，申新九厂更名为“上海市二十二棉纺织厂”，产品有纯棉、涤棉混纺纱线及府绸、细布、绒布、纱罗提花织物等五十个品种，1990年为全上海市固定资产规模最大、销售收入最多、职工人数最多的百家企业之一，1993年10月，该厂恢复“上海申新纺织第九厂”的原名。

“国际和平妇幼保健院”旧址，位于靠近苏州河南岸的长寿路170号，现为长寿街道社区卫生服务中心，原为民国时期第一个全国性的专以救济妇孺为目的的慈善救济组织——中国妇孺救济会医院。新中国成立之初曾是孤儿院，1952年宋庆龄于此创办“国际和平妇幼保健医院”。医院建筑原为米商兼建筑商潘源泰的宅邸，建于1927年。国际和平妇幼保健医院旧址于2011年被公布为普陀区文物保护单位。2016年至2017年实施保护修缮时，原被封在里面的精美木雕和铁质吊顶等内部装饰重现天日。这所医院，曾在寒冬里为妇女儿童治病救人，给予人道主义温暖。

前几年修缮苏州河江宁路桥时，初冬夜晚走过桥下河边，见运货小船夜里泊在桥下避风，船尾灯光幽幽，颇有“江枫渔火对愁眠”之感。桥岸边的“上海造币厂”又是一处具有闪光历史的旧址。“上海造币博物馆”坐落在苏州河畔“上海市文物保护建筑”的上海造币厂内，博物馆于2005年12月冬季开馆，让人在清冷的寒风中眺望这座白色建筑，感触它的高雅和厚重。上海造币厂原名“中央铸币厂”，位于普陀区光复西路17号，1920年北洋政府为适应当时银元流通的需要，聘请美国工程师筹建，1922年经核准后开始建造，因资金不足而未完工。1928年由南京国民政府接管后，恢复建造，改名中央造币厂。抗战期间工厂设备内迁重庆，上海的厂房建筑被日军占为军械仓库。抗战胜利后，南京政府重新接受，经过两年多修复，1949年恢复铸币。1949年6月后隶属中国人民银行总行，主要担负国家流通银币和各种金、银币（章）的生产任务。“中央铸币厂”旧址于2004年被公布为普陀区文物保护单位，2014年被公布为上海市文物保护单位。造币厂院内的黑色水塔极有特色，高百米，钢铁结构，是上海地区罕见的铁构水塔。“上海造币博物馆”内的当代造币厅，陈列着新中国成立以后各个时期所生产的具有代表性的钱币，其中包括我国第四套人民币流通硬币、普通纪念币、贵金属纪念币、国际获奖钱币、北京奥运会“金镶玉”奖牌、工艺美术师制作的原始图稿、油土浮雕、石膏型及手雕工作台、制模工具、纪念币章模具、手雕工具等，于2007年入选第一批上海市非物质文化遗产名录。

苏州河，上海的母亲河，在它四季流经的地方，两岸大地吸吮过多少母亲河的乳汁，浸透了多少母亲河的泪水。那些历史遗址为我们带来历史知识、历史故事、历史见证，它们不仅仅是普陀区的财富，更是整个上海城市的无价之宝。

苏州河流域的纪念地很多，远不止这些。因篇幅有限，无法在此一一表述。衷心感谢普陀区作协和普陀区图书馆，曾多次组织我们到苏州河流域的历史遗址参观、采风，并赠与好书《印迹——上海市普陀区文化遗产图志》。这笔可贵的礼物，使我进一步了解到普陀区的历史，了解到这片土地的今昔。惜从过去来，爱从心底发，这些苏州河畔的历史纪念遗址，让我更加珍惜今天，更加热爱今天河畔的美丽家园！

嗨了，我们家门口的地铁 14 号线

肖建民

春兰秋菊，水清岸绿，人们都说赶上了好时代，此言不虚，实实在在，这是一个有梦的时代。

今年春节，一位随女儿常居美国的老浦东回沪探亲，我陪他去参观博物馆，只见他一见面就乐呵呵爽朗地说：变了变了，不认得了，楼房长高了，马路变阔了，交通便当了，乘地铁来得咯快。

确实这样，上海变了，变美了，大气了，仅以地铁为例，可谓“日日新，又日新”(《大学》)。据了解，地铁始于 1860 年的英国伦敦，后来迅速成为发达国家城市公共交通的“主动脉”。1913 年，美国诗人庞德经过巴黎地铁站时，面对涌动的人群产生了强烈的创作动机，写下了《在地铁车站》一诗：“人群中这些美丽的面庞的隐现 / 湿漉漉、黑黝黝的树枝上的花瓣”，描写雨天在地铁车站中看到一张张一闪即逝的美丽面庞，突然联想到被雨淋湿的黑树干上的花瓣，表现了对大都市中美的瞬息即逝的怅惘。此诗仅有两行，却内涵丰蕴，不胫而走，在世界文坛上产生广泛影响，成为佳话。由于历史原因，上海地铁于 1963 年才开始研究试验，首条地铁于 1993 年 5 月建成了 1 号线南段（锦江乐园站—徐家汇站）开通试运营，晚了一百多年。但浦江儿女紧紧抓住了改革开放的历史机遇，一年一个样，三年大变样，几代地铁人攻坚克难，创造“豆腐里打洞”的奇迹，从无到有，从线到网，创造了世界轨交建筑史的“上海速度”。如今，上海已有 17 条轨交线路，总里程 673 公里，路网规模世界第一，谱写了比诗人庞德更加动人、惊艳世界的宏伟诗篇。

当乘坐 1 号线来到人民公园休憩游玩、逛逛“中华商业第一街”南京路的时候，当乘坐 2 号线来到浦东机场或虹桥机场出国旅游时，当乘坐 10 号线来到新天地瞻仰“一大”会址时，当乘坐11号线东到迪斯尼走进“童话王国”或西到苏州昆山花桥走走看看时，当乘坐16号线到达滴水湖站远眺洋山深水港这个全球最繁忙的集装箱港口时……我切身感受到魔都上海的沧桑巨变，为站起来、富起来、强起来的伟大祖国感到无比自豪!

过去一提普陀，就让人想起“普陀普陀，又破又大”的吐槽，改革开放已使这片土地焕发出勃勃生机，其中地铁建设功不可没。在17条线路中，就有5条贯穿于普陀大地；曹杨路站可以3、4、11三线换乘成为城市重要枢纽；7号线让黄金地段长寿路商圈如虎添翼、成色倍增，11号线加速了真如城市副中心的建设；环球港双塔位于3、4、13三线的交汇处，显得更加雄姿勃发，熠熠生辉。

地铁啊地铁，犹如一支神奇的马良画笔，笔之所触，无处不飞花。地铁迅速改变了上海这座特大城市的交通状况，过去公交车上“一个平方十三只脚”的拥挤现象一去不复返了；地铁使出行更加便捷，提升了生活品质，提高了办事效率，让城市生活更美好，老百姓有了深切的获得感；地铁推动了一座座新城在城郊接合部拔地而起，加快了城乡一体化的步伐，拓展了城市发展的时空，为进一步扩大改革开放创造了优越的社会环境。

每次外出归来，在切身感受地铁便利之时，总想着什么时候家门口有个地铁站就好了。我家居真光新村第七小区，真光路铜川路相交处，小区文明整洁绿树成荫，小区花园独具特色，交通出行也挺方便。目前普陀已有的五条线离我们家都不远，一般乘一部公交就可转换到地铁，但如果家门口有条地铁线不就更加便捷锦上添花了吗?起初以为这只是不切实际一厢情愿的空想，后来街头巷尾真的传说14号线已在规划，将在真光路设站，就在我们家门口。果不其然，2013年2月公示了14号线规划，征求各方意见，其中就有真光站，显得格外夺目，让人欣喜激动，并已于2014年开工建设，将于2020年完工开通使用。全线起于嘉定区封浜，终到浦东金桥的桂桥路，长约39.1公里，设站31座，建成后将贯通嘉定、普陀、静安、黄浦、浦东5个区，成为横贯东西的又一条“大动脉”。其中的真光路站，位于真光路、高陵路、铜川路区间，处于真如镇、长征镇的居民大型社区，南有百联、梅川路步行街，西有刘海粟美术馆，东有真北乐购，北有利群医院，中小学幼儿园错落有致地分布在东南西北，地铁建成后必将给本地区的百姓带来更多的福祉和红利！

再过两年，14号线就将开通使用，我的家门口的地铁梦就将梦想成真啦，你说开心不开心？！老伴更是笑在嘴上，乐在心里，因她老根在豫园小东门，常说这儿不方便，从真光乘公交到南市再返回，要折腾好半天。不久就好了，14号线设有豫园站，在家门口乘上地铁，只要半个小时，出了站就可到家了，她脸上露出了幸福的容光。

“赤橙黄绿青蓝紫，谁持彩练当空舞？”地铁建设者们正在用自己的理想、智慧、双手、汗水，不断描绘着生活最新最美的画卷。每当路过14号线建设工地，心中总是荡起情感的波澜，我禁不住高声呼喊：

嗨了，我们家门口的地铁14号线！

致敬，地铁14号线的建设者们！

十八湾

沙　柳

据说，那个冬天很冷，潘阿婆的老公就只和她吵了两句嘴，快天亮的时候甩门就出走了。门外的雪地上留下斜斜的脚印，那脚印像梗在阿婆嗓子里的鱼刺，一横，就是七十二年！

至今，她的丈夫也没有回来。

邻居们猜，她的丈夫出走后因故死在了外面。但有的说，她丈夫在外面发了大财，过着花天酒地的生活。也有的说，她的丈夫在外面又找了一个家，生活得很幸福，忘记了潘阿婆。还有的说，她的丈夫出走后在外流浪，被抓了壮丁，打仗时，被乱枪打死了……

邻居们的猜，更增加了那个荒乱年月的人们命运的多劫和不确定性。过去的年月，人的命运就仿佛一片秋天的树叶，飘下来，就由不得自己，落进水里，顺水漂流，在一个拐弯的地方打了个旋，随即沉在水底。抑或，飘进一潭死水里，风一吹，翻个身落入水底，便了无痕迹。从某种的意义上看，水流的状况，就成了他们的命运呢。

潘阿婆回忆着过去，在历数苏州河兴衰变迁中，把河岸上的人们那种苦难的生活及多劫的命运，用她两行浑浊的眼泪展现出来。

苏州河，在这里流淌了千年，把现代化的魔都分为南北两半。从地理位置上来看，苏州河很像一条“横坐标”，而黄浦江又像一条“纵坐标”，这一横一纵，构成上海这个魔都的城市板块，同时也构成了上海的文化形态。在历史风云变幻中，构成了上海现代城市的格局。可以这么说，苏州河始终处于城市的边界内里，她沿岸的生活群落、民居生活及建筑，历经百年建造完成了作为国际大都市的基本水域框架，在上海的发展和城市空间建造中，始终扮演了一个“母亲”的角色。在都市百年历史的进程中，苏州河岸，岸上的人家，有多少社会人文故事？有人说，在苏州河里随便摸出一个瓦片，都会有一段很长的历史或人世间的悲喜剧呢。这样说一点都不夸张，潘阿婆从出生到现在在潘家湾生活了九十二年，所经历的人生，只是苏州河岸人们生活经历中的一个普通的片段呢。

苏州河，又称吴淞江，源出太湖瓜泾口，从青浦区赵屯入境，到外白渡桥东侧汇入黄浦江，全长125公里，是一条穿越上海的河流，也是黄浦江最大的支流。一百年前，苏州河河水清澈，鱼虾成群。沿苏州河，从长寿路桥朝西拐个弯，经过江宁路桥、宝成桥、武宁路桥、曹杨路桥、凯旋路桥、中山路桥、强家渡桥、古北路桥、北新泾桥、祁连山路桥，这段河在这里拐了十八个弯，造就了苏州河十八个湾。这段美丽的河湾就是苏州河普陀段，流经普陀区域14.3公里，两岸岸线长21.5公里，仿佛是上天对普陀区特别的眷顾，成为在上海市中心城区中河流岸线最长、河湾最多，水体曲折、神韵灵秀、文化富集、底蕴深厚的区段，被称之为“苏州河十八湾”。

苏州河流淌着人间悲喜，到了十八湾就更加曲折跌宕了。一次世界大战期间，催生了苏州河沿岸的工业，现在上海造币厂、上海印钞厂、上海啤酒厂旧址等，有近二十处工业遗产，都在诉说着当年中国的民族工业。随着两岸工厂增多，居民聚集，大量工业废水和生活污水排入苏州河中，以致河中的污水已远远超过清水，因此河水越来越脏，污染日趋严重。

其实，二十世纪中期那一场改造中国的工业革命，已使原来运行的事物都有了改变，可是苏州河依旧，被人们搁置在视野之外。苏州河畔承载着林立的烟囱和如织的行船，那两江水道和水岸，终日机器隆隆，马达喧嚣。有一次，新诗运动的驱动者郭沫若从日本归来，触景吟诵：“啊，巨大的烟囱中／盛开着20世纪文明的黑牡丹。”这真实地吐露了那个时代的中国人对工业化的理想与期望。

到了二十世纪二十年代，苏州河水开始出现黑臭。

在自然界中，每条水系都有自身的自我净化能力，只要有足够的水量和流速，就能降解或稀释河水的污染。然而苏州河却是一条清水少、流速小的河流，自净能力极弱。同时，苏州河还受潮汐的影响，涨潮的时候，水由下游往上游流；而落潮时，河水向河口流，其涨潮落潮时间比约为5:7，一天内污水在河中随潮往复回荡两次而不能排出，致使污水的浓度越来越高。苏州河十八湾因其湾多，水的流速极慢，更是污染严重。到了七十年代，终于影响到苏州河干流全线污染，十八湾河段水体终年黑臭，鱼虾绝迹，水面垃圾漂浮，“臭”名远扬。

见到潘阿婆是在今年九月份，她用不太清晰的话语说着自己的过去，像诉说着别人的故事。热心的居委会工作人员充当着翻译告诉我：潘阿婆的故事这里的人都知道，她的第一个丈夫出走后，隔了几年，她又嫁给了一个李姓丈夫，一起生活了几年，没有孩子，这个李姓丈夫也走掉了。之后，潘阿婆又嫁给了一个王姓丈夫，没几年就又走了。算起来，潘阿婆共嫁过四任丈夫，都相继离开了她。最后一任丈夫在离开她时，和她多次商量，要带她离开潘家湾，可她还是没有走。这最后一任丈夫和她前几任丈夫一样，深深地留在了她的记忆里。

那时候生活在苏州河边的人们，都痛恨着苏州河，诅咒她，谩骂她，但也忍受她，离不开她。当时十八湾中有一个很有名的地方，被称作“三湾一弄”。三湾是指潘家湾、潭子湾和朱家湾，一弄指的是药水弄。就是地处普陀区境内苏州河十八湾一带的北岸，一片茅棚简屋，这里就是上海有名的“棚户区”，也就是贫民窟的代名词，基本处在上海的中心地带呢。

“潘阿婆的最后一任丈夫对她很好，很爱她。”居委会的同志这样说。

七十年代，苏州河的黑臭已经到了让人无法忍受的地步，潘家湾受害最深，门窗都不敢打开，满天空都是臭气，可谓“臭气熏天”。在这样的环境里，不少人实在忍受不了，生活不下去。当时人们就非常奇怪，这里智障、精神病人为什么特别多。潘阿婆的前几任丈夫和最后这任丈夫一样，不是因为感情不好离开她，多是因为受不了这个环境而离开了这里。而潘阿婆不管怎样都不肯走，不肯离开潘家湾。

居委会的同志说到这里感到很惋惜，可又接着说：潘阿婆的丈夫走后没几年，上海市政府就开始下决心治理苏州河了。

苏州河躺在那儿，如此坦然，仿佛在告诉人们，你对我怎么样，我就对你怎么样。你给我垃圾，我就给你黑臭；你给我清流，我就还你鱼虾。之后的几十年里，苏州河水由黑变黄，又由黄变得逐渐清，依稀有了些许水草及鱼虾。到如今，人们也偶尔能看得见在苏州河十八湾里有垂钓者的身影呢。

世界上没有任何一条河流能像苏州河这样，与人们的生活联系得如此紧密，一条河，流淌着人们一河的生活，她流淌的姿势，决定了人们生活的色彩；她流淌的形态，决定了人们生活的质量。潘阿婆心酸曲折的生活，坚守在潘家湾，她在坚守等待着什么呢?

这是一个特殊的日子，灿烂的阳光洒满阳台，给躺椅上似睡非睡的潘阿婆送来暖暖的适意，她咀嚼着，仿佛品尝着从苏州河上吹过来的甜甜的河风。在这样的晨光里，潘阿婆在等待着晚间的到来。每年重阳节，都有社区结对帮带单位的朋友来家里和她一起欢度重阳，他们有说有笑，有的还为潘阿婆唱歌，送来音乐鲜花等。这共有三个单位和一个学校与潘阿婆结对，定期或不定期为阿婆送关怀送温暖。社区为潘阿婆办了“低保”，社区医院与潘阿婆签订了“一对一医疗就诊”协议，使潘阿婆不出家门就能看上病。这些综合的措施，驱赶了潘阿婆的孤独，让潘阿婆感到老有所养，老年幸福。

千年苏州河，百年发展史。苏州河十八个湾，湾湾有历史，湾湾有人文。这里的文化生活特别活跃，开展的“苏州河书房读书会”、“苏州河书房阅读沙龙”和“苏州河作家联盟”等文化项目，精心维护着这里的文化生态，那些璀璨的历史人文故事，就闪烁在波光粼粼的苏州河里呢。苏州河一河的历史，一河的沉淀；一河的文化，一河的故事。这是苏州河十八湾另一条文明的河流在流淌。

小弄春秋

沈裕慎

夜已深深。新村风荷苑的小花园里，只我一人孑然独行，若有所思地，仿佛在等候或寻找什么……

告别棚户区，迁入高楼林立的新村，算算日子，该有十多个年头了吧。花开十多春，叶落十多秋，往事如过眼云烟，该忘记的都已经忘记了，不该忘记的，似乎也应淡然或释怀了。然而，不知为什么，在很多个深夜，孤单的我，总辗转反侧而难以入寐，总会一个人悄悄地来到新村的小花园里，总是默默地来回独行，总把一种心的寂寞问候，总将那条曾经的小弄苦苦怀想。怀想中，曾经的小弄容颜依旧，还是那个因搭建了太多的灶披间而曲曲折折的，那弯弯的模样，远远地，熟悉地，亲切地，在我记忆中蜿蜒，渐渐蜿蜒成为一种刻骨铭心……

弄堂是上海特有的称谓。我那时住在苏州河十八湾边的光复西路 1091 弄。小弄不长，才百多米；小弄不短，有几代人走过，有的人走向了生命的彼岸。

街衢巷陌如同一座城市的血脉，渗进大街小弄，根深蒂固，引领我们走进它内在的生活。于是，我喜欢在这苏州河十八湾边的大街小弄里穿行，走进四季的繁华与凋零。我喜欢在雨后穿行在悠长的小弄深处，橘黄暗淡，曲径通幽。屋瓦上的天，似乎总是灰蒙蒙的，却弥漫着浓郁的烟火味，让我感到既熟悉又温暖。扑面而来的风，混杂着炊烟和泥土的气息，有着一种触手可及的凉和暖，那是可以随时感知的生活原味。

我想，若将都市比作花园，那么，小弄便是一抹绿。五十多年来，小弄一直悄悄地静卧在苏州河十八湾里，一如绿叶衬托红花般的，远远衬托国际饭店的高大，没有怨，没有悔。记得二十多年前，默默无闻的小弄因暴雨积水，一屋“汪洋”而立马扬名于沪上……一时间，小弄里的人们，一边往屋外排水，一边大发牢骚和怨气，但当市、区政府领导涉水慰问，亲手相助时，小弄又大声高呼“感谢政府关心，我们能克服困难”等真心话语。话语里满是感动，满是善良。那话语，那情形，让我真正懂得了中国老百姓的朴实与可爱，让我深深懂得了炮火纷飞年代里那一句句激昂慷慨的“没有国，哪有家”、“保家卫国、舍生取义”的豪言壮语的真正内涵——那种为春天的永恒奉献着，也把春天的永恒期盼……

小弄曾是我的幼稚园，我的精神乐园。很多回，小小的我走在弹硌路上，不小心摔一大跟头，虽痛，却有很多的呵护和关怀，绝不会感到孤独。女孩子开开心心地玩起了“跳房子”，或是“跳橡皮筋”；男孩子你追我，我追你，疯得大汗淋漓。简单而快乐的游戏，是孩子们心中真正的金色童年。于是，就有了心底真切的笑。

我长在小弄堂，闻惯了小弄的幽幽熏香味，看惯了四周布满的片片黛色，听惯了弄堂里叽叽喳喳传着的流言蜚语，还有水斗旁洗洗刷刷，家长里短的主妇们……久而久之，便对弄堂产生了一种眷恋，总喜欢呆呆地坐在椅子上，聆听周遭，感知一切。每一桩，每一件，轻轻敲上去都是历史的回响在耳边。

小弄里的人爱养花，爱养鸽子，也许这是因为他们本身就热爱生命的缘故吧！弄堂里有足够的空间让人们去摆弄这玩意儿，石台上各式各样的花花草草都是细心养护的；一笼笼鸽子全是干干净净、白白胖胖的。每天清晨，养花人和养鸽人，总爱聚在一起，琢磨琢磨养花之道，交流交流养鸽心得。我也喜欢时不时地夹在他们中间，听听这，听听那，因为这是小弄里特有的“生态评书”。

小弄里的居民食堂也是难忘的一幕。每日三餐时分，食堂里人流穿梭，吃惯了家里饭菜的小朋友自然十分向往大食堂吃饭，因为里弄食堂的掌勺大妈都是民间高手，手艺一点不比饭店的差，尤其是花色糕点深受小朋友的喜爱。

当然，小弄还有一位母亲，养育了一群平凡而善良的儿女。当小豹在自卫反击战中英勇牺牲的消息传来，整个小弄里，那些年轻儿女一边哭着安慰小豹的母亲，一边齐刷刷地跪在小豹母亲面前，声声叫妈句句喊娘……那哭声，那叫妈喊娘的声音，惊天地，泣鬼神……

小弄还是一个流动的市场，戗剪子，磨菜刀，换大米，卖锅饼，卖冰糖葫芦，豆腐梆子，各种吆喝，夹着爆米花的“砰砰”，真给力。民间手艺人、做小买卖的，每天都在小弄里穿梭。记得那时每天走过小弄，总能碰到许多形形色色的小商小贩，我好奇地东张西望，眼睛总是不够使，险些耽误了上学。

著名作家萧乾先生说：“老北京的小胡同，承载了北京人的生活百态。”那上海的小弄堂，又何尝不是如此呢？小弄堂里的人家像个大杂院，拥挤但和美。小孩子不像现在，学英语练钢琴去补课班，而是听听老人讲古说事，知道点家长里短过日子的常识，也就活泼壮实“天天向上”了。

弄堂，曾经是上海的名片，也是一条享誉中外的城市风景线。建国之初，上海市区曾有 9214 条弄堂，几乎占了上海城市的半壁江山。

我曾为小弄的朴真和实在而欢歌。因为我喜欢小弄的幽静，小弄的超脱，小弄的情趣……细细地品味春日的小弄，真是好有味。后来，旧房改造，告别小弄，旧时邻居，各奔东西，留下了一段挥之不去的珍贵记忆。岁月不居，十年飞逝，曾经怀拥小弄的棚户区，而今高楼林立，生态绿地、天然水景、高档会所……地铁 11 号、13 号线，在小弄堂的地下飞驰而过。有人说，小弄消失了。

但我始终不信。

苏州河边的小弄无名，一如新村的寂寞。小弄苦乐，人之荣辱。此刻，明月高挂，夜已深深。在长风新村风荷苑的小花园里，借着淡淡月光，我依依不舍地给那条曾经最美的小弄，起了个略略泛黄、能够永远的名字：生活。

留住城市的记忆，见证上海“苏州河十八湾”的大发展。也许，我们这一代人是弄堂最后的见证人。我们不应该忘记弄堂，它曾经是上海历史的缩影，它给过我们快乐，给过我们太多的回忆。愿上海的文化，上海人的传统，都能呼唤着一条条美丽的小弄堂，代代相传。

永不迟暮的“美人”

宋　颖

表姐曾有一尊泥塑，是一个通体黑亮、带着宽檐礼帽的女子全身像，被我称作“黑美人”。这位“黑美人”身材曼妙，仪态万千，尤其礼帽下的容貌，虽然只有轮廓，没有具象，但朦胧的五官轮廓更易引人遐想。美丽的塑像见过不少，但唯有它最令我印象深刻，至今难忘。只因它是用苏州河底的淤泥制成的，见到乌黑亮丽的“黑美人”，就让我想起那时常令我魂牵梦萦的苏州河，思念我那住在苏州河畔的奶奶。

记得很小的时候，每次去看望家住普陀的奶奶，都要越过一座横跨苏州河的桥，才能见到满头银发的她。那座桥是有名字的，不过我不记得它叫什么了，只知道是一座铁桥。桥身是灰色的，桥板上有一个个小洞，透过小洞可以看见脚下浓墨般的河水。伴着浓烈的苏州河水特有的刺鼻气味，黑色的水流在灿烂的阳光下折射出五彩油渍，就像化工厂里的排污池，毫无生气。

胆小一点的人走在桥上，是绝不敢朝下看上一眼的。整日待在市中心钢筋水泥丛的我却爱极了这种亲近自然的方式。许是如此，我不但不嫌弃当时黑臭的苏州河，甚至还觉得色泽浓黑的河水非常独特。就好比一个人被晒黑了，但这并不妨碍我们去欣赏他原本就漂亮的五官和身形，深色的肌肤完全可以有着别样的美。当然，俗话说“人白三分俏”。如果可以，我自然更乐意见到美景相映、鱼影叠叠、流水清澈的苏州河。

父亲通常是用自行车载我出行的，而上那座桥有些陡。于是，每到桥前，父亲都不得不下车，推行过桥。每当这时，我总坚持同父亲一起下车，自告奋勇地帮父亲推车。父亲对我的小心思一目了然，但并未揭穿阻止，只是让我走在车身里侧，远离外侧栏杆，叮嘱我扶着车座，留心脚下，紧跟他的步子。父亲走在前面，一边推车前行，一边做起导游，为我介绍这方他生活了几十年的故土。

我从父亲口中悉知，这座桥是后造的。出于便民，桥的两边还特别设计了可供推行的自行车道。过去如果要过河，只有两种选择，要么摆渡，要么过桥。而这桥还是一座一涨潮就能被河水没过的小桥。为此，苏州河一涨潮，过桥不仅变得不便，还非常危险。

闻着河味，听着故事，不一会儿就下了桥。记忆中，沿着苏州河的堤岸走上一段，当能看见河畔杂草中的片片“田埂”时，奶奶家也就不远了。当然，不是真的田埂，而是附近居民自行开发耕种的“自由田”。地里种着毛豆、南瓜之类的作物。记忆中，金灿灿的南瓜花开得比阳光更绚烂。每回见到，都令我兴奋不已。哪怕父亲曾多次告诫我，不要用手去指那些南瓜花，因为据传被手指过的南瓜花不会结果，有负于栽种者的辛勤劳动。可我每每只要一见到那娇艳怒放的南瓜花，就长不住记性，翘起小小的食指偏点着我认为开得最盛的那朵，迫不及待地要跟父亲分享这大自然的美丽！

河水的味道漫溢过堤岸，潜梭在花草之间。在花瓣的轻揉下，在枝叶的洗濯中，原本刺鼻的河水若隐若现地变得微微清新了一些。花的芬芳与草的清香混合着河水的气味，就是奶奶家的味道。为此，我喜欢苏州河，喜欢它的味道，即便那时的苏州河还是一条闻名世界的臭水河，即便那时的河里没有我想一睹芳容的鱼虾生物，即便那时的河畔没有一丝大都市该有的风貌，但我发自内心地喜欢这位哺育父辈成长的资深“美人”！

在看到表姐那尊用苏州河河泥制成的漂亮泥塑时，我已略能识文断字。通过新闻媒体和学校教育，我知道苏州河总有一天会变清。然而，当我伏在表姐书桌前，细赏来自苏州河底的“黑美人”时，还是不敢相信黑臭了那么多年的苏州河真的会变清。但事实证明，这是真的！被埋没了颜值，“黑”了多年的“美人”真的变“白”了！

在又一次去奶奶家的路上，踏上焕然一新的桥面，习惯性地俯瞰桥下河水。突然发现，苏州河变了！虽还谈不上清澈，但已灰中隐绿，臭气不再。淡淡的水腥在阳光下微微飘散，轻波荡漾，那质感好似丝绸一般柔滑。第一次见到变清的苏州河，我深感意外。这太神奇了！不久前还油黑恶臭的河水，怎么就变清了呢？不过，再想想父亲口中描述过的那条使人们赖以生存的苏州河，或许这才是她的庐山真面目吧！

不可否认，孩子的脑洞奇大无比。在当时的我看来，刚变清的苏州河就像一个第一次喷香水的孩子，喷完香水，到阳光下挥汗舞蹈，努力挥发出更多的香气，以便用好闻的香味向世人证明自己是一个讨喜的“香孩子”。我用实际行动满足了她的愿望，驻足桥面，不停地翕动鼻翼，然后对空发出直白的赞叹：“真的不臭了！”

再后来，不知是否出于苏州河环境治理所需，奶奶家动迁了。从老旧的平房搬到一处新建的公房，但仍旧临着河畔而居。而碧水悠悠的苏州河，已然成了一道赏心悦目的风景线，使河畔居民的生活环境变得舒适惬意起来，对年事已高且体弱多病的奶奶更是宜于养老。身为儿孙，我们真心为这次乔迁之举而生喜庆，并感欣慰。

站在奶奶家的阳台眺望，就能看到苏州河的一个水势平缓的开阔河湾。傍晚十分，当夕阳开始西沉，悠长的河道，静淌的河流，在落日余晖的照映下，颇生一种“长河落日圆”的意境。新砌的堤岸素净纯美，将河岸勾勒得更加娉婷袅娜，像表姐那尊婀娜多姿的“黑美人”那样，凭空生出一股端庄又不失柔美的韵味。只可惜，当时苏州河的环境治理和沿岸改造尚未完成，暂就没了南瓜花和狗尾巴草的点缀，少了一份独属于自然的浪漫。

不过，当惜叹犹在耳际，这份浪漫转眼便已复回。不但如此，还更甚从前。昔日杂草丛生的河畔很快就以全新的面貌问世。“景观”一词，名副其实！光洁的灰白堤岸、精心养护的沿河绿植、贴心的人性化设计，这一切共同组成了今天苏州河畔的人文景观。

奶奶已去世多年，她未能看到如今这番谐美的时尚景致。每回偶尔路经苏州河，我站在微风轻拂的桥面，凭栏望水，都会忆想起奶奶的银白短发以及慈爱的温声软语，感怀物是人非、过去种种。忽然，河面一闪而过的动静把我拉回了现实。定睛细瞧，嘿，居然有鱼，游鱼穿梭的苏州河又回来了！

现在的苏州河早已不再死气沉沉，良好的生态环境令这位“美人”容光焕发、青春再现。望着缓缓流淌着的青绿河水，看着暖阳下被鱼儿翻搅起的层层涟漪，我不再伤怀。虽然流水东逝，但随着岁月的沉淀，家国的复兴，苏州河再又充满了健康活力。变美的苏州河是美好未来的象征，是故去的人们所殷切期盼的幸福光明，更是指引我们去努力追求无限可能的动力。

从“臭”名远播变成了举世瞩目的“美人”，现在的苏州河今非昔比。在两岸倒影的映衬下，当白色游艇张灯结彩地游弋在碧波荡漾的水面上时，这条一度面目全非的母亲河所展现在世人面前的是她在历经风雨后永不磨灭的从容和自信！

表姐的“黑美人”不知是否尚在，而我心中这位永不迟暮的“美人”，正载着一代又一代人的祝福和期望，悠扬前去……

铜川路兴衰之思

张雯卿

记得孩提时代，有一次是奶奶的生日，爸爸带着我去铜川路水产市场采购海鲜。他告诉我那儿的海鲜品种最多也新鲜，价格也适中。到了那里只见一条不太宽的马路两边全是卖海鲜的铺子，大小不等的门面一溜排开。门前各样的玻璃水柜盛放着鲜活的鱼虾，还有好多塑料长盆里面也养着不同的海鲜，真是林林总总物类繁多。大多鱼虾形状各异，反正我都不知它们的名称。一次，父亲看中了鳜鱼、胶蟹和泛着黑色的大河虾，与老板论价一番各买了些装入黑色的塑料袋才满意地离开。当走到一家较有规模的饭店前，父亲对我说："原本我想把奶奶的寿宴放在这儿庆祝，只要把挑好的海鲜交给老板，关照怎么烧，再买些熟食就是像样的一桌菜。饭店只收加工费，可你奶奶怕花费太多，非要家里烧。老人啊就怕多用钱！"往后家里逢年过节做生日，父亲总是光顾铜川路水产市场。我从人们的议论中方知，普陀区铜川路水产市场是上海名气最响、品种最多也是规模最大的水产市场，是进入改革年代后形成的。

过了多少年出于好奇心，我又去了铜川路水产市场。那里是蓬勃一片，整条路车水马龙摩肩接踵热闹非凡。进货的车和买货的黄鱼车、摩托车、电瓶车各种车将原本就不太宽的路挤得难以插足。那水产不是干货，整条路都是水渍一片。鉴于这里的特殊情况，经营水产的这一段路划成了单行道，还有好多交通协管员，不断地高声呼喊疏理各种车辆。哦！好一派繁华景象确属沪上之最。与当时文化领域的表现堪称天壤之别，冰火两重天。需求决定市场，但市场能反作用于需求否？想到此我自觉好笑，不是学政治经济学的我，怎么去解释经济、社会、需求、发展的大课题呢！

有时我在思索，上海这个有着悠久革命历史的城市，在发展经济摸着石头过河的年代，铜川路水产市场应需而生。在解决思想形势下派生而出，在发展的路上路堵环污声喧民怨的现象，是否该治理和规划调整一下，这就是破、兴、治三者关系，破除计划经济的禁锢，造就了铜川路水产市场的形成和兴旺。鉴于铜川路地段发展的局限，和客观造成的脏乱差，堵噪污的现象，应给予综合整顿全面治理，不然反过来会成为经济建设大局的障碍。

就如改革开放初期，华亭路服装市场由盛转衰。曾几何时，假冒名牌服饰和包件案例，从明走向暗，既侵犯了名牌产品的知识产权，又坑了百姓，还有损于上海这座光荣城市的形象。最后政府决定将襄阳路服饰市场拆除，加强打假维权力度，用法治和行政手段，去除改革发展中出现的恶习。

铜川市场那种假冒三文鱼、阳澄湖大闸蟹及其他海鲜之事时有发生。它的发展已出现畸形该到全面整治的时候了!

果然，普陀区政府从全局出发宣布，撤销铜川路水产市场，并对店主提出了疏导性建议，建立以真如为中心的文化产业基地。近日区政府又宣布金沙江路设立影视产业孵化中心。而这两个中心都距铜川路水产市场不远，事实说明政府每一个深化改革方案，都是经过深思熟虑而确定的。因此铜川路水产市场的历史使命已完成，拆除是必然结果，对人民也有交待。而更具意义的文化产业中心建立后，所产生的影响和价值，那是些海鲜无可比拟的。

又去了铜川路，那宽畅的马路已不见往日各类车辆拥堵成疾的情形；那路边新筑成的花坛，各种鲜花在翠绿的灌木相映下竞相绽放；那街道边新设的绿化带中有了赭红色的跑步道，两边高大的行道树那些树叶尽情地张开，给人们留下绿荫的环境。一切都那么幽雅美好，这就是美好家园的展现，多好啊!

四十年改革开放历程，新中国人民从站起来到强起来，中间经历了艰苦大胆没有参照模式的改革历程，中国成了经济飞速发展的巨人，让人民享受着富起来的幸福生活。

我在沉思，作为与改革开放同龄人的我们这一代，怎么才能跟上时代的节拍，投入到建设社会主义现代化强国的洪流中去，贡献自己的智慧？应该怎样全身心地投入，为了祖国更炫丽灿烂的明天献出自己全部的才能!

夜　游

陈　炜

一、多情的苏州河畔

接到征文通知，要求写一篇关于苏州河的文章，酝酿了好久，终是没有灵感，不知从何处落笔。

晚饭后，和先生提及这件牵挂于心的事情，他倒是开朗豁达："这有什么复杂的？我带你去苏州河畔看看晚上的月亮吧。"听到此话，紧锁的眉头一皱，带着几分怀疑的语气说："苏州河畔晚上月亮能有什么不同？还是算了吧！"先生忙急着说："那不一定！我带你，从同普路出发沿着丹巴路走一圈儿，一定会有所收获。"于是先生不由分说便拉着我的手，在夜色朦胧中走出了家门，融进了花香弥漫的夜色……

我们从小区的南门出发，一路向西沿着同普路方向走去。夜色中的儿童医院，好像一个熟睡在母爱怀里的婴儿，正恬静地酣然入梦。儿童医院对面的普陀区办证中心，两幢卡其色大楼像两名身材魁梧的勇士捍卫着安静的梦乡。旁边的新加坡双语幼儿园紧闭着的门窗，像贤淑的母亲一样裹紧了宝宝们的衣裳。

到了丹巴路，一向路痴的我问先生应该怎么走，先生取笑我说：“今晚把你带到苏州河畔，我偷偷溜走，看你怎么回家！”我赶紧发嗲地说：“求你了！不可以这么欺负人的，这叫乘人之危！”先生则说：“今晚怎么这么乖啊！平时可没这么好说话呀？！”我赶紧挽紧先生的手臂，生怕他真的会溜走一样，温柔地说：“识时务者为俊杰呀！”于是先生把我的手放下，拉着我的手说：“和你开玩笑的，再怎么也不能把你丢下呀，你可是娃的妈呀！沿着丹巴路左拐走到底，就是我们要去的地方了。”于是我们手拉手，一前一后朝着要去的地方走去。

夜晚秋风吹拂着我的长发，绿化带里的月季花也在风中害羞地点着头，一阵阵花草清香扑面而来。我幸福地跟在先生的后面，听先生给我讲这里的故事。他说这里原来是一片老旧厂区，2003年上海市政府开始规划，对严重污染的工业区进行改造搬迁项目，将长风公园附近划为长风生态商务区。主要划分范围位于上海市普陀区南部，内环和中环线之间，东起长风公园和华东师范大学，南临苏州河，北以金沙江路为界，西至真北路中环线，傍绿面水，交通便捷，区位优越，是市中心内不可多得的一块可供整体规划开发的宝地。

在此小憩片刻，一边听先生滔滔不绝地讲解，一边欣赏这灯光璀璨的夜色美景。心中有说不出的喜悦。我依依不舍地随着先生的脚步不知不觉，走到了光复西路与丹巴路交会处，这南向是苏州河流淌的地方，月色下的苏州河横卧在两岸的排楼之间，皎若银盘的月亮倒映在水中，在波光粼粼中悠然自得。两岸的灯光交相辉映，红色的、绿色的、蓝色的、紫色的、金色的，交织在一起，不时地形成各种光束，有的呈花瓣儿状，有的呈圆形，在月色点缀下缤纷绽放，多彩玲珑。我整个人仿佛沉浸于这个光怪陆离的世界中，久久不能自拔。先生见我陶醉其中，不忍心打扰我。于是摆弄手机的快门，将夜色中美丽的苏州河，定格在这永恒的瞬间。

我们漫步在苏州河畔的绿树、红花丛中，踏着青青的草地，仰望星空，眺望不远处的泸定桥头。所有的感激之情已将我的视线偷偷地模糊不清，眼眶湿润了……先生见状笑我道："至于吗？！怎么下雨了么？！"我擦了擦眼睛，握住先生的双手，深情地说："我爱苏州河畔！更爱你！感恩所有的一切，让我幸福地生活。"先生一把揽住我的肩膀说："我们要感谢政策、感谢党的英明领导。没有伟大的祖国，所有的梦想都是纸上谈兵。我们只有老实做人，认真做事。才算对得起伟大的祖国母亲啊！"

我们紧紧相拥在夜色深处，一股暖流向夜色中蔓延开去……

二、长风掠影

长风公园，始建于1957年4月，曾先后被称为沪西公园、碧萝湖公园，1959年国庆节建成正式开放，并更名为长风公园。长风公园占地面积36.4万平方米，位于上海市中心城区西部，普陀区中南部。长风公园是上海市大型的综合性山水公园，借鉴北京颐和园风格和苏州园林的造景手法，总体布局模拟自然，园景以湖为主，山水结合，主要景点是人工湖"银锄湖"，以及人造山"铁臂山"。

说起长风公园，在普陀区生活的人们，应该没有人不知道的。我是一个南下闯上海的人，一来就扎根于普陀区这块神圣的土地上，租住在普陀区某社区，自然而然就和长风公园有了不解之缘。那时我在一家台资企业做电话营销，我们公司主要经营工业鼓风机、马达之类的工业产品，某一天接到部门经理的任务单，指派我到泸定路上一家煤炭研究院做调研工作。对于习惯电话营销的我来说，这无疑是一份新的挑战。带着几分无奈同时也带着几分对新环境的憧憬，我查好出行路线，带着公司的产品资料上路了。我要去的这家企业——上海某煤科实业有限公司是专门从事自动控制系统设计、工厂自动化及污水处理工程和煤矿机电设备的研制和配套，污水处理行业等。在去往该公司的路上，我就似乎感受到了污水排放和粉尘污染的种种画面，带着几分的不情愿和无奈只好硬着头皮继续赶路，因为这是我来上海的第一年，我不能因为这些所谓的环境把自己吓倒，既然当初选择了来上海闯天下，无论多大的困难和挫折也不能把自己吓倒。心里想到这里，我耸了耸肩膀，希望自己更坚强些。

我上班的公司是在原闸北区，从原闸北区和田路到长风公园，中间换乘了三辆公交车，换乘的时间很长，行驶的路程把我整个人都摇晃得昏昏欲睡，因为那时候长风公园附近还没有开通地铁，不像现在地铁 13 号线大渡河路下车，走几分钟就很容易到达，中间又可以节省很多换乘的时间。乘地铁的时候，人也不会像在公交车上，被左拐右拐的车身摇晃得快要散了架，换乘第三部公交车终于到站了。我赶紧提了提神，深吸一口气，沿着中江路又穿过同普路，总算是找到了这家企业。因为是 11 月份，在北方已经是数九严寒，在上海也已经算是冬天了。远远地望去灰色的墙体已经被黑色的烟囱不知何时已经熏成了灰黑色，在冬日的乌云下，烟囱里慢慢长大的烟雾，好似与天相接的一大块灰色的地毯，将眼前的厂房和周边的建筑都好像涂染成了一个灰色，我的心情也灰暗了起来。空气中弥漫着酸酸的气息，似乎粉尘颗粒随时会将自己窒息于此一般。我拖着疲惫的身躯敲开门卫室的门，说明来意，值班人员打通电话后，来了一个年纪四五十岁的工程师接待了我。比较暗沉的厂区，倒是接待人员的微笑给了我几分信心。我和他之前因为有电话沟通又说明此次的来意，他很高兴地接待了我，顺便带我去见了车间主任，于是在二位工作人员的陪同下，我参观了他们老旧的厂房和设备。并把我们公司的新产品一一给他们做了介绍和说明。二位工作人员表示也有责任和义务希望企业引起新产品，减少污水排放和空气的污染。他们一定会积极地向领导推荐整改方案，尽可能地引进先进的技术和设备。

从厂区走出来，为了寻找回家的公交车站，我迷迷糊糊不知何时走到了长风公园门口，依旧是灰色的墙体和银色的铁门。可是这里的环境却和刚才的环境显得格格不入，透过公园的大门清楚地可以看见冬日里锻炼的人群和谈笑风生的画面。公园里的月季花在风中摇曳生姿，喜鹊也在枝头欢快地唱着歌。我默默地祈祷希望这里的人们，都能在运动的时候呼吸到新鲜空气，不要受到工厂排放的空气所影响。

改革的春风，上海的速度。短短十五年的时间，把昨日污染严重的苏州河畔上的工业企业全部拆迁转型。打造了一个以生态环境为主，高新产业园为副的生态商务区。这里建造了占地面积 39 亩的上海市儿童医院新院。华师大四附中、新加坡双语幼儿园、普陀区办证中心、档案局、电竞商城的大楼也在这里拔地而起。而我也在 2017 年年底搬进了心仪已久的长风汇都社区，每每晚饭后与先生徜徉在楼下的花园里散步真的有种“采菊东篱下，悠然见南山”的感觉。偶尔也会闲有雅兴地吟诗一首或半首给这优美的环境添色，如我的《闲拾秋色》：采摘在庭院，闲吻桂花香。绿荫通幽处，踱步身飞扬。

环境会改变人，人也能改变环境。而这些改变环境的，是上海市政府，是普陀区政府。他们以百姓生活为目标，以环境建设为核心，将一个污水乱排、粉尘

横飞的环境改造成人人都渴望入住的地方。有朋友自南京来家做客，他笑谈：在这里生活，至少可以多活十年！我和先生则相视而笑，异口同声地说：我们在享受改革的红利啊！笑声穿过明净的窗子，回荡在空中。

长风破浪会有时，直挂云帆济沧海。

随着经济发展和改革的深入，我们身边的每一位市民都在阳光下幸福地生活。长风公园在改变，长风商务区也在改变，百姓的生活也会越来越好。祝愿祖国繁荣昌盛！明天更加美好！

一条流淌在我家门口的河

周云海

整洁美丽的苏州河——谈家渡湾河岸

一、一条流淌在我家门口的河

苏州河是上海的母亲河，苏州河更是普陀的母亲河，苏州河也是我家门口的河。

这家门口，是指我三十岁以后的家。

之前，我一直居住生活在南市老城厢。虽然与苏州河相对、相视的机缘不多，但在我青春年少时，苏州河曾给过我一次深刻的记忆。

那是“文革”后期的一天，我在金山兴塔公社参加中学生学农劳动时结缘的两个农民朋友，搭乘公社的机帆木船从金山沿水路一直到上海市区来看望我。船停靠在河南路桥附近的苏州河南岸，晚上我去船上送别时，天黑黑的，木船的身影黑魆魆的，夜间的苏州河水更是黑黢黢的，河面上微微散发的淤泥臭飘入鼻翕，让我对学农时在乡村河埠头洗漱的清冽河水顿生怀念。我不知道从金山郊县（当时还是县治）到上海市区的水路有多长，船行多长时间，我更不知道机帆木船会驶过哪些河、要绕过几道弯，才能抵达河南路桥附近的苏州河畔。在那个初冬的冷夜里，我的心被悠长的苏州河串连起来的城乡情谊温暖而感动！

1976 年，我中学毕业被分配去了崇明农场劳动八年；之后回城工作、结婚成家，我来到了普陀区，来到了苏州河畔的谈家渡路上，这里是我从父母家里分离出来后的属于我的亲爱小家！

从此，我与苏州河朝朝暮暮地相对、相伴。

苏州河是吴淞江部分河段的别称。吴淞江流经吴江、苏州、昆山、嘉定、青浦以及上海市区。以上海的北新泾为界，上游为吴淞江，过北新泾以东的下游我们上海人称之为苏州河。苏州河催生了几乎大半个古代上海，后又用百年时间搭建形成了大上海的水域框架。流经上海的苏州河，曲曲弯弯，形成九十度以上的河曲十三个，其中十一个在普陀区河段；普陀区共有十八个较大的河湾，称为“苏州河十八湾”。苏州河横穿普陀区南部，沿岸集中了纺织厂、面粉厂、火柴厂、印刷厂、化工厂、钢铁厂、造币厂、啤酒厂、减速机厂、帘子布厂、无线电厂、制药厂、石油化工机械设备厂等众多工厂企业，曾在上海乃至全国工业经济史上创下纪录。苏州河十八湾是普陀乃至是上海的一笔丰厚的文化遗产与文化资源。缘此，苏州河有上海特别是普陀区的母亲河之誉。

我家所在的谈家渡属于苏州河十八湾其中的谈家渡湾。

谈家渡湾位于武宁路桥两侧，以前这河湾在未建桥时，曾有一个姓谈的人在此河湾设渡，湾以渡得名，故称之为谈家渡湾。在 2008 年对武宁路桥进行景观改造工程前，谈家渡湾南岸的武宁路桥东侧曾是国棉六厂，西边则有上海灯泡厂和上钢八厂的一个车间，所以在武宁路桥北桥堍建有人行上桥阶梯，而南岸行人过河只能沿着工厂围墙和围栏边的长长的斜坡人行道，吃力地上坡行走到武宁路桥北桥堍下坡或走石阶去北岸。

苏州河是一条流淌在我家门口的河。

站在我家的阳台上向东看，雄伟壮观的武宁路桥映入我的眼帘。走出家门两三分钟，我可以拾阶而上武宁路桥，看蜿蜒绮丽、清漪如纹的苏州河，看谈家渡湾两岸车水马龙、楼宇耸立的风景。

如果说在我前半个甲子年里，苏州河于我基本上是个有地理距离感的市河名词的话，自我而立年起，苏州河就像是我的家人那样的亲近、亲切。我居住生活在苏州河畔，这条流淌在我家门口的河，我用热情和希望的眼眸予以深情地关注……

不仅是我，我的儿子从牙牙学语起，也在武宁路桥上对苏州河予以童真的观察。

苏州河是一条流淌在我家门口的河。

三十年前，我每每在家里的阳台上与年幼的儿子指看武宁路桥，我也常常牵着儿子的小手在武宁路桥上蹒跚学步，儿子与我一起在武宁路桥上看弯弯的流水、看尘世的风景，儿子与我一起见证了三十年来，苏州河、谈家渡湾两岸日新月异、翻天覆地的变化……

在我儿子幼年、童年的纯真里，他看到了上钢八厂生产车间高竖的烟囱，他听到了上钢八厂生产车间金属件加工制作时的轰响声，他知道那里还有上海灯泡厂、国棉六厂，他会专注于苏州河上驶过的长长拖轮……而我，还看见了苏州河上拖轮驶过时泛起黑黑的波澜，看见了武宁路桥北岸东侧散发着阵阵粪臭的环卫运输码头……苏州河啊，在你蜿蜒流长的河道里，除了有运输拖轮往来行驶，是否还有鱼儿在巡游嬉戏？苏州河啊，你是一条让我充满期待的希望之河！

我在期待，普陀乃至上海的百姓也在期待，我们的母亲河——苏州河重现清波荡漾、妩媚妖娆的容颜；上海市政府更是在规划、实施对苏州河和苏州河沿岸的建设改造。大批工厂企业搬离苏州河沿岸，许多旧房民居被拆迁新建，苏州河污水治理方案、措施得到执行和落实，装饰美丽苏州河的各个景观工程依次如期地竣工完成……

昔日谈家渡湾北岸河堤边晴日尘土飞扬、雨天坑洼溏积、龌龊不堪的光复西路，现在焕然一新，嬗变成一条平坦整洁、秀丽雅静的河滨道。河堤边有绿树繁花时时景的休闲步道，对面路旁是鳞次栉比的漂亮民居，有典雅的欧式建筑，有时尚的现代楼宇，当然还有少量正在进行最后拆建的陈旧建筑。

哦，最让我津津乐道的还是我家门口那座雄伟壮观的武宁路桥。

2008年改建武宁路桥时，对桥面和引桥全面进行了重新装饰，借鉴法国塞纳河亚历山大三世桥式样改建的武宁路桥，是1949年建国后苏州河上第一座全景式欧式大桥。

武宁路桥造型是西式的，但在细部装饰上也采用中国传统的文化元素。如桥上路灯，灯座灯柱西式的，灯盏是中国常用的果形，灯座上还分别有中国十二生肖的铜质浮雕；武宁路桥上南北四座桥塔的塔基十分漂亮，上有枝繁叶茂的卷草纹饰边，中间铭牌雕有中国国花牡丹，下有象征吉祥富贵的“凤穿牡丹”，四座方形桥塔用罗马柱装饰，柱间墙上雕有花纹，桥塔顶上的雕塑是母亲和孩子的亲密造型，代表了孕育、萌芽、成长、希望的主题，华美壮丽的武宁路桥呈现的是“中西合璧”的建筑风格。

经过景观装饰改建后的武宁路桥极其瑰伟亮丽。

其实，在武宁路桥下游约四百米处，还有一座改建于2009年的宝成桥，它藏在上海西北通衢僻静处，这里没有车流，只有零星过桥的行人。相比于承载着上海西北交通主干道任务的武宁路桥，宝成桥则是一座典雅的幽静的人行桥。

改建装饰后的宝成桥也是“中西合璧”的建筑风格。桥上四根灯柱上的四盏灯像中国的宫灯，灯的造型又是西式的。整座桥的造型呈现民族特色，又兼有西方构件装饰。宝成桥为一座不起眼的桥梁增添了宫廷色彩和西洋韵味，成为苏州河上一道赏心悦目的风景。

啊，我赞美今日景色秀美的谈家渡湾！啊，我赞美今日清水涟涟的苏州河！

苏州河啊，你是一条流淌在我家门口的河，苏州河啊，你是一条流淌在我心田的河……

改造前的武宁路桥

现在夜色中的武宁路桥

二、心中的最美

每每看见五大三粗的光头汉子颈项挂着锁链般粗沉的金项链，手腕圈着鞋带般憨拙的金手链，手指套着仿若顶针箍炫目的金戒指，穿着胡里花哨或是邋里邋遢的衣装，我在心里就有些鄙视，觉得没文化，俗不可耐。也许，我有些偏执。但现实社会中，往往这样人的这样装扮大都不会有很好的修养。

很多美，不需要过分地装饰，所谓清水出芙蓉，天然去雕饰。女人如花，很多精致有修养的女人，岁月流逝，容颜老去，艳丽不再，却还是一本赏心悦目、可以一遍遍品读的好书。这样的女人淡修峨眉，云鬓齐整，衣着庄雅，纵然没有金佩银饰的珠光宝气，但其由内而外散发出内敛的淡雅、深厚的德韵，足以让人在心里为之喝彩。

在上海市区西北角有个曹杨新村，始建于1951年，是新中国成立后全中国兴建的第一个工人新村。作为全国首批外事接待单位，它承载着悠远的历史意义。历经六十多年的风风雨雨，现在很多新建的大型住宅社区，它的建筑外观和居住功能，包括休闲布局，早已超越了曹杨新村。但特定的历史和文化的底蕴，使曹杨新村依然保有其独特的风采。

你看那曹杨环浜，如熠熠闪亮的银项链依村环绕，公园、绿地相间，漫步春夏的曹杨新村，环浜两岸，数十年树龄的夹竹桃，粗壮的枝丫伸向水面，密匝的花朵和浓郁的绿荫几乎覆盖了整个水面。睡莲玲珑的叶片舒展成一个个小圆片，轻巧地浮在水面……除了水，曹杨新村的房前屋后梧桐葳蕤，绿意盎然。区域内每条雅致的小路都是林荫道，一条充满诗意的“兰溪路”贯穿村境，你看与“兰溪路”相交或相邻的一条条路名：“花溪路”、“桂巷路”、“杨柳青路”、“枣阳路”、“杏山路”、“桐柏路”、“梅岭路”、“棠浦路”、“枫桥路”……是多么地赏心悦目，让人遐想，使人流连。

每当我走进曹杨新村绿树掩映下的一条条小路，心中的诗情便会被这蕴含诗意的路名染绿，心由此显得宁静、闲淡、适意，充盈着遐想……

曹杨新村，虽历经岁月沧桑，你依旧是我心中的美！

风雨之河

钟　鸣

一、风雨之河

苏州河是上海的母亲河。它是吴淞江在过了北新泾后蜿蜒入海的这一段。1843年，上海开埠后，苏州河两岸沦为租界，租界的侨民从此坐船去苏州，于是就有了苏州河之名。

苏州河横贯市区，在外白渡桥东侧与黄浦江交汇，全长125公里，上海境内53.1公里，市区河段长23.8公里。

苏州河上的桥梁始建于19世纪末，沟通当时英美租界的苏州河口的"威尔斯桥"。原先此桥为木结构，20世纪20年代在其侧另建钢结构大桥，即著名的外白渡桥。到上海解放的时候，位于城区的苏州河段先后建成了18座大桥。19世纪所建多为木结构，20世纪初改为钢筋混凝土结构。这些桥中不少为租界工部局所建或改建，因此一般桥梁都集中于苏州河东段，且多带有浓郁的欧洲城市拱桥风格。

对于老上海人来说，苏州河不仅仅是一个地名。这一条分隔了繁华的十里洋场和琐碎不堪的弄堂的河，被许多艺术家赋予了独特的文艺气息。蜿蜒绵长的苏州河水，恰似缓慢搏动的历史脉络，目睹着上海这座东方明珠的变迁。

苏州河两岸曾是大型工厂的聚集地。近年来，政府大力整治，工厂慢慢已经迁出了苏州河地区。

流经上海市区的苏州河，一路弯弯曲曲，大大小小的湾口有好几十处，但是，上海人最熟悉的莫过于普陀区境内的这十八湾，区政府给这些湾分别取了名字，有些沿用了历史的，有些贴近了现实。无论如何，它们都印证了上海近现代的社会变迁。

长寿湾，从东面开始数，普陀段第一湾，就是长寿湾，得名于湾上横跨的长寿路桥。

M50创意园与天安半岛是长寿湾中比较典型的建筑。M50创意园是由上海春明粗纺厂转型而成，位于苏州河南岸半岛地带的莫干山路50号，拥有自20世纪30年代至90年代各个历史时期的工业建筑，是目前苏州河畔保留最完整的民族纺织工业建筑。

天安半岛地处上海面粉厂旧址，面粉厂的前身是由阜丰和福新两大面粉厂系组成。1900年，徽商孙多森、孙多鑫兄弟集资白银13万两，建立了我国第一家华商机制面粉厂——阜丰面粉厂。1966年改名为上海面粉厂。

潘家湾之名始于19世纪初。潘家湾内的“三德里”，是沪西地区第一个中共领导的工会组织——五卅运动期间上海市总工会第四办事处，即沪西工友俱乐部的所在地，负责人是中国共产党工人运动的先驱李立三、邓中夏。在他们的领导下，“反对日本资本家打人、无故开除工人”的大罢工，取得了最终胜利，并将上海工人阶级的革命斗争风潮，席卷到全中国。

昌化湾，因湾上横跨的昌化路桥而得名。如今是上海著名的住宅区，即高密度的“中远两湾城”；而在过去，这里同样高密度，曾是“三湾一弄”，即朱家湾、潘家湾、潭子湾、药水弄的所在地。

19世纪末，当外国资本和民主工业在苏州河两岸兴起的同时，也吸引了江苏、安徽、山东等地破产农民逃荒来此谋生，他们在工厂附近搭棚栖身，逐年扩展“三湾一弄”，形成了上海滩著名的棚户区。这里的“官方语言”是苏北话；从这里出来的人“民风彪悍”，过去上海滩常有“不要和滚地龙里厢的人打相打”的说法——一声招呼，棚户区就能冲出几十条汉子来！正所谓：“英雄莫问出处，丁约翰兄就是出自三湾一弄，叱咤江湖，毁女无数，真土匪也。”

潭子湾，因虬江向东在此与苏州河湾汇合，形成潭子状，故称潭子湾。80年代末，依旧是大片棚户区，如今的上海纺织博物馆，是潭子湾附近的一大亮点。博物馆所在地，原来是“申新纺织九厂”的厂址。

啤酒厂湾，上海啤酒厂旧址区域，就位于此湾附近，“啤酒厂湾”也由此得名。湾南边的梦清园占地8.6公顷，风光旖旎、绿色成荫，是苏州河畔最大的公共绿地和活水公园。如今的“梦清馆”，就是原来上海啤酒厂的罐装车间。

朱家湾，因早期定居湾边上的居民以朱姓为多，所以称之为“朱家湾”，是“三湾一弄”组成部分。朱家湾附近有上海造币博物馆与玉佛寺。上海造币博物馆原址上海造币厂，是中国著名的三大造币厂之一，是当时中国规模第一，远东第一流的造币厂。这里附近还有上海市区内三大佛教圣地之一的玉佛寺。寺庙始建于清光绪年间，寺内有当年中国最大的整块缅甸玉佛。

小沙渡湾，19世纪中期，苏州河上的一个渡口名叫小沙渡，现在的西康路，过去因此地得名“小沙渡路”，故此湾也就被称为“小沙渡湾”。该渡口沟通南北、人们来往此地频繁，在渡口附近曾经矗立着号称“远东第一”印染厂——上海第一印染厂，解放后，该厂亦为我国带来了大量的外汇收入。这里还有建国后的第一座清真寺——沪西清真寺。原名药水弄教堂，又称小沙渡教堂，俗称老寺。同时，小沙渡湾还是中国革命火种最早燃烧的城市地区之一，聚集在这里的工人，在“五四”运动中最早登上历史舞台，党的早期领导人邓中夏曾经赞赏上海小沙渡，是中国共产党开展工人运动的起点。

小花园湾，是苏州河普陀段上的第八湾，它位于光复西路，在镇坪路的西面、东新路的背面。湾角北侧是普陀公园，这里的老百姓习惯称之为“小花园”，此湾也因此而得名。

在小花园湾的湾里、湾外充满了许多令苏州河永远铭记的往事：南岸曾有我国第一家由外商开设的化工厂即江苏药水厂——“药水弄”之名，便来源于此。药水厂的旧址，宜昌路550号，目前仅剩二层砖木结构的办公洋房一幢，是区保护性建筑。

小花园湾还诞生了我国第一家罐头食品厂即泰丰罐头厂。1906年，南洋华侨王拨如在药水弄里办起泰丰罐头食品有限公司，开设了中国第一家罐头食品厂，所生产的“双喜”牌罐头类食品，曾三次参加世博会，分别获得优等奖、特等大奖和甲等大奖。

在这里更是崛起了一个振兴民族丝织业的著名企业——美亚丝绸厂。尤其是美亚四厂生产的“美亚”丝绸，在1926年美国世纪博览会上荣获最高奖项——甲等大奖，也奠定了美亚丝绸厂在上海民族工业史上的地位。

宝成湾，位于叶家宅桥两侧，这里是上海纱厂最为集中的地区，湾内有苏州河上唯一的一座双曲拱梁人行桥——宝成桥，因而被称为宝成湾。又因为这里曾经纱厂云集，也被称为“纱厂湾”。

至20世纪20年代，宝成湾区域形成规模庞大的纺织企业群，这里是我国纺织工业的摇篮和高密度聚集区，占到全国纺织业的20%，是上海最重要的纺织工业集中区；新中国成立后，上棉一厂、六厂、七厂等企业，又在这里形成了一个纺织集群。

谈家渡湾，位于武宁路桥两侧。19世纪末，这一带已有村落，逐渐形成近一公里长的街坊，临江有数家酒楼茶坊，一派江南村集特色。20世纪初，这一带工人渐多，工人聚居。有一谈姓村民，在此河湾设渡。湾以渡得名，故称之为谈家渡湾。此湾又因苏州河南侧曾有上海灯泡厂而得名“灯泡厂湾”，这是上海第一家生产民用照明灯泡的企业，研制成功国产第一根钨丝。

万柳湾，这样一个极富诗情画意的湾名，引人遐想。万柳湾位于曹杨路桥西侧，湾名源于此地的“小万柳堂”。小万柳堂旧址位于今苏州河南岸、中山公园东北、万航渡路西侧，是无锡书画家廉泉与妻子桐城书法家吴芝瑛的别墅，堪称是近代上海的“奇女子”，别号“万柳夫人”。她是“曾国藩门下第四弟子”之一的吴汝纶的侄女，出身名门，自幼习文，能诗善书，所写一手俊雅的瘦金体，曾深得清朝慈禧太后赞赏，是近代著名的书法家和诗人。同时，吴芝瑛又积极为民请愿、反对不合理的封建婚姻制度，还积极资助秋瑾东渡日本求学，资助孙中山革命。

学堂湾，也称为盘湾里，位于中山公园、万航渡路北面。这里有圣约翰大学、复旦大学、东吴大学、厦门大学等九所院校的法律系、政治系和社会系等，之后又合并组建了新中国第一批高等政法院校——华东政法学院。这里还有新中国创立的第一所师范大学——华东师范大学。

九果园湾，位于中山路桥的两侧。源远流长的苏州河婀娜多姿，美不胜收，古往今来多少文人雅士到此流连忘返，更有人在河畔建园林，居家与此，终日享受苏州河的美景。清末，吴文涛就在苏州河畔建私家花园，名为“九果园”，九果园湾也因此而得名。

中国近代第一所昆曲教育学校——南伶学校的遗址，就在九果树湾的北面。此湾上还有一座苏州河上中山桥。1937 年“八一三”时，被日本飞机炸毁；1946 年重建完工后开放通行；1949 年上海解放前夕，又受到国民党部队的狂轰滥炸，东桥三座桥孔以及西桥四座桥孔直接遭摧毁；同年 6 月，大桥再次被修复通车；1985 年，大桥封闭整修；1994 年，又拆除重建。

火柴厂湾，是上海火柴厂的旧址，所以称为“火柴厂湾”。上海火柴厂是 20 世纪 30 年代中国现代化程度第一的火柴厂，改革开放以前，上海火柴厂又是全国同行业中最著名的火柴生产企业之一。湾旁有上海市区唯一有山有水、山清水秀的大型公园——长风公园，园内的“海洋世界”是中国第一家大型主题性水族馆，也是华东地区唯一集海洋观光与生态休闲为一体的主题乐园。

古北湾，因苏州河上第一条，连接普陀与长宁两区的六车道桥“古北路桥”而得名。古北湾的北面，有着中国化学工业辉煌的历史沉淀：1923 年，中国化学家吴蕴初在此创办了中国第一家味精厂——上海天厨味精厂，一举打破日商的垄断地位，生产的“佛手”牌味精，在世博会上梅开二度。现在这一区域是长风生态商务区，是普陀区规划中最大规模的生态主题总部商务园区。

木渎港湾，该河湾处有木渎港与苏州河汇合，木渎港是沪上历史悠久的河道，原上海称为“沪渎”一词，出处于此，故称木渎港湾。

真北湾，该河道处有原老真北路，故称真北湾；现在更多地称其为“北新泾湾”，或“新泾湾”，因该河湾地处居民集聚地北新泾，公众知晓度大。

祁连湾，就不属于普陀区的地界了。

岁月流逝，记忆依然清晰。原先的苏州河是黑水河臭水河。20世纪90年代中期，改革开放给昔日的“黑水河”环保污染重灾区带来了新的生机，苏州河经过多年的综合治理改造水质变清了，能看到鱼儿自由自在的游弋，尤其是苏州河上“十八湾”的中远两湾城地区楼盘就像雨后春笋拔地而起，轻轨穿梭在苏州河的两岸。如今的苏州河旧貌换新颜。站在河边，滨河绿地。眺望两岸风貌，十八湾“弯弯的月亮”就像朦胧中的少女婀娜多姿，那宁静的港湾，风景这边独好；亲水平台恰似恋人的“金三角”和水上花园，两岸的高楼鳞次栉比，映衬着申城的“黄金水道”及辐射长三角周边城市，使我感知她的独特魅力和美丽，因为我在这生我养我与我朝夕相处的“母亲河”已近半个多世纪了，深知“母亲河”的风雨历程，我仿佛一直在做梦回味往事，似乎从梦幻中又回到了我的“童年”。

二、迷人之桥

苏州河是黄浦江的主要支流，是上海境内仅次于黄浦江的第二大河。在上海市区外白渡桥附近注入黄浦江，是上海通往江苏南部主要水上交通线和上海市区重要航道。

蜿蜒绵长的苏州河水，恰似缓慢搏动的历史脉络，于波涛中，目击这座东方巨城的沧桑巨变。无数真情的故事，动人心魄，令人们于惊鸿一瞥中，得窥历史的真谛。

在21世纪到来的时候，沿河两岸正在新播绿色。绿色延伸促成了希望和憧憬的延伸。新世纪的苏州河重现烟雨中的灵秀，夕照下的妩媚；水里鱼游，岸上鸟鸣。

苏州河最迷人的风景就是桥，桥上行人车辆不绝，桥下船只来来往往，呈现出一片繁忙景象。

让我们一起从东往西走，去了解一下苏州河上的桥吧。

上海开埠后，在苏州河东段先后架设了十余座各式桥梁，最早架设的是外白渡桥，与外白渡桥毗邻的是乍浦路桥。早年传教士文惠廉在苏州河上建起一座浮桥，1873 年工部局将浮桥改建为木桥，称为“里摆（白）渡桥”、“二摆渡桥”或“二白渡桥”，1927 年又改建为乍浦路桥，是一座欧式风格的三孔钢筋混凝土桥。

三白渡桥，是指河南路桥。先是 1843 年设置渡口，人称“三摆渡”，1885 年建造了长 62 米的驼峰式六孔木桥，1925 年改建成现在的钢筋混凝土的均衡翅式带悬桥。桥堍下建有天后宫，故又称“天后宫桥”。

福建路桥，又称作老闸桥，因此地留有古代的石闸而得名。1875 年在此地建造过一座木桥，就叫老闸桥，1962 年拆除；如今的桥是 1968 年建成的。与老闸桥相对应的是新闸桥，那是一座载重量仅 3 吨的钢架步行桥。

恒丰路桥，原来名叫舢板厂新桥，因为当初这儿是外国人的赛船总会所在地。1903 年，由广东、浙江商人集资，建造了一座木桁架桥；1927 年重建，正式改名为“恒丰桥”。现在我们看见的这座桥，是在 1987 年重建的。

苏州河上有过一座六孔木桥盆汤弄桥，它连接山西南路和山西北路，1956 年被拆除，没有重建。为何叫“盆汤弄桥”呢？因为过去山西路叫“盆汤弄”。

浙江路桥，是苏州河上以垃圾冠名的桥梁——新、老垃圾桥。老垃圾桥就是今天的“浙江路桥”，建成于 1908 年，这是苏州河上除外白渡桥之外的另一座钢桁架结构百年老桥。建造此桥前，这里原有一座建于 1880 年的木桥；因桥旁有垃圾码头，俗称“垃圾桥”、“老垃圾桥”。今天的西藏路桥是新垃圾桥，也称泥城桥。

乌镇路桥，北通乌镇路，南跨南苏州路，直达新闸路。最早的乌镇路桥是木桥，建于 1929 年；1985 年才正式改为钢筋混凝土桥。现在大家看到的乌镇路桥，是 1998 年到 1999 年重建的，桥面改成了钢筋混凝土。

江宁路桥最早是一座五孔木桥，建于 1929 年，桥北是建于 1922 年的中央造币厂，故称“造币厂桥”。1968 年，这座多次修建的木桥改建为钢筋混凝土桥，2011 年年底改建，2012 年 12 月通车。

共和新路桥，是苏州河上最宽的桥，1995 年建成通车。

长寿路桥是新中国成立后建造的第一座苏州河上的桥梁，1951 年开工，1953 年竣工。如今八车道的长寿路桥，是 20 世纪 90 年代末才竣工通车的。

凯旋路桥，1915 年，民国政府交通部建设沪杭铁路。为了使火车通过苏州河，在现在凯旋路桥的位置上建了一座钢结构桥梁，俗称“铁路桥”；1949 年该桥被炸毁，在原址建造了现在的“凯旋路桥”。

苏州河上的桥有特点，年代悠久的桥基本集中在西藏路桥以东，都是典型的欧式风格桥梁，属于景观性桥梁；西段新建的桥梁，属于功能型的桥梁。不同时代不同观念所催生的东西是完全不一样的。

苏州河除了桥外，还有就是渡口了。从苏州河河口至北新泾近 16 公里的河道上，设置了 20 余个渡口。1949 年后，这些渡口并入上海市轮渡公司，并用电动渡船替代了手摇木船。几十年间，苏州河上的轮渡十分繁忙，最多时共有 7 个渡口，10 多条渡船。苏州河上的摆渡费，起初为一分钱一渡，后来逐步上调到二分、五分，最贵仅一毛钱。最后，苏州河上仅剩下强家角这最后一个渡口。

1997 年 12 月 16 日 9 时 35 分，苏州河上最后一班轮渡从强家角渡口的南岸驶向北岸，从此，渡口彻底退出苏州河。强家角渡口被拆除，在原址建起了一座人行桥即强家角桥。

如果你抽点时间，去苏州河上看看桥，你就会有一种“上海的感觉”……

作为上海的母亲河，苏州河是上海城的血脉，是上海城的记忆，也是上海人的精神家园和守望地。你要想了解上海，首先就要了解苏州河，不了解苏州河，你就无法想象上海。

苏州河，流淌着上海几代人挥之不去的岁月情怀。她彰显着上海的形象，更是上海人的自豪和骄傲！

苏州河工业文物收藏记

钟经纬

苏州河工业文明展示馆外景

苏州河北岸，古北路桥到北新泾这一段，一片长长的绿带，林木成荫，是体现长风生态商务区“生态”特色的点睛之笔。时值今日，虽不能感受苏州河畔往昔机器轰鸣、商船往来的熙攘繁忙景象，但还有一片方寸之地，浓缩了昔日的艰辛与辉煌——它就是位于长风五号绿地、苏州河游船码头边的苏州河工业文明展示馆。

红砖外墙的展示馆，面河而立，脚下的土地是名副其实的工业遗产地——上海眼镜厂旧址。可以说，作为一座再现苏州河工业文明风雨历程和辉煌成就的“小而美”的专题场馆，展示馆选址恰如其分。2008 年我刚进入普陀区文化系统，就承担了苏州河博物馆（后确定为苏州河工业文明展示馆）的筹建工作，其间经历了文物征集、内容策划、大纲撰写、策展布展和开馆运营整个过程。其中最难忘、最有故事的经历是文物征集工作，整个过程从2008年一直持续到2014年展示馆建成开放，乃至在开馆之后，共征集到约三百件文物。

文物是博物馆的基础，它自己会“说话”，更可以“透物见人、透物见事”。每件文物都有一段故事，而文物的征集过程本身又构成一段新的故事。在从事这项重要工作的过程中，我深有将重要文物抢救出来并“收入囊中”的成就感，还因此学到许多知识、结交各种朋友、获得各种弥足珍贵的人生体验。

因为那些本身珍贵的文物，因为那些使人动容的文物征集故事，因为那些无私的文物捐赠者和支持帮助者，文物的价值被发挥得淋漓尽致，苏州河畔的百年工业文明被凝固、被留存、被共鸣。我愿与读者诸君分享我所亲历的故事——

一波三折险些失去百年门额

进入苏州河工业文明展示馆，首先映入眼帘是一座里坊门。为什么反映工业文明的场馆门外，有这么一座石库门门头呢？其实一点也不意外，因为它来自苏州河畔最早的机器面粉厂的工人宿舍，是最直观的苏州河工业文明见证物。这座门头正反两面分别镶嵌了一块花岗岩石质的门额，有楷书“阜丰里”三字，外缘为一圈回纹，内部四角各雕刻一只蝙蝠作为装饰，寓意“四面来福”。这件有上百年历史的清代文物，原来在莫干山路92弄的弄口和102号门口。阜丰里建于1904年，是苏州河畔最早民族工业企业之一的阜丰机器面粉厂的工房。

2008年第三次全国文物普查时，我便关注到了这两方雕刻精美、保存完好的门额了。2011年前后，听说阜丰里要拆，便马上担忧起它们的命运，下定决心征集到展示馆里。我通过区房管局联系到拆房队负责人，说明意图后，对方一口答应，并表示只需要支付拆卸的人工和运输费用即可。我一阵欣喜，可没想到，过了一段时间对方来电告知，地块所有方老板准备自己收藏这两块门额，不愿意交给我们。这个消息虽然令人沮丧，但我没有泄气，继续通过房管部门与对方沟

清代阜丰里门额

通。经过三番五次协调，也许对方被我们的诚意和努力所感动，终于同意将门额无偿送给国家。为了确保万无一失，不再有任何波折，我自己充当“监工”，亲自护送这两块石门额，并暂时存放到区图书馆地下库房。这时，我悬着的心才算正式落地。

刚退役的百年机器终于来了

展示馆的“镇馆之宝”，是一台重达20余吨的百年化工机器——美国沃辛顿泵和机械有限公司（WORTHING TON PUMP AND MACHINERY CORPORATION）制造的气体压缩机，它如今静卧在展厅后方绿地的玻璃展厅内。

1932年，民族实业家、“化工大王”吴蕴初创设的天利氮气制品厂，从美国杜邦公司作为二手机器引进了这套合成氨成套生产装置。新中国成立后，随着公私合营，1956年成立上海化工研究院，该机器由原厂一起并入上海化工研究院，直至2009年停止使用才算“功成身退”。

我清晰地记得，第一次见到这个庞然大物，是2008年到化工研究院进行文

“镇馆之宝”气体压缩机

物普查的时候，在1935年建造的合成氨车间里，共有两台这样的机器，竟然还在正常生产运转。这两台机器既有视觉冲击力，背后又有着民族资本家艰辛的创业故事，我当时很兴奋：这一定是博物馆最好的展品。此后，随着化工研究院的转型，这两台被我一直惦记着的机器退出了生产一线，被拆卸后存放于仓库。我曾多次探访，也向院方咨询有无征集作为博物馆藏品的可能，当时院方并没有一口回绝我的提议，我也就一直挂念着此事，只待合适的时机。

直至2013年底，苏州河工业文明展示馆筹建工作正式启动，机遇终于来了！为了得到这台机器，我陪同当时区文化局领导多次赴化工研究院与院方沟通，可谓“晓之以理，动之以情”。最终，院方同意无偿捐赠，并负责运输、安装、保养等技术指导。2014年3月，这个有着百年历史的庞然大物通过大型起吊设备被稳稳地安放到展示馆展厅后的绿地中，用于保护和展示这台机器的玻璃展厅随之开始建造。运转了近90年的机器，将在此继续发挥新的作用，当年的购买者吴蕴初如地下有知，也一定会深感欣慰。

无法忘怀老学者的“倾囊而出”

除了机器、产品等实物，反映工业文明的各类史料也是博物馆陈列十分重要的部分。因为这些是梳理发展历程和脉络最直接的材料，因此我也一直十分重视这些史料的征集。

有一位老学者对展示馆的建设提供了很重要的帮助和支持。由于我一直从事文化遗产保护工作，在到普陀区工作之前就已熟识了对苏州河历史文化有精深研究的上海社科院历史研究所老研究员郑祖安。郑老师熟悉苏州河历史文化、熟悉苏州河工业文明，编辑出版过《历史上的苏州河》一书。他不仅肚子里有学问，而且手头更“有货”——他收藏了一大批与苏州河有关的历史资料，这些资料包括老照片、图纸、票据、商标、证件等，每一件都有故事。更重要的是，他不是一般的收藏家，他是一位学者，这些实物都是他在研究中积累起来并经过了考证，更具学术价值。因此，自文物征集工作启动伊始，郑老师便是我开展征集工作所要依赖的首要对象。他非常支持我的工作，2008 年底便低价向展示馆转让了 48 件十分有代表性的实物资料。

在展示馆筹建正式启动后，我继续惦记着郑老师手上剩余的那一部分史料，又多次和郑老师沟通希望能征集。最终，郑老师被我的真诚和努力，特别是被我们所做的事，即建造苏州河工业文明展示馆的意义所感动，表示愿意将手上剩余的所有资料无偿捐献出来，共计 72 组 93 件。这是彻底的倾囊而出，也许是一辈子的研究和积累的感情至深，过了一段时间，郑老师曾以商量的口吻跟我说：“我从事这个领域研究是深有感情的，况且我还有不少研究成果没有出来，如今所有的实物资料都捐出来了，真的很舍不得。可否让我留几件在手上，哪怕是做个纪念……”听到郑老师如此发自肺腑的话语，我极为感动，当即就表示认可。谁知没过几天，郑老师又告诉我：“算了，东西就都给你们吧，我一件不留，我觉得这些留在你们那里比留在我个人手上更有意义！”听到这个，我热泪盈眶，深为郑老师的情怀所感动和折服。展示馆筹建过程中历经种种困难，这样无私的老学者是永远不能忘记的“有功之臣”。

纺织厂里的“明星”搬了多次家

沿着室内展厅的阶梯来到室外展区，首先看到的是一台纺织机器，这是纺织第一道工序棉花破籽之用的清花机机头。这台来自英国普拉特兄弟公司于 1920 年生产的清花机头，曾是苏州河畔民族实业家创办的纺织厂里的“明星”。

清花机头（局部）

我第一次看到它是在上海纺织博物馆。那时纺织博物馆建成没多久，然而它并不是在展厅里，而是在露天的墙角，被一块破旧的帆布覆盖着。我当时虽然不知道这是何方神圣，但也能感到它的与众不同，于是请教了当时纺织博物馆馆长蒋昌宁。蒋馆长说，这是筹建上海纺织博物馆时从纺织系统内部企业征集到的，本想用于展示的，无奈实在过于笨重和庞大，展厅没有它的容身之地，才会临时安置在那里。虽然那时我们筹建苏州河工业文明展示馆的事尚未落实，我也无法预知这台机器将以何种形式展示，但我第一感觉依然是：这正是我们所需要的。当我向蒋馆长表达征集之意后，他马上一口答应。然而，要将这庞然大物搬回去倒是大费周折，还动用了吊车。由于体积过大，我们也没有专门的库房，几年间存放的地方也换了多次，最终才辗转被运至苏州河畔。尽管大费周章，但我认为这些都是值得的，因为它是苏州河民族工业的亲历者，并饱含着上海纺织人的情怀，具有不可替代的价值。

值得一提的是，由于这台机器原先是纺织博物馆从系统内部征集的，并以同样的费用转让给我们，仅数千元。对于这个庞然大物而言，可能当废铁卖也不止这个数。反倒是后来几次搬运，吊车和运输费远远超过了机器本身征集的费用，真可谓花小钱，征集“大”文物。

收藏协会会长拿出压箱底的文物

文物征集过程中，区收藏协会是我一直倚靠的力量，因为区内有一批收藏家一直关注于苏州河工业相关老物件的专题收藏，他们手上有一批十分重要的实物资料。几年来，在区收藏协会黄振炳会长的协助下，我征集到了不少苏州河沿线工业企业的物品，既有纸质的票据、商标、老照片等，也有不少小件的味精罐、啤酒瓶、热水袋、灯泡等工业产品。

2014年年初，苏州河工业文明展示馆布展进入攻坚阶段，可用于展示的文物仍然偏少，展柜内缺乏亮点。这时我还是想到了求助黄会长，希望他在最短的时间内发挥最大能力，帮我征集几件有一定“体积”和“分量”的实物。尽管他表示“任务很艰巨”，但我还是从他的眼神里看出了坚定意愿和几分把握。不出意料，没过多久，黄会长真的送来了民国初年英商白礼氏洋烛厂生产的一箱白烛、民国时期华生电扇厂生产的纯铜电扇和新中国成立初期振华造漆厂生产的油漆桶，这三件文物的确颇有体积、又有分量。尤其是整箱的有着近百年岁月的蜡烛，保存完好，甚至连外作为外包装的木箱子都十分完整，殊为珍贵。黄会长说，这是他多年前从浙江余姚的一家烟纸店搜来的，也许正是因为在那家店里被遗忘了数十年才会被保存下来。正当我担心征集费可能不菲的时候，他又告诉我，这些都是他自己多年的收藏，这么短的时间内，他其实是无法完成我交给他的任务的，所以只能把自己压箱底的东西拿出来。并且，他愿意无偿把这三件文物捐赠给展示馆，因为这是他致力于收藏苏州河工业主题文物多年的积累，也许只有拿出来给国家，给大家看更有意义，而且身为收藏协会会长，他有责任作出贡献，这也是他应有的责任和姿态。

面对这些沉甸甸的捐赠品，我深为黄会长的奉献精神和对苏州河工业文明的深情厚谊所感动。因为这些有血有肉的重要文物的加入，大大增加了展览的立体感和厚度，真可谓雪中送炭。

除了上述故事中提到的，多年间我还征集到了其他许多珍贵且有故事的文物，例如，有1937年英国生产的见证了纺织“砸锭”阵痛的细纱机墙板、1945年作为“战略物质”从美国引进的印钞机器——海力斯胶印机、1978年首批国产的造币机器——冲饼机等具有代表性的大型工业机器，有中央造币厂生产的包括“船洋”在内各种材质的硬币、大无畏手电筒、GE公司的灯泡、达丰印染厂生产的印染品样品等众多工业产品，还有民国时期上海啤酒有限公司广告手绘稿、1947年国民政府经济部颁发的信和纱厂工厂登记证、1950年中国纺织工会第一次全国代表大会合影等各类珍贵的实物资料。伴随着这些文物的，是同样精彩的征集故事，限于篇幅，无法赘述。

的确，像这样有趣且饱含着真情的征集故事，还有很多很多，要感谢的人和单位，也还有很多很多。这些是我在苏州河工业文明展示馆筹建过程中经历的最难忘、也最感人的故事，因为这里不仅有最美的文物，更有最美的人。

苏河缘·普陀情

费　平

笔者虽在上海东北角的“穷街”生活了一个甲子，但与地处都市西北的普陀有诸多情缘，尤其是弯弯的苏州河。我初来这个世上，就是在她的怀抱里成长，以至长大成人后的学习、工作，包括她给我文化的滋养、熏陶，都是发生在这片热土上，至今念起，仍是情怀满满。

六十多年前的一个春节前夕，从江苏兴化来沪的一艘小木船上，一位三十出头、已有几个孩子的妇女挺着身怀六甲的身子摇着船橹，把船驶进了苏州河里。她那疲惫的身躯，不知负载着多少生活磨难。望着四拐八弯的苏州河，她眼神里有欣喜、有无奈；有憧憬、亦有遗憾！

过完年两周后，一个小生命诞生在船上。翌日，那襁褓中的婴儿就被抱进了岸边一户不生养的费姓人家——那个婴儿就是我！这是我小时候听邻居说的，因为我九岁时养母患绝症去世，我和养父相依为命。不过后来养父直至他临终都没有跟我透露一点有关我身世的事情，我到底是出生在普陀境内的苏州河上，还是其他地段的苏州河上已无从查考。但这个已不重要，因为不管怎样，苏州河弯弯曲曲很长，每一段都是相通的，无论我出生在上海哪个地方，血脉里都流淌着母亲河的基因，是苏州河水哺育我慢慢长大的。

我在记事的时候就知道，普陀是当时上海的区、县之一，她和杨浦一样，有许多纺织厂，还有什么面粉厂、印钞厂、造币厂，第一个工人新村也诞生在那里……曾经去曹杨新村做客，边上那花溪河与枫桥，就是郊外都市的剪影；也送过亲戚回乡去了上海西站，虽然感觉那地方很荒凉，犹如外地小镇的一个车站，但给人的印象很纯朴。上世纪八十年代中期跟朋友去参加真如庙会，那琳琅满目的商品、古色古香的牌楼、青条石路边的酒肆旗招、浓重的本地乡音与江南的风土人情糅合一起，让人感觉置身于农耕时代乡镇赶集的民俗氛围，给人清新自然的享受……

沈从文在《边城》里说过一句话：“凡事都有偶然的凑巧，结果却又如宿命的必然。”三十年前，我们厂与南大路上的一家企业合并，我又与普陀形影不离。当时，两厂合并后那里将作为总厂，领导叫我担任新车间的负责人。于是，每天从杨浦区平凉路坐班车去南大路上班，一路上从五角场、邯郸路、汶水路、共和新路、场中路、大场直至南大路化工路，那时的道路没有现在平整，一路上颠簸一个半小时多才到达。印象中南大路就是市郊公路，虽不是很宽阔但车也不多，附近有一些小厂，夹杂着许多农田，油菜花开的时候一片鹅黄，而平时绿油油的蔬菜给人以心旷神怡、意舒气爽之情境。中午休息时，我们时常骑着单车去不远的祁连山路逛悠，那里因有祁连新村，商业网点较集中，有时也碰到附近农民拿来农副产品摆地摊，我们会买一些新鲜蔬菜、河鱼小虾之类带回去……后来随着合并后的解体，我又回到原单位上班，但一年多的亲近，南大路的醇厚气质以及与工友们相处、他们身上散发出的浓浓人情味，永远在我周身萦绕，久久挥去不掉！

大约十多年前，我偶然看到了文友带给我的几份《新普陀报》，即刻就被吸引住了。它内容丰富、图文并茂、版式活泼，集思想性、新闻性、知识性、趣味性、可读性于一体，尤其是“梦清园”副刊，散文、随笔、诗歌、小说、摄影、美术、篆刻、漫画、速写等，反映的是时代精神以及人们在多姿多彩的文化生活方面的诸多追求。出于对这份报纸的喜爱，作为一个文学爱好者，我跃跃欲试，想为这朵报刊园中的奇葩施肥浇水，于是投了一篇稿件过去，没想到一个月之后竟然刊登了！之后我一发不可收，接连在《新普陀报》上发表了散文、诗歌、随笔、言论、游记等数十篇作品。每次样报寄来，我都异常欣喜，并把自己的作品剪下贴好收藏。编辑得知我对报纸这么热爱，特地跨区每期都给我寄上。至今我每次收到《新普陀报》，都感觉很亲切，同时也自然会想念曾经在普陀工作的日子。

不是吗？十一年前，由于环保的原因，我们厂从杨浦搬到了桃浦，我又一次去普陀上班了！大巴不是在地面走了，而是沿着中环高架开到古浪路的厂区。三刻钟的车程中，我看到了桃浦地区从乡镇走向城镇的繁荣，看到了农民别墅与林立高楼的交相辉映，看到了旧房的拆迁与新建地铁的雏形……每天经过真南路、李子园和武威路，都看到在建地铁工地上热火朝天的景象。有位动迁后住安亭的女工，每天坐公交单程要两个半小时到厂，她祈盼地铁早点造好，到那时上班就不会在路上花这么长时间了。是的，两年后，地铁 11 号线全线贯通了，从安亭到武威路站只需半个小时！那天她特地按以前上班时间出门，乘头班地铁，下车后先去附近的绿杨桥逛了一下，因为在这里上班两年了，还没时间看一看单位周围的景致呢！

七年前我退休离开了普陀，但我心里还牵挂着她，也一直关注着普陀的发展。普陀区图书馆新馆建成后，我去参观并浏览了上海当代作家作品手稿收藏展示馆；也应文友之邀去参观了华东政法大学（前身为圣约翰大学），还在研究生饭堂用了餐；为创作纪念十九路军丰功伟绩的诗歌，还寻访了位于桃浦路 127 号车站新村的“淞沪抗战十九路军军部遗址”……

2018 年 7 月，普陀区万里街道举办了“改革开放四十载，起航万里新征程”原创诗歌创作大赛活动，我得知后欣然参加。联想到西部的普陀与东部的杨浦一样，许多棚户区的居民四十年来生活发生了翻天覆地的变化，于是我从细微处着手，根据居民烧饭加热用具开始由柴草、煤球炉、煤饼炉、液化气、管道煤气再到天然气的演变过程，写了《燃烧，燃烧》的诗歌投了过去。结果，作品获得了鼓励奖，成为十三名获奖者之一。颁奖那天，我和普陀区万里街道的领导、作家、居民群众一起欢聚一堂，在窈窕舞姿、朗朗歌声的欢声笑语中，共同感受崭新社区的祥和、欢腾……

回眸与普陀的情缘，就像苏州河的水在我心头翻滚。是啊，多年来我与普陀的邂逅，与其说是冥冥之中的安排，不如说是我感受到普陀的一步步发展让我更愿意亲近她。此刻，我再次看到上海西北角的热土在改革与创新、在突破与发展；我再次感悟到普陀有智慧、有绿色、有活力、有梦想！因为，普陀是在播撒希望的种子，相信不久的将来，一幅锦绣壮丽的宏图定将为世人所瞩目！

元代石闸见证繁华普陀

钱汉东

普陀是一个有历史文化根基的城区，代表上海文化的江南文化、海派文化、红色文化都在这块古老土地上留下了深深的遗迹。这是一块值得上海市民骄傲的热土地。苏州河古称吴淞江，流经市区汇入黄浦江，涌入长江，奔腾向东海，苏州河和黄浦江一起成为上海的母亲河。

2002 年“志丹苑”元代石闸（志丹路延长路交会处）出土，震惊了天下，这是普陀区乃至上海市民永远可以自豪的历史文化遗产，它的出土证明普陀是古老的地域，早在元代就有繁华的街市。它的发现被评为中国考古十大发现之一，上海有史以来第一次获得如此殊荣。

元代石闸上海坐标

上海是新崛起的国际大都市，在很多人眼里上海是一个年轻的城市。其实，近代上海都市并不是从小渔村发展起来的，而是从江南县城的郊外发展而来的。这是两个不同的概念，租界是在上海县城外。

2002 年 9 月 3 日，这是值得纪念的日子，位于上海市中心区域的普陀区“志丹苑”元代石闸遗址撩开了神秘的面纱。我作为“志丹苑”考古队的编外队员，参加了现场的挖掘和报道工作，亲眼目睹了遗址堆积层中发现的元明时期的砖瓦、青花瓷片、青瓷碗等文物。元代石闸的出土，考古专家认为：这是上海考古史上最重大的发现，也是全国重大考古发现之一。这件偶然的考古发现成为广大市民关注的热点，不少人认为上海的历史从此改写。

2002 年冬天，时任上海博物馆馆长的陈燮君兄，希望我邀请著名美籍华侨领袖陈香梅女士访问上海博物馆。我陪同香梅女士在百忙中来上博考察，她说：在华盛顿家里看到我在《新民晚报》上撰写头版头条报道，十分兴奋，认为这是一个了不起的发现，在一般人眼里上海同美国一样，是一个新兴的移民城市，想不到在元代上海已有如此规模的水工遗址了。

上海航运的发达早有历史记载。江南是个水网地带，但对上海来说关键是“江海交汇”。这一带乡镇内河航运都很发达，江南水乡不少街就在水边，货船可直接到达商店的后门。元代石闸出土说明当时上海的经济和社会发展的状况。水工遗址那么大，应是经济文化发展的坐标。这么大的遗址不可能出现在经济文化落后的地区。

上海的最可贵之处是江海汇合，沟通了海上的航运。上海水系变化较大，航道也随之更改。宋元时期苏州河是干流，黄浦江是支流，到明代，“父子”关系颠倒了过来。航运的发达和水系的变迁都产生了水利设施的需要，这个遗址证实元代这一带水利的发达。

“上海”一名最早见诸文献记载的是《宋会要辑稿》一书，其中说道：“秀州（嘉兴）旧在城及青龙、华亭、魏塘、大盈、徐沙、石门、牛进、海盐、上海、赵屯、泖口、崮子、广成、州钱、崇德、汉盘十七务，岁十万四千九百五十二贯。熙宁十年，祖额一十一万七千八百九贯七十三文，买檏一万五千八十一贯六百文。”据谭其骧教授在《上海得名和建镇的年代问题》中指出：“《宋会要辑稿》所记各酒务旧额，系天圣元年（1023年）所定的税额。可知青龙、华亭、上海等十七酒务的设置，都在天圣以前。”北宋实行酒类专卖，必选经济比较发达的地区设置酒务，商业兴旺的地方，喝酒人比较集中。由此可见，上海作为一处村落出现的年代可能要上溯到五代。可是史学家的看法并没有改变人们通常的思维习惯，不少人甚至认为鸦片战争前上海还是小渔村，笔者就读过不少此类笔记杂说，印象颇深。“志丹苑”元代水工建筑出土让世人惊叹，原来元代上海已是繁华之地。当时上海的青龙港是和明州（宁波）、扬州等大港齐名的，也是海运中枢之地，可以称得上世界贸易大港之一。

吴淞江在唐宋期间航运已相当发达，元代上海大陆与沿海各地有广泛的经济交流，商贩往来，络绎不绝，大都取道吴淞江、长江，在吴淞江沿岸和长江南岸建立港口，开创新的商务，建立起新的城镇。在《宋会要辑稿》中读到上海的青龙镇在南宋初年，海上贸易达到了鼎盛，外商来舶增多，商务繁忙，镇市繁华。建炎四年（1130年），提举两浙路市舶刘无极建议，“将华亭市舶务移就青龙镇置立。诏依”。

元代漕粮北运京城大都，往往转由海运，粮船常从吴淞江出洋。《元史·成宗纪》记载：“吴淞江，实海口故道……况海运亦由是而出。”上海镇成了漕粮集中转运要地，也是国外海上贸易的重要港口，至元十四年（1277年）立市舶司。明崇祯《松江府志》说：“江南数郡顽民率私造大船出海，交通琉球、日本、满剌、交趾诸蕃，往来贸易，悉由上海出入，地方赖以富饶，遂于至元二十九年（1292年）开设县治。”

据文献记载，此地在吴淞江故道的芦子浦、扈渎垒附近，吴淞江是上海明代以前最主要的河道，直入东海，它对上海兴起和发展起过重要作用，唐以后逐渐淤浅。元代都水监、松江人任仁发受命疏浚吴淞江，他先后于元大德八年（1304年）、泰定元年（1324年）疏浚吴淞江下游，并置石闸、木闸数座，以限潮沙。此次发现的石闸可能同任仁发治理吴淞江水系有关。人们可以想象当年此地百舸争流、商贾繁忙的景象，它很可能是当时物资周转中心。

上海即成为元朝政府漕粮海运要地，粮食大量集中，需要建食仓。于是在今龙华东湾乌泥泾建造太平仓。可见元代的吴淞江仍然为海运的要道。“志丹苑”元代石闸出土，仅仅是“冰山一角”。从工程规模巨大，如果不是繁华之地，没有必要建造如此规模的水工建筑。

元代石闸文化价值

2002年9月5日刊于《新民晚报》一版头条以拙作《“志丹苑”元代石闸“浮出水面”》为主标题，以“上海考古史上最重大发现”为肩题，用“见证古上海航运中心历史”为副题，报道这一重大发现时，提炼出以下观点：石闸出土表明元代上海已是繁华的街市；它推翻了一般人认为那时上海还是小渔村的旧说；见证了上海在当时已具有一定的航运规模。《新民晚报》的报道刊出后，当晚遗址现场人山人海，人们纷纷赶去参观。

我们从地质学的角度看，上海是一块年轻的土地，它的形成主要是由于长江所携带的泥沙逐渐堆积而成的。这块土地经过漫长岁月的演变，海水进进出出，沧海桑田，据专家考证最迟五千多年前时，上海地区已推进到今外冈、徐泾、马桥、邬桥、漕泾一线，现在被称之为著名的"冈身"沿线。直到东晋时期海岸线仍在冈身以东不远处，此后海岸线迅速向东推移，到唐代，上海大部分地区已经成陆，到了北宋中期已伸展到护塘一线。上世纪70年代上海宝山地区发现了南宋的古墓，就是一个很好的见证。

一般来说，水利发达的地区，经济比较繁荣，市场较发达，商业建筑也较多。元代石构遗址的发现，反映出当时江南经济已发展到了新的阶段。上海在700年前已建县了，近代上海都市并不是从小渔村发展起来的，而是从江南县城的郊外发展而来的。元代石构遗址出土，或者还有不少水工遗物出土，反映了这一地区的经济状况。我想类似出土的元代水闸肯定不是这一处，至少有一批才对，文献上也有记载。目前，上海人存在认识上的问题，要么眼睛盯着最早的四五千年文明，要么是盯着租界的海派文化，中间漫长一段历史被忽视了。

江南开发过程经历时间较长，但关键是唐五代时期，晚唐江南已经成为中央政府粮食和物资的重要来源地，当时税赋负担已比较重了。到了唐五代时形成割据局面，不再向中央纳税了，相对来说，经济负担有所减轻。吴越国王钱镠还成立了水利兵，筑海塘，修堤坝，兴水利。由于这里地势平坦，海拔低，离海近，这对灌溉比较有利，但内涝很可怕，暴雨成灾，水排不出去，海潮造成海水倒灌。吴越国大规模修筑海塘，疏浚河道，以保障陆地低洼地区的安全，现今闸北的走马塘，古名为钱溪，就是当时吴越国水利军自苏州到松江开凿的大片水利工程之一。自吴淞江经封浜，穿越南翔、小南翔、墩前、大场、江湾，北抵蕰藻浜，长达40余公里，便利舟楫，这些都有利于地区的农业经济，并由此铸成古代上海地区的金罗店、银南翔、铜江湾、铁大场四大名镇，使百姓过上了平安幸福的生活。

赵宋政权南渡，北方人口大量南移，于是“四方之民，云集二浙，百倍常时”(《建炎以来系年要录》)。苏秀（苏州、嘉兴）二州增加了大批劳动力，带来了先进的农业技术，上海大陆亦随之获得进一步开发。《绍熙云间志》卷上说：“嘉禾（嘉兴郡）在全吴之壤最腴，且有‘嘉禾一穰，江淮为之康’等语。今华亭（松江）稼穑之利，田宜麦禾，陆宜麻豆，其在嘉禾之邑，则又最腴者也。”宋元时期松江诸地兴修水利，开辟许多围田，扩大耕地面积，农业经济也获得了发展，“志丹苑”元代石闸就是那时的产物。中国工程院院士陈吉余教授认为，元代石闸主要用于排涝和防止海水倒灌，确保农作物丰收。

宋元明清这一沿海地区始终是全国经济最发达的地区。经济发达，精耕细作，复种指数相当高，农副产品极其丰富，商品经济相当的发达，这些促进了市镇的发展，这是江南水乡的特点，是其他地方所没有的。明代以后赋税相当繁重，但人们还是认为江南一带是全国最富庶的地区，这里的生活质量比较高，文化也相对比较发达。

元代石闸影响深远

历史上好的港口往往在江海口或出海口附近，世界上一些重要港口往往靠近海口和江河。上海在客观条件上比较好。上海乃江海交汇，水利工程、航运事业十分发达，居民点比较多从自然地理变迁来看，上海成陆前后，有些固定遗址可以帮助我们判断成陆的程度；可以帮助我们搞清楚上海成陆受到潮汐和泥沙影响的程度；可以帮助我们研究当时成陆同海平面变化的关系等。元代石构遗址出土起到一个坐标的作用，13 世纪上海的海平面大概在什么地方。长江里有白鹤梁石鱼，枯水时期的水文纪录很清楚，记录了长江历年的水文情况，上海最缺乏这类实物。

上海当时设立酒务，主要收税。酒是用粮食做的，有了余粮才能去酿酒，酒生产到一定规模才去设酒务机关，这是元代经济发展到一定程度上的结果。不少历史记载中将上海的青龙港同明州（宁波）、扬州等大港相提并论。从人文地理角度来看，上海作为一个新兴的大都市没有错，但是还应包括古老的嘉定、松江、青浦等冈身以西地区，上海是古老与年轻相结合的地方，也是古代文明同现代文明相交汇的都市。如不是鸦片战争，上海县要超过松江府不知要花多少的时间。

元代的石构遗址出土的发掘，引起大家极大的关注，大家都在寻找上海的根、上海的母亲。上海的发展同整个长江三角洲有不可分割的联系，通过进一步发掘，人们会越来越清楚。租界放在上海县城郊外不是偶然的，成为大都市新市民的70%以上人口来自苏南、浙北，这些移民来自经济发达地区，人口素质较高，促使上海经济得到快速发展。

人们可作一比较，天津人口主要来源于河北、山东，人口素质比不过上海。东北发展主要是山东逃荒的移民，东北经济发展了，成为工业基地、粮食基地，但文化跟不上，当年张学良办大学的教授都是从外地请去的，本地人不多。上海是依托长江三角洲发展起来的，来上海的移民不仅带来资本，还带来了人才。

很多人喜欢用“小渔村”这样的话来显示上海的沧海桑田，严格讲此说不够准确。据上海考古发现，松江广富林遗址里有四千年前的古村落，那时的良渚先民已具备驾舟出海捕鱼的能力了。明清两代，上海形成世人所称的“江海通津，东南都会”。

上海开埠后，来沪外国人曾溯河往上，发现可以乘船直抵苏州城，于是这条河的英文标准译名便为“Suzhou Creek”。1848年，上海道台与英国驻沪领事签订展拓英租界条约时，首度在正式文本中，将吴淞江称为苏州河，后来上海市区的民众也逐渐称之为苏州河。但苏州河北新泾开始的上游地区民众和教科书等官方仍称之为吴淞江。吴淞江水来自太湖，古代的太湖称震泽，太湖湖水通过松江、娄江（今浏河一线）和东江入海，便是所谓的“三江”。《尚书·禹贡》里有一句话，“三江既入，震泽底定”。

普陀“志丹苑”元代石闸出土，2013年元代石闸遗址博物馆正式对外开放，见证上海港的发展历程。它再次说明上海不是一个没有根基的城市，而是拥有历史底蕴和内涵丰富的城市，元代石闸的发现，对正在建设中的世界航运中心之一的上海，是一个巨大的鼓舞。

苏州河中的三个花瓣

钱幼树

苏州河由西向东从宝成桥到昌化路桥，中间有三个小于九十度的拐弯，形成了莲花花瓣似的三个半岛，每个半岛都建有一个住宅小区：第一个花瓣是宜昌路上的大上海城市花园，第二个花瓣是西康路上的半岛花园，第三个花瓣是昌平路上的中远两湾城。

小时候住在老城厢，记得在20世纪60年代“文革”初期，我迷上了集邮，而那时集邮被说成是追求资产阶级情调，全上海的集邮商店全部关门，集邮摊位全部取缔，偌大的一个上海滩，只有在苏州河旁四川路桥下的邮电大厦边上，有个地下的集邮市场，我经常逃学从南市的丽园路走上近一个小时，去那里交换邮票。

那时苏州河的河水又黑又臭。我在学农的时候挑过猪榭，尽管猪榭臭气熏天但还可忍受，但苏州河的臭是难以描绘的，一种由几十种几百种工业废水交织的臭，实在没法形容，过河的时候，眼睛不能看，鼻子要捏住。因为大家都说闻久绝对会生癌症的。那时河两边的居民都不敢开窗，我总是在想河边的居民是怎么生活的？我宁可住在老城厢的拥挤石库门也不愿住苏州河边的公寓房。关于苏州河的“黑”，有人戏言：拿支毛笔蘸蘸苏州河水，立刻能挥毫泼墨。记得有位记者记述当时苏州河：“久负臭名的苏州河像一条敞开的阴沟从大上海闹市中心不紧不慢地流过。这是一条不再孕育任何生命的死河。”

1998年我从东安路搬到了与苏州河隔开一条马路的澳门路，每天上班要走过西康路桥，那时苏州河已经不再黑臭了，但河水还很浑浊，河边还是有好多低矮的平房，河中还有装运黄沙、石子、煤炭、垃圾的拖轮整天在“泼泼泼”航行，留下一条脏兮兮的油污。

2004年我搬入了苏州河旁的第一个花瓣，镇坪路桥下的大上海城市花园。从12楼的阳台可以看到苏州河沿着小区拐弯，看到它每天的变化。那时河对岸东新路口有个垃圾码头，老是看到垃圾车开进码头，垃圾车卸垃圾时那翻斗“嘭嘭”作响，连几百米外的大楼都能听见。瞬间灰尘冲天，沿河的家家户户马上关紧窗子。尽管关着窗，当擦桌子时，仍会发现桌子上有一层薄薄的灰。然后又是装满垃圾的小船，在苏州河上航行，水面留下了许多漂浮物，河面留下了一条污痕。那时想，什么时候这垃圾码头能搬走就好了。两年后，垃圾码头终于拆了，建起了新湖明珠城。如今每到晚上，在阳台上可以看到对岸长堤上乳白色的灯光和明珠城幢幢高楼错落有致的霓虹在粼粼的苏州河上随波荡漾，镇坪路桥到宝成桥北侧的河滨步道，已成为苏州河的一道景观风景线。

2009年镇坪路桥没建成时，乘坐地铁4号线去浦东上班，必须走苏州河第二个花瓣半岛花园边上的西康路桥，绕道北岸去镇坪路地铁站。每天都可以看到西康路桥北岸的光复西路上，有幢老态龙钟的旧建筑，它的正立面被一张广告牌所遮挡，二层和三层各有一座阳台，雕花铁栏杆穿插其中，往事沧桑，风韵依旧。原来这幢老建筑原为荣宗敬和荣德生（荣毅仁父亲）创办的福新第三面粉厂办公楼，建于1916年，迄今有百余年的历史，被建筑专家称为“上海民族工业起源和发展的标本”。2010年西康路桥在改建时整幢楼被向西北方平移了55米，来到了第一个花瓣镇坪路桥边，施工规模仅次于2003年上海音乐厅平移。现在我从窗口就能眺望到这幢已作为面粉厂历史陈列馆的老建筑，那几层用作教育培训场所的窗口，夜晚常常灯火通明。

西康路桥南岸宜昌路口曾有个被当时文艺青年称作为“大自鸣钟”的宜康电子市场，是沪上著名的盗版碟、打口碟、海关原碟的集散地之一，生意兴隆，常常人满为患。我也曾经一度痴迷与它，流连忘返。我不是去买影碟和音乐碟，而是去买作为电脑图片素材的资料碟。2008年，为了打击盗版碟，电子市场被关闭，一关就是八年，不见挪作他用，也不见拆除。到2016年，这幢大楼终于拆除，四周被围了起来。这块地说大不大说小也不小，真的很担心在这风水宝地上会再建起一幢有碍苏州河景观的高楼来。一年之后，当隔离围墙拆除，见到的是一个绿草成荫的小花园，可见市政府“壮士断腕”大力推进苏州河综合治理的决心之大。

女儿女婿就住在第三个花瓣——中远两湾城的“精彩世界”，我也曾因家里房子装修，在那里住了半年。在30层的高楼上，看得见苏州河在这里转了几乎半个圆，将河畔的一片绿地包围了起来，这片绿地取名“梦清园”。在这半年间几乎每天晚上都到楼下，沿着河边进入梦清园散步。一路前行，一条长长的亲水岸线映入眼帘：游艇码头、观景平台、婚纱会所、河中绿洲……河水倒映着两湾城的万家灯火，波光潋滟、霓虹璀璨。

这不由让我想起五十年前，走在四川路桥下，望着又黑又臭的苏州河时的情景。让苏州河变清，是几代上海人的梦想。从“大上海城市花园”到“半岛花园”再到中远两湾城的“梦清园”，这三个花瓣托起的三个花园，见证了苏州河由污变清，上下一心为之而付出的努力。水清梦圆，梦想成真，抚今追昔，感慨万千！

我挚爱的美好家园

凌　寒

一

一直希望能够临河而居，但是现在的新小区中大多都是死水而不是河，有河的房子都在很远的地方，我不愿搬过去。我还是喜欢过着陶渊明笔下的那种“结庐在人境，而无车马喧。问君何能尔，心远地自偏”的日子。还有一些有河的小区虽然在市中心或是靠近市中心，但不是房价大的吓人就是小区大的吓人，在里面走上一圈，脚骨都快跑断了。

就像一个待嫁的新娘，来来回回地选夫君，终于买下了现在的房子。不远也不近，坐公交车去市中心，加上等车的时间，半个多小时足够了。这个区域，有个好听的名字，叫做万里城。

当然了，促使我买下这套房子的原因是那一条蜿蜒曲折的长河，它让我想起了冯至的那首小诗《我是一条小河》——我是一条小河，我无心从你的身边流过，你无心把你彩霞般的影儿，投入了河水的柔波……

它是苏州河的支流，环抱着我的房子。每天，我看着那碧粼粼的小河，不由得心旷神怡起来。闲来常常捧着一本文学书，坐在河边的长椅上，任微风吹起河边柳树，让那柳条，在我头顶轻狂地舞来舞去。就这样，我又合上书本，将目光再次投向那碧绿的河水，任思绪一点点地荡漾开来。

好东西总是看不够，但太阳已经西斜，河水已经泛起了金光。我伸伸慵懒的身腰，抱着书本，穿过遍布红杜鹃的花园，来到家中，回到现实的柴米油盐里。

有时在雨前，气压很低，或是河水不大清洁，那么河里的鱼儿都会游到了河面上。这时候的鱼，拿网兜就可以捞上来。每次看见这些鱼儿被人捞走，心里总是怪难受的，它们就像是我的邻居，好像也是有感情的。

当今社会上，各样的竞争似乎越来越厉害了，无论做什么事情，你永远都不可能是最出挑的，你湮灭在芸芸众生里，抱着怀才不遇的感伤，每天在为五斗米折腰。物质的诱惑力那么大，因为得不到自己想得到的而心浮气躁，怨天尤人。想放弃竞争，心有不甘；想继续竞争，却只看见前方茫茫的荆棘。

但当你面对自家门前的那一条美丽的小河时，再浮躁的心情也会平静下来。它可以不让你去想那些功名利禄，勾心斗角的事情。它展示给你一片安宁祥和，与世无争。看着它，似乎精神也有了寄托。个人在自然面前是这样渺小，人的一生和这些山山水水比起来是那样短暂，却还要在这短暂的人生中自己跟自己过不去。能平静地过每一天，拥有健康，拥有属于自己的家和工作，就该知足了。小河似乎在这样跟你说。

今天我比较空，我又念起冯至的那首小诗——我流过一座花丛，柔波便粼粼地，把那些彩色的花影儿，编织成的花冠——来到了河边的长椅上，看起了文学书。

二

有一年的冬天，遇到了百年不遇的大雪，就连上海这座南方城市都下起了鹅毛大雪，天空阴沉，雪花飞扬，雪人一个个或伫立在街头，或停留在各小区花园的中央。虽是多年不见的美景，但冬天总归是冬天，唤不起内心的真正温暖。

匆匆地忙了一冬，突然在某天醒来，人被室外的阳光包裹着，鼻子中已经闻到了格外好闻的味道，我才意识到是春天来了，到了脱下厚厚的冬装，享受春日的时光了。

我来到楼下阳光灿烂的后花园，就连双脚也被温暖的阳光照耀到了，让我想起一个月前在同一个地方，一阵大风卷起一些轻雪，掠过我穿着冬靴的双脚。可现在的风是那样轻柔，不知从谁家敞开的窗口传出一阵莫扎特的钢琴曲，缓缓地溢满了整个花园。

风雪曾在我内心掀起的愤愤不平已经在春日灿烂而柔和的阳光下和优美的钢琴曲的抚慰下平息了，甚至没有留下一些细微的痕迹。

看着常青树又新抽出的嫩绿色枝芽，我的内心涌起一阵灵感，就像一团难以承受的希望之光，它使我飞上了一个空前的高度，步入了一种难以企及的诗意状态。于是我写了爱情十四行诗，很多讴歌春天的诗。

我坐在花园物业清洁工刚刚擦拭过的长条木椅上，毫无拘束地打了个哈欠。一切都那么美，那么惬意，就连平时最厌恶的狗叫声，觉得都充满了韵律之美。

我仰起头，片片树叶映衬着一碧如洗的天空，在阳光下闪耀着。将周遭这种没有任何速度感的宁静空气和平时生活中的琐碎与斗争放到一起，便产生了强烈而真实的对比。而微风带来了成熟的气息，在幸福中我昏昏欲睡。

这时来了一个邻居，虽然并不相熟，却是和我一起体味到春天之美的人。我们开始坐在长椅上攀谈起来。暖暖的阳光照耀着我们，鼻子里闻着香风。在这种春天特有的味道中，我们的身体变得愈来愈松软，就连对话都是零星的平静的。

不知不觉中，太阳已经西斜。一旁正在打盹的懒猫突然一跃而起，嗖的一下钻进了矮树丛。温暖的午后已经变成了含情脉脉的黄昏，我和邻人挥手道别，各自沿着波光粼粼的小河步行回家。

春光无限，在我身上已是水银泻地，无纤不入。我期待着明天依然阳光灿烂，可以让我再次享受春日。只需想一想，我就已经醉了，我终于体会到那种有如酒不醉人人自醉的心境了。

三

很多个周末，晚饭后的我面对电脑经常会感到厌烦，不想写作，不想看新闻和论坛，不想玩游戏，不想聊天。

在曾经年轻时的周末，常常和朋友出去 K 歌、吃饭、逛街，甚至跳舞，从什么时候起我变得越来越“宅”了，只知道守着一台电脑，任美好的时光流逝而不去体味。生活是不容易的，压力是大的，惟其如此，才更应该学会享受生活。

我换了一身漂亮的春装，打开门下了楼。小区里是树木新抽的嫩芽散发出的清香和河水的水腥气以及鲜花迷药一样醉人的花香交织在一起的味道，提醒着我春天真真实实的到了，都到了面前了，随处可以触摸到。

走出小区的大门，看见万家灯火，霓虹闪烁。啊，无须走远，就在这家的附近散散步吧，体味一下都市之夜的繁华。

头发有些厚重，去理发店打理一下吧，顺便做一下按摩。春天到了，心情都变好了，心情一好，就想到享受了。走进连锁理发店，美容师轻重适宜的手指糅合着洗发膏在我头上不断变换着云彩的形状，然后是冲水，加上四十五分钟的按摩，觉得神清气爽。接着眼前一亮，面前出现了一个帅哥，人潇洒手艺更是了得，没见他怎么大动干戈，剪完的头发硬是让我的脸蛋漂亮了好几分。

出得理发店，看见马路对面有一家食品店里人头攒动，这么晚了，为什么会有那么多人挤在这家门面不大的店里呢？进去一看，原来是在搞促销，里面的零食不但大减价了，还能参加抽奖。我突然看见我最喜欢吃的泡椒凤爪也在打折，而且折扣非常高，我一兴奋就买了一大包，还抽到了一只可爱的粉红小猪。

我看了一下时间，已经九点多了，得抓紧时间了，十点商场都要关门的，今天的收获还太少，我还没有得到满足。我看到前方是“巴黎春天”，那就把它作为今天的最后一个“景点”吧。从观光电梯先一路坐到五楼，然后再一层一层下去，买了一件打折的衣服，再到地下一层的“DQ”买了个“暴风雪”吃，感到惬意极了。

走回小区，感到春天的气息愈加浓厚。这让我想起了郁达夫的《春风沉醉的晚上》。虽然小说写的是下层知识分子和女工的故事，和我今晚的行为不属于同类项，但我还是想起了这篇小说，也许就是因为这个题目——春风沉醉的晚上，让我真的沉醉了。我想经过今晚，我将不再会抱怨生活，因为生活对于每个人其实都是一样的，有苦也有乐。悲观的人只看到苦，乐观的人却能看到乐。

今晚我看到了，也享受到了，这春风沉醉的晚上。还有那夜晚的河流，人工喷泉喷着盛开鲜花般的水花，在彩灯的映照下熠熠生辉。

万里城小区一隅

万年青

润　鸣

我家所在的小区图书室，一排长长高高的书架上，摆放着四钵万年青，墨绿厚重，浓郁苍劲。

上海是一个书香浸润的大都市。上海图书馆的建筑布局，像一排排汹涌的波浪，左边呈台阶状，象征着历史文化积淀的坚实基础和人类知识高峰的不断攀登。普陀区图书馆，从内环搬迁至中环，更加阔大了，整个大楼就像一套恢弘的百科全书，像蓝天白云下远航知识大海的风帆。普陀区所辖的每个街道、镇，也都建有图书室，市、区、街道（乡镇）、小区立体式的读书网络，构成了一道亮丽的别具情韵的城市风景线。

我家居住地，即真光七街坊，位于真北路北侧，四周铜川路、真光路、金汤路和子洲路相交，居民大多从市中心动迁而来，也有一部分是机关企事业住房困难人员得到调剂而来。20 世纪 90 年代初期，这种一梯两户煤卫独用的房子，算是有点品位了，虽然地段处于中环，刚搬来时觉得有点冷清，但环境幽静，绿化也好，还有幼儿园、托儿所等配套设施，随着五六条公交线相继进小区，连通静安、长宁、嘉定，交通便捷，而且地铁 14 号线即将开通，真光路站就在家门口，房子一直处于稳定和升值的态势，居民们安居乐业，在生活水平不断提高的同时，对文化生活的需求也水涨船高，小区党支部顺应民意，积极创造条件办起了图书室。如今，小区层面自办的图书室在沪上已如雨后春笋般涌现，但在三年前，却是凤毛麟角，我们小区是领了风气之先哩。

图书室利用了房产商按照公建配套原则留下的两间平房，我们五名管理人员多为年逾古稀的志愿者，因为喜欢读书看报爱上了这件公益事，不约而同走到一起来了。初创时并不容易，一提起图书室，居民们都会为一位老校长竖起大拇指。他自2003年退休后，就一直热心公益，为小区编黑板报，记下点点滴滴的好人好事，被誉为“社区太史令”，还列入了“普陀好人榜”。他是本村从崇明第一个考上沪上大学的学子，读的是化学专业，对图书专业非常陌生，特地专程回到“娘家”向本校图书管理员老师请教，学习图书分类、编号和管理的知识，回来后每天起早贪黑，忙忙碌碌，建立了图书登记册，将每一本书的登记号码、书名、著者或译者、出版社、版期版次、页数、价目、书号等，逐本登记在册，并为每一本书做好了登记卡，用颇具功力的蝇头小楷，一笔一画，严整圆润，隽永秀气，无不浸透了老校长的心血和汗水。

图书室运作规范，各类图书一千多册，报纸杂志三十多种，内容丰富多样，像磁石一样吸引着小区居民，还吸引了相邻街坊居民，且为图书室踊跃捐书，当作自己的事。一位九十三岁高龄的耄耋长者，步履轻捷，腰板硬朗，每天都按时来，一来就是先看看《人民日报》《解放日报》《文汇报》，然后喜欢翻翻医学养生方面的书，有时还借一两本回家读，参照书中介绍的方法，选用黄芪、党参、红枣、枸杞等，用文火煮熬当茶喝，感到对活血通气有帮助。他解放前从江苏来上海学徒，回忆起这段日子，常说“老是十五号发工钱，十四号大米就涨价了，这个顾了头顾不着脚的苦日子没法过”。盼来了解放，张师傅转运了，在沪娶妻，成家立业，生儿育女，三代同堂，孙子还考上了上海的大学，一家其乐融融。只是没想到妻子患重病卧床不起，他精心照护十多年，只要天气好，就用轮椅推着夫人出来看看，相濡以沫，然而两年前老伴还是先他一步走了。每当说起这事，他悲痛不已，神色不免有点黯然，但还是抱着乐观的态度继续生活，前不久还到了青岛旅游，人们都说老张百年有望。八十多岁的薛老师，不仅每天都来，风雨无阻，还做读书笔记，为了领会党的十九大精神，她按照专题，逐个摘抄，非常认真。她喜欢养花种草，专门买了花钵，养了四钵万年青，送给图书室，书香花香相伴，给图书室增添了绿意和生气。

如果说，老校长是图书室的筹划人，被居民们称为“老团长”的志愿者堪称图书室的中坚。这位曾经当过飞行员、从部队转业到地方的团级干部，一直保持着军人爱憎分明、雷厉风行的作风，不但认真履行图书管理职责，而且把由他负责的小区读报小组搞得风生水起。小组成员已有四十来人，每周二进行一次集体学习，每次学习，都围绕一个百姓关心的话题，从十九大、两会、改革开放、台海形势到传统文化、垃圾分类、基因编辑等，由一人担纲，事先备好课，从报刊上搜集材料，写好讲稿，进行解读，联系实际和身边的事，然后进行讨论，生动活泼，十分热烈，大家都感到学有所得，收获满满，思想认识水平提得更高了，丰富了精神生活更加丰富了。“老团长”是主要的讲课人，在小区内外颇有名气，还被吸收为区讲师团的成员。大家都积极支持，老校长自不待说，讲了好几个专题。热心读者薛老师也被邀请当了讲解人，讲了一次“古诗词里的精神世界”，受到称赞。

法国作家雨果曾说：“阅读的需要好像一堆火药，一旦点燃起来，便再也不可收拾。”到了寒暑假，小区图书室就成了孩子们学习的百草园。被小区居民称为“文人雅士”的一位退休老教师，是个有心人，他承担志愿者的工作，不仅向孩子们推荐好书，还利用暑假义务教写作课，教孩子们读书做人，学会观察，学会选材，写好作文，不少孩子学了开窍，写得挺有文采，如小荷已露尖尖角。一位初中预备班的学生，已写了系列作文，写飞行员外公、写空姐妈妈、写自己飞翔着的理想，有些已在报刊上发表，一看就能从字里行间读到“红色基因”的传承。“月有阴晴圆缺”，谁知天有不测风云，他因脑溢血竟于前不久离开了人世。噩耗传来时，我们都不相信自己的耳朵，一时说不出话，感到太可惜太突然，太不可思议了。这位老教师在“文革”中曾受到“四人帮”的迫害，是第二个春天重新给了他尊严，还被选为区政协委员，积极为改革发展献计献策。跨入己亥新年，他未雨绸缪，就着手筹划起暑期作文班的事，没想到那已是最后一课。毫无疑问，我们会积极前行，将他的这个计划付之行动。他的志愿者岗位，也已由小区居委会一位退休多年的女同志顶上。他是一位通透之人，生前就曾立下遗嘱，实行海葬，要将骨灰撒向大海。我想，他在大海深处，一定会听到小区孩子们的读书声，写字时的沙沙声……

五位志愿者，经历性格有异，但都有一个共同之处，是在党和人民的培养下不断进步的一辈人，是和新中国一道成长的一辈人，以天下为己任，和祖国同命运，七十年风雨同舟，七十载春华秋实，亲身感受到祖国发生的巨大变化，亲眼目睹经济建设和改革开放取得的伟大成就，深知祖国的今天来之不易，切身体会到国泰民富的获得感、幸福感，具有质朴深厚的家国情怀，对未来充满信心和定力。在职时都是勤奋认真的耕耘者，企事业单位的骨干，是一块块燃烧着的“炉中煤”；退休后，饮水思源，要用寸草之心来报三春之晖，让晚晴时光过得更有意义。在这样浓郁的氛围中，图书室每个志愿者都努力有所为。其中一位是“老三届”，在厂里靠自学考进党校进修，成长为工会主席，喜欢文史，主动为读报小组讲“上下五千年”。一位女同志是老厂长的夫人，因丈夫有病在身，为了表达老两口对图书室的支持，她主动承担起了志愿者的工作。我也是退休教师，作为图书室志愿者之一，总想把事做得好一点，就把一套十卷精装本《十万个为什么》赠给图书室；还踊跃参加小区家训征集活动，自己用心撰写“家和抵万金，邻睦胜远亲”、“做幸福家庭黏合剂，当文明小区螺丝钉”，竟入选贴在小区花园“树新风家训栏”，还真有一点小小的成就感。

每当走进图书室，看到万年青，就感到特别养眼、舒心、温馨。在祖国的版图上，这里只是极其微小的一个点，但却连着天下，连着家国，连着梦想，居民们在这个终身学习的课堂，读书看报，开阔眼界，增长知识，交流感情，流淌着一股与祖国心心相印的热流，让我情不自禁地想起画家齐白石在九十六岁高龄还怀着真诚的艺术之心，于 1955 年创作的杰作《祖国万岁》，它以万年青为象征物，四季常绿，果实鲜红，象征着新中国的欣欣向荣，富有吉祥，万年长青，加上“祖国万岁”四个篆书大字，强烈地表达了老人的爱国之心，这也正是我们天下百姓共同的心声。

小区图书室的四钵万年青，就像“祖国万岁”四个大字，永远镌刻在我们的生命里。

四季苏州河

容　子

现上海普陀区苏州河畔“梦清园”一景

苏州河畔沧海桑田

河水东去，岁月流逝。默默流动的苏州河，记载着多少往事。一条河流记载着一座城市的发展历史，让我们想起苏州河畔曾经的沧桑巨变。

1999 年 5 月 25 日，上海市政府规划局批准了由华东建筑设计研究院编制的《“两湾一宅”旧区改造详细规划》，拉开了这一带旧区改造“大搬迁”的帷幕，苏州河两岸开始发生翻天覆地的大变化。河北岸尘土飞扬，破土动工改造旧区，在挖土机昼夜作业、打桩声昼夜震响中，这片土地奏响了当地建设新型住宅区的序曲。连续数年，新楼拔地而起，曾经昏暗破旧的老房子顷刻间荡然无存，一处崭新的高楼群“中远两湾城”屹立在阳光下。新建筑群就在苏州河北岸，靠近苏州河上的昌化路桥。“两湾城”的名称，来源苏州河在这一带拐了两道弯，这两道弯曾叫“潭子湾”和“潘家湾”。

苏州河上的昌化路桥

昌化路桥，连接着南北走向的桥南昌化路和桥北中潭路。二十多年前，这一带原为工厂区，苏州河北岸曾有大片棚户区，被称作“下只角”。这一带原叫“两湾一宅”，即潭子湾、潘家湾、王家宅，是大片棚户区的老地名。中潭路只有从中山北路到潭子湾一小段，原南边顶头是个渡口，河对面以昌化路为界，南岸东边原有申新纺织九厂、大余有榨油厂、阜丰福新面粉厂、信和纱厂等，南岸西边原有上海啤酒厂等。

连接中潭路和昌化路的桥原是小桥，不通汽车，只走行人和自行车。桥北端是“三纺机厂”(1949 年前叫“安达纺织二厂”，老板名叫刘靖基，1949 年后公私合营，厂子先后改为上棉二十四厂、上海第三纺织机械厂)，桥北西面是“三纺机厂职工子弟中学”。在这片土地上，还有大隆机器厂、振华造漆厂、纪录纸厂等，在这些厂区间混杂着低矮的旧棚户，在许多老上海人的记忆里有着一席之地。

同样是人口聚集地，如今这片区域早已换了新颜——无论是冬季的雪景，还是春日夕阳下的河景；无论是空中俯瞰的航拍晨景，还是漫步河边的五光十色夜景，每一个画面都离不开苏州河的衬托。一座新城被十里苏州河环绕，河的南面，诞生了一个六万平米的环岛主题公园“梦清园”。梦清园的诞生，不仅改善了这一带居民的生活环境，还保留着昔日老啤酒厂的旧址，作为历史记忆。两岸高楼林立，清晨，公园里晨练的人们跑步、散步、舞剑、打拳；夜晚，两岸的景观灯光投映在苏州河上，河面流光溢彩，河畔绿影幽幽。春天樱花开，夏天丁香在，秋天桂花香，冬天腊梅俏，苏州河畔换了新装。

自2010年世博会那年起，苏州河开始作为景观河道，停航驳船。多少年来河面上“突突突……”穿梭而过的运货驳船，从此走进历史的记忆。如今，一年一度端午节期间的龙舟赛，已成为上海市的重要传统文化活动项目，成为苏州河

苏州河畔“中远两湾城”小区一景

两岸居民的一大盛事。

地铁3号、4号线中潭路站的开通，昌化路桥的重新改建，大大方便了苏州河两岸居民的交通进出，为提升这一区域人们的生活水平和文化层次创造了良好条件。苏州河南岸，随着北岸人口的不断导入，也发生了巨变。靠近澳门路一带，昌化路西边新建"河滨围城"小区，南临澳门路，北靠苏州河，路东是红子鸡餐馆和月星家居城。它们的出现，为乔迁的人们带来许多方便。利用老厂房改建的红子鸡餐馆，经营者别出心裁，让送菜的服务员套上旱冰轮鞋，像溜冰那样捧着菜肴在走廊里穿行，不仅提高了送菜速度，还给食客们留下一道难忘的风景线。苏州河两岸许多新户居民举家来此庆贺乔迁之喜，餐后顺便到隔壁的月星家居城逛逛，购买东西，添置家什，其乐融融。月星家居城的东边，现是上海纺织博物馆，早年这一带（包括红子鸡餐馆和月星家居城所在地）都是老纺织厂"申新纺织第九厂"的旧址。几十年间，沧桑巨变。

如今，从昌化路桥由北向南，在桥上可见河道两侧堤壁上有些涂鸦文字。走下桥来，通往莫干山路的沿街墙面，绘满了五颜六色、风趣可爱的动漫式涂鸦。这情景让人想起荷兰阿姆斯特丹运河中的小船和河道两侧的涂鸦，何其相似！下桥左拐，进入莫干山路，眼前一亮：红、黄、绿、蓝……各色建筑把这条老街妆点成动感十足的创意园，这里就是上海著名的M50文化创意产业园区。尽管这条不宽的街面，偶尔还会出现杂乱的场景，但那股桀骜不驯的艺术气息，让我们看到一幢幢利用旧有老厂房改造的工作室充满活力。在这条街上，不知有多少才华横溢的设计师和艺术家，脑洞大开，在为他们的理想、在为我们这座城市，构思创意新的生活。在M50旁边，还有莫干山公园。天气好时，站在高楼上眺望东方，可以欣赏到远方环球金融中心"云"中的顶端。

太阳照耀在河面，波光粼粼。苏州河水年年岁岁、日日夜夜向东流去，不知留下了多少哀婉、愤怒、欢乐、激荡的咏叹调。苏州河两岸的景观，在近二十年里数度变身，从曾经昏暗破旧的厂区、棚户区的消失，到拔地而起的居民新区、明朗光亮的地铁站诞生，再到五颜六色的涂鸦布满河道和路墙、文化创意园区的出现……这怎是一句“恍若隔世”便能概括！

苏州河秋色

从遥远的大河边回来，回到了秋日的苏州河畔。

大河的浪花还在心头翻滚，秋日的细雨已打湿了河边小草；远方的大河汹涌澎湃，波涛撞击着岩岸不肯休眠；苏州河在秋雨的滴答声中，静静听我述说大河的壮美，沉默的无言仿佛在埋怨我不懂你的潜能。

唉，苏州河啊，实在是因为你没见过大河的辽阔和绮丽。那雅鲁藏布江的清流，那黄河水的奔腾，那嘉陵江的湍急，那长江上的浪涌，充满生命的能量，跨越万水千山，看见它们，我就想起了你。

你为何如此沉静，穿着暗淡衣衫，裹着难闻气味，又臭、又脏、又黑，拖着破败的棚户记忆，在奚落与嫌弃中苟活？苏州河啊，你让我心疼，让我心碎。

苏州河秋色一瞥

人们曾经对你厉声数落，你在雨中哭泣。细雨抽打着河水，就像鞭子抽打着瘦小、贫困的母亲，留下道道伤痕。秋风骤起，河面传来“呜……呜……”的呜咽声，苏州河委屈地哭着，掩面向东逃去。

这是十六年前的秋日，我从市区搬到苏州河畔居住，百般不习惯。

初秋的小雨把河水两岸笼罩在阴冷昏暗中，新建住区“两湾城”的附近没有五光十色的商店，没有美味可口的餐厅，小区建筑在一片废墟中拔地而起，高楼孤傲地挺立，冷眼望着苏州河。秋风掠过河面，窗前飘过异样的空气。一阵秋雨一阵寒，想做几条睡裤，附近却找不到裁缝店。

好心的邻居带我穿过中山北路，走进北面那片尚未拆迁的棚户区，寻找她认识的裁缝李师傅。踏入棚户区狭窄小巷的第一步，就见巷口堆满垃圾，污水横流挡住去路。闭着眼睛踩过去，狗屎猫尿一路不断，令人作呕。矮小的棚户不见天日，这里的人们都是在屋外洗菜烧饭。

苏州河畔秋日里的人们

走进李师傅的家，光线昏暗，四下环顾，只见一张裁剪台子占据大半房间，靠墙摆着两台缝纫机，中间只剩一条窄小过道。没有床，也没有任何家具，只有两把椅子，李师傅的儿子趴在缝纫机边写作业。过道那头是矮矮的“隔间”入口，李师傅的老婆坐在那儿钉扣子。无法站立进入隔间，晚上睡觉，李师傅的老婆只好弯腰钻进去，李师傅和儿子则爬上裁剪台挤在一起过夜。老实厚道的李裁缝唉声叹气地说：苏州河边棚户区的人们就是这样几十年如一日地过日子，多么盼望政府尽早启动拆迁工程，改造棚户区住房条件，快快解救他们“出苦海”。那次，我一口气做了十几条睡裤，不打算再走进这个地方。

没等我把这些睡裤用完，就传来了棚户区拆迁项目启动的消息，李师傅全家伸长脖子天天等、夜夜盼，终于等到2010年世博会举办这年，政府正式通知这片棚户区的居民分期分批搬迁出去，中山北路以北的旧区改造工程即将全面启动。

过了一年，李师傅突然打来电话，告诉我他搬到镇坪路的两室两厅新居去了，“今非昔比啊”，他高兴地说，还给了我他新的住址，让我需要做衣服时好去找到他。

与此同时，苏州河畔新建住宅区的周围也发生了巨变。首先是苏州河经过多年治理，河水变得清澈，没了那股难闻气味。如今的苏州河，两岸鸟语花香，树木成林，河畔的商铺、超市、银行、车站、茶馆、餐厅等鳞次栉比，人气很旺。远景路以北盖起了新楼，楼上的灯光、河岸上的景观灯光，倒映在河面，五颜六色，斑斓夺目。苏州河像是换了新装，美丽动人，犹如辛苦一辈子的母亲，褪去旧衣，素颜换新貌，越活越年轻了！

又一个秋日到来。初秋的凉风吹过苏州河，河面泛起涟漪。垂柳还未落叶，等待着中秋明月。远方的游子纷纷归来，拎着月饼盒匆忙赶路。中秋、国庆来临，人来车往，鼓乐齐鸣，苏州河畔晴雨皆欢，热闹非凡。

我再次从遥远的大河边回来，站在苏州河边，想起巴黎的塞纳河、伦敦的泰晤士河、圣彼得堡的涅瓦河、布达佩斯的多瑙河……如今的苏州河，虽还是一条不很宽大的河流，但你纤美蜿蜒，青春焕发。秋阳高照，风和日丽；秋雨拂面，沐浴清凉；那圆圆的秋夜皓月，高高地挂在空中，倒映在水面。可爱的苏州河，你与那些穿越都市的大河无需媲美，没人再嫌弃你这充满活力的母亲河。

苏州河的冬

寒冷的夜晚，空气似乎凝结了。远处苏州河上，传来了驳船“嘟嘟嘟”的马达声。这响声在寂静的夜空中回荡，让人浮想联翩：那开船的老大在寒风中操掌着舵盘，是否冻得浑身哆嗦？他有没有喝点儿白酒暖暖身子？那船上运着什么？是沙、是煤，还是石子？为何要在寒冬里夜航？

苏州河由西向东，在我家高楼前不远处转了个弯，河水从北向南流了几百米后又转了个弯，向东流去。由于苏州河的这两道弯，加上原来这一带潭子湾、潘家湾的老地名叫法，新建的住宅区被人们称作“两湾城”。两湾城的居民一年四季、日日夜夜与苏州河为邻，与苏州河同眠共醒。

冬夜的苏州河，河水发出幽幽波光。来自上游的驳船由远及近，马达声越来越响。我想看看那驳船的动静，便拉开了朝河的大凉台玻璃窗。冷风“嗖”地钻了进来，脸颊像被大自然做了冰敷，浑身一个激灵。在寒夜里眺望苏州河，河面如墨色的画，光影斑驳，却什么也看不清。只见驳船上一星半点的亮光划过河

雪后苏州河畔——“中远两湾城”雪景

面，风，静而不止，唯有驳船的马达声打破了原本万籁寂静的夜空。

驳船从河面驶过，马达声渐行渐远，慢慢消失在夜幕中。苏州河的夜，如此清静；苏州河的冬，如此清冷。

我常在冬夜打开窗，看着窗外的苏州河，听着驳船从河上驶过。自从2010年上海世博会那年开始，苏州河已停止运沙运货的驳船通行，比起之前彻夜可闻的“嘟嘟嘟”马达声响，河面已清静了许多。但偶尔还有一两艘驳船从河上通过，冬季能见到的驳船少之又少。今后，苏州河将作为景观河道，开放通航游览观光船，以往作为货运的驳船将在这条河上消失，苏州河完成了货运水道的使命，将结束曾经的历史。想到这儿，一种莫名的不舍油然而生。似乎在我心中，驳船通行的苏州河是这里的特殊景致，这景致是那样淳朴。

苏州河的春，爱在两岸青绿；苏州河的夏，玩在河上赛舟；苏州河的秋，迷在明月照柳。而苏州河的冬，恋在万物萧索，唯有河水潺潺东流。冬夜的宁静，伴着元旦、春节的两岸万家灯火，五颜六色、光怪陆离的霓虹灯、LED灯光从高楼，从河畔的护栏，向河中投下万千束光彩，让波光粼粼的河面在冬夜里舞起绚美的缎带。河面偶尔掠过小船，马达的轰鸣与寒风的低吟组成了美妙的合奏，宛如新年的赞歌、佳节的响鼓，苏州河的冬之曲伴我痴醉入眠。

那夜，梦中的我站立在驳船的船头，迎风破浪，“嘟嘟嘟”的马达声仿佛彻夜伴我于河上畅游。次日清早，睁眼醒来，鬼使神差地跑到大凉台上向外张望。“哇！”我的眼前一亮，瑞雪！苏州河静卧在细雪覆盖的两岸之间，美不胜收。

连跑带颠地奔进书房，取来照相机，回到大凉台，把镜头对准远处的河面，屏息静气地按下快门——镜头里苏州河转了个弯。照片留下了苏州河的冬，也留下了河畔的美。

清早漫步苏州河畔，冬晨的空气格外清新。河畔的灌木在细雪中抖落着白衫，枝叶上的雪花跌落到地面，化成晶莹的水珠。河边的腊梅疏影横斜，枝头绽放着黄色花朵。气温在回升，小雪渐渐融化，河面罩着薄薄的雾纱。远处再次响起熟悉的马达声，“嘟嘟嘟……”，清晨的河面驶来一条运沙的驳船。我驻足河

初冬苏州河畔一瞥

畔，久久地凝望驳船驶近。

一个画面跃入我的眼帘：小船似腾云驾雾，船头站立着一位红袄女人，如雕塑般一动不动。包头的花格围巾在她颈前挽个结，深蓝色的裤子被风微微吹动，她就那样凝神眺望着前方河面，在薄雾中令我愕然。水上人家似乎刚从冬夜苏醒，船尾飘着袅袅炊烟。红袄女人像在享受清晨大自然的清新，又像在观赏苏州河的雪景。我不知道她从哪里来，要往哪里去，只知道驳船来自上游，去往下游。仿佛穿红袄的她来自我的梦乡，昨晚曾与我同伴。

船从面前经过，我忍不住对它呼叫。马达的轰鸣压过了我的声音，驳船在雾中扬长而去，河面留下长长的波纹。远去了，远去了，驳船上的红袄定格在眼里，苏州河的冬定格在脑中。

又一个冬天来了，我想起夜晚曾经“嘟嘟嘟”的马达声，想起清晨的船头曾经站立着红袄女人……苏州河的冬天来了，美丽的上海冬天！

春到苏州河

河水流域，总是人类文明的发祥地。回望古巴比伦，仿佛沙土下跳动的是一个王朝的荣耀。“巴比伦啊，我视你如生命。我愿尽我之力，使你成为空前绝后、无比繁华、无比昌盛的伟大之城……”，尼布甲尼撒二世对古巴比伦的赞美，如风呼啸而过，吹过底格里斯河，进入幼发拉底河畔，那座“空中花园”在两河流域播种下文明种子，随着浸漫历史长河的沉淀，在风中发芽。

不知何时，春风悄悄来到东方魔都的苏州河畔，一座貌似古巴比伦“空中花园”的建筑，竟不声不响，出现在普陀区莫干山路北侧的苏州河南岸，连久居河边、曾经司空见惯老河景的人们，也不禁发出阵阵惊叹：这奇特的造型，远眺像“种”满纪念碑的山丘；近看岂不是千古流传、梦幻中的古巴比伦“空中花园”！这地方，太熟悉了，一点小火花，就能燃起记忆的温度。

清晨，漫步昌化路桥，站在桥上，迎着初升的太阳，向东南方望去，奇特的新建筑就在眼前！那层层叠叠、错落有致、突兀耸立的设计，让人感慨万千，不禁遐想联翩，思绪飞得很远、很远……

相传很久以前，在古巴比伦“肥沃的新月”腹地，苏美尔人最先用文字记录思想，最先把一天分为二十四小时，发明了最早的文字体系——楔形文字，那里也是《一千零一夜》传奇故事的发源地。在新巴比伦王国时期，巴比伦古城内最为壮观的建筑，就是尼布甲尼撒王宫和被人称为“世界七大奇迹”之一的“空中花园”，还有“让上帝又惊又怒”的“巴别通天塔”。

“空中花园”是尼布甲尼撒二世送给他害了思乡病的王妃安美依迪丝的礼物，这个礼物使王妃一扫病容，给后人留下一个动人的爱情故事——故事中生性残暴的尼布甲尼撒二世因为爱变得温柔。传说这个阶梯花园美如仙境，园中种满奇花异草，飞瀑流泉，花木葱茏，小径曲折，建筑辉煌。当时到巴比伦城朝拜和经商的人，从老远就能看见空中城楼的金顶在阳光下熠熠生辉。可惜，这座古巴比伦

位于苏州河昌化路桥南侧、在建中的“天空之城”

城的地标建筑随着战争和黄沙的侵害，一点一点地香消玉殒，“空中花园”的主人安美依迪丝最终也化为鸽子，飞天而去。“空中花园”留给后人的是神话般的缅怀以及美轮美奂的想象，但这个传说和想象，在无数艺术家、建筑大师的心中播下了种子，并且不断发芽生长，开出了现实的花朵。英国著名设计师托马斯·赫斯维克（Thomas Heatherwick）就是其中的一个。

托马斯·赫斯维克，上海人民的老朋友，他曾经设计了2010年上海世博会的英国馆“种子圣殿”，其作品给我们留下过深刻印象。这次上海的“古巴比伦空中花园”设计项目，在托马斯·赫斯维克工作室的官方名字叫“1000 Trees”，即“1000棵树”。这个名字，与呈现在我们眼前的“花园山丘”形象极其吻合。建筑有四百个相互交错的露台，在露台上高低错落种了上千棵树。托马斯·赫斯维克曾说：“我们试图用一种方法让工作空间和室外空间更好地进行连接。”现在，春风里，“山上”的树已栽种好了，只等“花园”里鲜花盛开。

苏州河畔昌化路，街墙上的涂鸦

苏州河之夏

夏日的熏风，带着激情的吻来到河面。

夏日的骄阳，用炙热的胸膛拥抱着河岸。

夏日的苏州河，袒露在热风和强光中，褪去春日的朦胧，在河道中恣意裸奔，把沿岸的青绿清澈地倒映在流动、蜿蜒的河水中。

清早，第一缕阳光投射到河面，苏州河披上了金光。

午后，林中的蝉开始大合唱，夏之恋曲，此起彼伏。

晚间，是谁对着河面唱起远久的老歌？歌声从河岸高楼飘出，余音袅袅。

秋日的宁静、冬日的寂静、春日的平静，被一扫而光。躁动的夏日，拨响了苏州河的琴弦，河水伴着夏之曲，在热风中披着金光，拐两道弯，向东奔流。

空中，飞机呼啸而过，阵阵轰鸣，催醒了河畔的蛙叫。梦清园里，有人用手遮额前，眯眼仰望天空，视线追随着远去的大鸟。飞机的气流，在蓝天中留下一道白色痕迹。夏日到来，空气干燥，天空晴朗，河水泛绿，苏州河舞动着绿色缎带，载歌载舞流向远方。

一河碧水向东流，河面泛着涟漪，邻家窗中飘出粽香。

推开高楼的窗，苏州河在窗下流淌。绿荫倒映河面，河上排着参赛小船。人声鼎沸，河面传来异样声响。忽听锣鼓喧天，龙舟赛船如箭起航。赤橙黄绿青蓝紫，小船儿如梭，彩旗招展。口号震天，鼓声频传，桨儿排排，劈波斩浪，浪花掀起一丈，河水被劈两半。

忘了从何时起，每年端午期间，苏州河上都会举行龙舟赛。赛舟这天，宛如过节，两岸张灯结彩，“两湾城”居民老幼皆欢，拥至河边观赛。河面上的龙舟，带着热风劈波斩浪；河岸上的人们，顶着烈日观赛助战。你追我赶的画面，汗与水的混合，风和浪的较量，苏州河在狂欢。

“路漫漫其修远兮，吾将上下而求索”，屈原的呼喊，《离骚》的悲叹，似曾在我心房。“加油”、“加油”，声声碧波激荡，仿佛在替屈原呼唤满腔渴望。两千年沧桑，四十年巨变，不变的是民族精魂，延续的是家国情怀。飞梭的船身似流线般勇往，劈波的船桨如排刀式力量，竞赛水手个个英雄好汉。苏州河上的龙舟赛，将沸腾的夏日河景留在了人们的视野中，将古老的竞赛精神留在了人们的心田里。

曾几何时，这里是男孩们夏季的天然泳池，即使在苦难的岁月里，孩子们也在河上嬉戏，争先恐后享受自由。这里也曾是无数驳船的夏日河道，马达轰鸣伴随滚滚热浪，穿梭的驳船激情万丈……苏州河啊，你充沛的流量，无限的风光，曾留给我们多少夏日回望！

每年龙舟赛后，两岸迎来夏日酷暑。傍晚，华灯初上，两湾城的路灯、车灯似流水闪亮。万家灯火投射河中，流光溢彩。晚餐后的河畔，广场上响起舞曲，人们聚集在一起跳着健身舞，大汗淋淋，酣畅快活。整齐摇摆的身影、强劲有力

苏州河上每年举行“龙舟赛”的地方

的节奏，带着夏日的欢乐投向河面，河面幽幽斑斓。

夜幕降临，晚风习习，曲尽人散。四周安静了，苏州河似乎在入睡。高楼上不知谁又唱起了委婉动听的夜曲，那歌声飘飘荡荡，穿越无数个窗，跃入河中。晚风轻吟，苏州河在梦中歌唱。

苏州河岸的普陀往事

黄振炳

一、驰名学界的中华书局

陆费逵（1886—1941），浙江桐乡人。1903年到武昌，任武昌新学界书店经理，汉口《楚报》主笔。1908年进商务印书馆，任商务出版部部长。1911年，辛亥革命发生后，陆意识到，随着革命的进程，教育制度和科教书都将进行前所未有的变革。而当时商务对形势认识不足，在对待教科书编印问题上，举棋不定，最终采取躲避风险，采用保守做法，沿用“大清国民读本”旧版课本，出版发行教科书。陆身在商务，对这一做法据理力争，激烈反对，最终未果，使他深感失望。之后，他邀志同道合的陈寅、戴克敦等，开始利用业余时间编写“具有革命性的”适合共和体制的中小学教科书。当陆费逵准备辞去商务工作另谋出路时，商务曾以月薪400元的待遇加以挽留，陆不为所动。

1911年，陆、陈、戴三人合资在上海东百老汇路（今东大名路）开始筹建书局。1912年元旦正式成立，名为中华书局。2月正式开业，沈知方、沈修方二人加入。创立之初，资本仅2.5万元，局址设在四马路（今福州路），陆费逵任经理，主持全局业务，戴克敦任编辑长，陈寅任事务长。起初业务范围尚小，仅十余位编辑。1913年，中华书局改为股份有限公司，增资到100万元。总公司全面工作由局长陆费逵主持，下设编辑、事务、营业、印刷四所。至1916年，中华书局总营业额已达402万元，盈利54.6万元，在全国设有分局40余处，职工达几千人。

“中华”创办伊始，即以“商务”为竞争对手。辛亥革命成功后，民国政府下令禁止使用清政府颁行的中小学教科书，致使带有清帝制色彩的“商务”教科书遭淘汰，而“中华”新编的教科书却因顺应时代，一炮走红，畅销全国，在

“商务”教科书占有全国出版界半壁江山中一下崛起，不仅站稳了脚跟，且打开了局面。1914 年以后，中华又敦请唐绍仪、王正延、范源濂、梁启超为董事，创办《大中华》《中华小说界》《中华实业界》《中华妇女界》等刊物，扩大影响。1914 年 7 月，购地静安寺路（今南京西路）哈同路（今铜仁路），建造了五幢二层楼房，约有 500 间；另在上海书业聚集地的棋盘街中心地段，建筑了一座五层大楼，有办公室百余间，沿马路营业部门面十余间。这两项花费加上再购置机器设备，总开支在 80 余万元以上，可谓巨额投资。

1916 年，随着印刷厂和发行所新大楼相继落成，中华书局风光无限。但好景不长，随之出现的“民六危机”，让中华厂尝到了急功近利、急于求成、“冒进”办实业的苦果。1917 年中华书局资本额 290 万元，但负债额高达 120 万元。是年底，书局召开股东会，免去陆费逵局长之职，改为司理（后改任总经理），处理日常事务。经新组建的董事会讨论通过，聘善于理财的吴镜远为监察，对书局进行整顿调控。之后的二三年里，资金匮乏的中华书局，稳扎稳打，小心经营，终于在 1919 年 6 月才摆脱“民六危机”之阴影，扭亏为盈，出现喜人的 2 万元盈利业绩。

在上海的出版同业中，“中华”与“商务”始终是一对形影不离的竞争伙伴。在竞争中，大家都各自设法走上层路线。曾任中华书局编译所所长的范源濂任教育部长时，中华在竞争中就占上风；而当与商务关系较深的汤尔和任教育部长时，商务则在竞争中领先。

中华与商务的两者竞争，不仅体现在出版物的质量和价格上，还包括出版物的策划和选题。如商务出版的《东方杂志》在文化界被认可，颇具影响力和知名度时，陆费逵就请出梁启超主编《大中华》，1934 年又推出《新中华》，并约请巴金、郁达夫、傅雷等名家为杂志撰稿，创刊号一印就是几万份，一炮打响。

商务出版《辞源》，陆费逵就邀请舒新城于 1915 年策划兼有语文辞典和百科性质的综合性辞典《辞海》，其收入单字 1 万余条，复词 10 万余条，共约 700 万言，成为中华书局出版的最具影响力的工具书，为中国出版事业做出了重大贡

1912 年在福州路的中华书局营业部

献。《四部丛刊》是 1919 年由著名版本目录学家张元济主持编辑的，是商务出版的一套重要丛书。它集中收录了古代重要的经史典籍、诸子百家的代表作、历代著名学人的别集，对于保存珍贵文化遗产具有深远意义。陆费逵毫不逊色，筹划出版聚珍仿宋版《四部备要》，将中国古籍善本重新排印，并进行了一次全面的梳理和校勘，受到了学术界的高度重视和肯定。

民国时期的出版业，一般在出版、印刷、发行的同时，为了创收，都积极拓展业务，开发多种经营。北伐以后，陆费逵投靠实业部长孔祥熙，请他出任中华书局董事长，凭这层关系，开始承接钞票和有价证券的印刷业务。1935 年 12 月，该局选址澳门路 477 号，投资 57 万元，购地建成四层楼房 5 幢、平房 1 幢的新厂区，将书局包括局内印刷所、编辑部、图书馆一并迁入新厂（今现址）。陆费逵购置了一流的印钞设备，为中华带来滚滚财源。印刷比出版更赚钱，成为中华书局的创利主要渠道。先是 20 年代南洋兄弟烟草公司委托印刷月份牌和烟盒，直至1935年大量承接国民政府的印钞业务。抗战结束后，由于通货膨胀，国民政府大量印制钞票和债券，几乎成为中华印刷厂的主要业务，可谓“暴发”。与此同时，中华从1936年开始承印“中山像”、“中山像凹版”、“节约建国”等邮票。

中华书局熬过“民六危机”之后，在时局极不稳定等不利因素干扰下，能百折不挠，克服困难，并迅速发展起来，确实不易。1925年书局资本额达到200万元，1937年增至400万元。1918年7月至1928年6月的十年间，年平均营业额181.6万元，盈利14.95万元。1928年7月至1936年12月，年平均营业额471.53万元，盈利20.45万元，始终保持平稳的增长速度，至抗战前夕进入全盛时期。至1949年，在中华出版的书籍中，教育类图书一直占据首位。陆费逵本人笃信佛教，是一位素食者，其一生主张以佛教为精神教育。

1937年7月抗战爆发后，总局迁往昆明，静安寺路上的印刷厂的全部设备和大部分人员陆续迁移香港。陆费逵于11月6日离沪去港，上海中华书局由吴镜渊主持。1938年，澳门路上的中华书局上海印刷所借助美商永宁公司名义经营，1941年被日寇侵占。抗战胜利后收回并更名为中华书局上海印刷厂。1952年该书局总公司及编辑所迁往北京，澳门路局址为书局印刷厂独营。1954年中华书局实行公私合营。1956年至1958年有30多家小厂相继并入，1966年改名中华印刷厂。书局留沪办事处及编辑部部分人员，一部分入古典文学出版社，一部分进新成立的中华书局《辞海》编辑部。后者1978年又改组为上海辞书出版社，该局图书馆也改为该社图书馆，于1979年一起迁至陕西北路457号。

该局注册商标图案为一册竖置的精装书籍，封面注篆文“中华”两字，周饰嘉禾围绕。

二、为国争光的“三星”品牌

方液仙（1893—1940），浙江镇海人。祖上世业钱庄，20世纪初曾是镇海望族大户，家业遍布江南域邑。民国以后，家道开始中落。方液仙毕业于宁波教会循道会创办的斐迪中学。该校不同于中国的传统教育，主要以传授西方科学知识为主，这引起了他极大兴趣，尤其是化学，毕业后即师从上海制造局德国化学师窦伯烈专攻化学。

1912年，方液仙得母亲私蓄一万银元为资本，在上海圆明园路安仁里自己的寓所里，因陋就简，创办起化学工场，取名为中国化学工业社（简称“中化社”）。他带领几名工人和学徒，开始制造雪花膏、生发油、花露水、香粉等化妆品，以及国内首创的“三星”牌牙粉，试图与日本的“金刚石”牌和“狮子”牌牙粉相抗衡。至于方将自己的产品都冠以“三星”牌，是因为其母在家里常年供奉着福、禄、寿三尊神像，老人家告诫儿子：“三星”会保佑你创业成功；你的产品必须以“三星”为名，切莫忘此“三星”。然而，经过三年奋斗，产品还是打不开市场，一万元资本付之东流。

1915年，方液仙力邀其舅父李云书合伙，集得资金五万元，东山再起。方租赁白尔部路（今重庆路）田丰记营造的三间厂房作为工场，请姚聿津担任厂长，扩大生产“三星”牌蚊香，以及皮鞋油、果子露等产品，以抵制日货。是年，方液仙抓住国人纷纷抵制日货这个机遇，与代表舅父的表兄李祖韩重组“中国化学工业社股份有限公司”，自任总经理，先后在河南路设总公司，在广东路设发行所。

民国初期，洋货日化用品充斥上海市场，夏士莲雪花膏、旁氏白玉露、林文烟花露水等欧美产品已经取代中国传统的化妆品，市场上出售的牙膏牌号有美国的柯耳拿牌、英国的固龄玉牌、日本的狮子牌和仁丹牌，日本的野猪牌和猴牌蚊香正成为上海市民的新宠。中化社开始几年，产销两旺，一度在市场上崛起。但时隔不到几年，日货大量倾销，至1919年中化社的经营又到了山穷水尽的地步，亏损殆尽。

“五四”运动的爆发，给中国的民族工商业带来了新的生机，也使中化社绝处逢生。在全民提倡国货，抵制外货的爱国热潮中，是年中化社首次扭亏为盈，盈利八万元。方液仙抓住契机，扩大生产，首先于1922年以1615银元购进上海槟榔路（今安远路）150号地产筹建新厂，同时请求其叔父方季扬投资。方季扬系上海钱业巨子，他看出中化社必有前途，同意入股，认购三成，并亲自出任董事长。方另在社会上招募到7成股金，出任总经理。至此，中化社有了金融界这把保护伞，在资金调度和业务拓展上开始迅速腾飞。是年，企业的销售额即达到二十四万元。

与此同时，安远路新厂竣工后，为了将“三星”蚊香品牌做大，在市场上彻底打败日本“野猪”牌蚊香，方液仙派员亲赴蚊香制造的发明国——日本见习蚊香生产技术，改手工棒形为盘型，开发出能点燃三种不同小时需要的蚊香，优越于“野猪”牌只能点燃五小时一种规格。他还聘请农业专家俞诚如，在苏州河上游安浪渡广植除虫菊，以解决生产原料，摆脱依赖日本进口；在营销上采取遍做广告和赊销办法，通过法大马路（今金陵东路）百货批发字号，把“三星”蚊香推向全市，销往全国。欣逢“五四”爱国热潮，国民提倡国货，众多商家在门市上普遍悬挂“三星”蚊香宣传旗，使“三星”蚊香一下子声名鹊起，而日本“野猪”牌蚊香则相形见绌，一蹶不振。“五卅”以后，“野猪”牌蚊香彻底被“三星”蚊香挤出上海市场。这期间，中化社目击市场上舶来品牙膏畅销，国产牙粉销势日衰，旋即研制开发出中国第一代“三星”牙膏投放市场，通过与美国“柯耳拿”牌（也有称“丝带”牌的，因为牙膏挤出时呈竖条带状形，即今天的“高露洁”）牙膏竞争，逐渐被市场认可，产品广受上海市民青睐，在市场上迅速走红。

方液仙爱国创业，不遗余力。1923年又在星加坡路（今余姚路）购地置建第二厂。他亲自带王修荫去日本考察有关生产调味粉技术的关键问题，回国后立刻在第二厂投入试制，经反复试验终获成功，并在将日本“味之素”逐出中国市场的商战中立下功劳。中国化学工业社出品的“味生”调味品和酱油精、酱色等副产品，曾选送1926年美国费城世博会参赛，荣获甲等大奖。同期参展的该社“三星”蚊香也荣获丙等金奖章。1928年总公司在槟榔路（今安远路）购置建造第三厂，以扩大蚊香生产，满足香港地区和南洋市场需要，将品牌做大做强，弘扬国货之光。

1933 年，方液仙在上海各界人士赞助支持下，创组“中国国货公司”，潘仰尧、史量才等人为董事，自任总经理。2 月 9 日公司假南京路大陆商场揭幕开张，在上海掀起了一场“中国人爱用中国货”的爱国热潮。方为推动民族工商业的发展作出了贡献，受到上海工商界人士的推崇。

中化社非常重视广告宣传效应，每年拿出营业额的百分之三作为广告费用，并专门成立广告科，著名漫画家张乐平就是当年的一名科员。“七七”事变前夕，由中化社投资，上海艺华影业公司拍摄了一部广告歌舞片，名为《三星伴月》，请当时上海滩红极一时的明星“金嗓子”周璇主演并演唱主题歌《何日君再来》。随着以“三星”牌冠名的影片上映，“三星”之名也深入人心。

方液仙爱国思想鲜明，在“一・二八”淞沪会战中，他以红十字会名义在厂内开设临时伤兵医院。“八一三”抗战打响后，又在胶州路申园开办一所较大规模的伤兵医院。1938 年他被推举为店员职工进步团体“益友社”的名誉理事。

中化社鉴于生产牙膏需要大量的甘油和皂粉原料，在 1938 年又创建了第四厂，向法国购进全套甘油提炼设备，并研制成功出品“箭刀”牌肥皂，与市场上畅销的英商祥茂肥皂展开竞争。最终，“箭刀”牌肥皂立足市场，销路大增，驰名中外。至此，中国化学工业社的产品已扩大到牙膏、肥皂、蚊香、化妆品、调味品、化工原料、玻璃器皿等七大类二百多种规格品种，其中以“三星”蚊香、“三星”牙膏、“味生”调味品、“箭刀”牌肥皂最为响亮。中化社已构成一个联合规模的企业群体，企业资本已达二百万元，成为中国规模最大的一家日用化学工厂。

1940 年 7 月 25 日，方液仙在寓所突遭暴徒绑架至日伪“76 号”魔窟，被残害殒命。

1954 年 11 月 1 日，中国化学工业社实行公私合营。1958 年企业转型为全国最大的牙膏专业生产企业，并于 1967 年 1 月改名为“国营上海牙膏厂”。改革开放后，又易名为“上海白猫股份有限公司上海牙膏厂”，厂址迁至金沙江路 1829

号。该厂1980年开发成功的“中华”、“美加净”牌牙膏，分别被国家评定为中国驰名商标、名牌产品和国家免税产品。“我相信中华的力量”。2008年奥运会期间，国家羽毛球队总教练李永波代言的上海牙膏厂的“中华”牙膏广告语每每让人们心潮澎湃。

1951年10月，中国化学工业社工作三十年以上同人于工业社创业四十周年纪念之日聚餐摄影留念

“王者”的足迹

章慧敏

美丽的苏州河畔

一、“王者”的足迹

我生活的普陀区，在历史上是个年轻城区，1947 年 1 月，它才以取自区域里的普陀路之名划建为区。

然而，年轻的普陀区却受惠于古老的苏州河。苏州河滋润着这片土地，“吴淞江”更名为“苏州河”的年代，正是中国历史进程中一个沉重的时间坐标点，同时也是上海民族工业发展史上一个非同寻常的起点。

那时，西方列强的炮火炸开了清王朝封闭的大门，上海被迫成为“五口通商”之一的口岸后，却也因祸得福，成为中国近现代民族工业的发祥地。

徜徉在苏州河两岸，一座座具有现代企业雏形的工厂相继建成，一个个有着远大抱负、勇于开拓的实业家接踵而来，一顶顶夺目的民族品牌的“王冠”先后加冕……苏州河两岸留下了“王者”的足迹，这些脚印踏踏实实，沉着有力，醒目而又灿烂——

我们看到，早在 1900 年，“一门三进士，五子四登科”的官宦子弟孙多森、孙多鑫兄弟就摒弃了科举人士的老路，踏上了创办实业的新途。

那年，孙家两兄弟在苏州河岸的莫干山路选了50亩地，在叔父孙家汀的支持下，花钱引进了美国制造的设备，创办了一家叫“阜丰”的面粉厂。这家由慈禧太后亲自核准的企业还享受到了清政府给予的“免税”政策，这让“阜丰”的面粉在与洋面粉的市场竞争中占了不少优势。

1937年，“阜丰”的产量进一步扩大，行销大江南北，成为“远东第一”的面粉厂，这两位官宦子弟实现了华丽转身，成为赫赫有名的“面粉大王”。

我们看到，在苏州河北岸的光复西路上，大隆机器厂的名字和年轻的严裕棠紧密相连。1902年，二十出头的严裕棠与人合资，租借了杨树浦路两间平房创办了大隆机器厂。当时，所谓的工厂规模不过是招募了7名工人和4名学徒，从事的项目也不过是修配机器零部件。后来，合作伙伴因为意见相左而分道扬镳，大隆机器厂便由严裕棠独家经营，也开始了严裕棠扩展经营的思路。

1924年，事业有成的严裕棠杀回生养他的故土沪西，在光复西路上购了60亩地，扩建新厂房，机器增加到了300多台，职工有1300多人，业务也从纺织机械零部件的修配向纺织机械研制发展。不久后，第一台国产棉纺织机在大隆机器厂诞生，随后，工厂又研制出棉纺织机器成套设备，打破了外国纺织机器长期垄断中国市场的局面。

严裕棠的坚持和执着，使得当年敲敲打打的修配工厂小老板，一跃而成闻名大江南北的“纺织大王”。

我们看到，沿用至今的“三星”日用品商标还有一段抹不去的情结。1912年，年方十九岁的方液仙投资1万元，在上海独自创办了一家中国化学工业社。方液仙从小热爱化学、有了自己的化学工业社，他就埋头试制起牙膏、雪花膏、生发油、花露水等日常用品来了。

1919年，五四运动爆发，全国兴起了抑制洋货，振兴国货的运动，方液仙的化学工业社的产品猛然间打开了销路。产品畅销，钱自然来得快。几年后的1922年，他在苏州河南岸的槟榔路（今安远路）建造起工厂，并以福、禄、寿“三星”作为产品商标。

说起这“三星”的商标还有一段趣事呢：方液仙的母亲信佛，家里供奉着福、禄、寿三星，见儿子为商标纠结，她对儿子说：“何不以福禄寿三星作为产品的名字，祈求神仙的保佑。”方液仙当时就拍板认可了，可渐渐地他觉得福、禄、寿的图像有点俗，于是改用了日、月、星，同样是“三星”。果然，“三星”高照，价廉物美的日用品深受老百姓的欢迎，曾经的化学少年成为了令人瞩目的一代“国货大王”。

我们看到，1920 年美亚织绸厂老板莫觞清在他的事业挫败之际，居然果断地将刚从美国留学归来的小同乡蔡声白招聘入厂。丝绸行业如此不景气，而莫老板还在挣扎，他的此举可谓慧眼识才。他不仅招进了蔡声白，还大胆地委以重任，不久，他不仅聘请蔡声白担任了美亚丝绸厂的总经理，还把女儿莫怀珠许配给了他。

莫老板没有看走眼，蔡声白上任后便引进了国外先进的织造设备，还不断地招聘各路人才。努力很快有了回报，美亚的产品畅销国内各大城市，有些产品还远销英国、日本、印度等国，企业也走上了一条扩张的快车道。短短十多年间，美亚通过兼并或是新建，先后开了十几家分厂，其中的美亚三厂和四厂分别建在苏州河南岸的小沙渡路（今西康路）和胶州路。

工厂搞得红红火火，蔡声白并不满足，他还开办起绸庄和织物试验所，与此同时，员工培训所、质量检验所等等的配套企业和部门也先后成立，这一切都是为了有利于市场竞争。1936 年，经财政部批准，他创办了国内首家具有保税工厂性质的“关栈制造厂”。这是中国内地第一家现代“保税区”，成为了集丝绸织造、设计、印染、质检和营销为一体的大型企业集团，产销规模在中国丝绸行业首屈一指，蔡声白成了名闻遐迩的“丝绸大王”。

我们看到，1930 年上海滩赫赫有名的实业家荣宗敬、荣德生兄弟收购了早年由李鸿章创办的上海机器织布局下辖的三新纱厂，改名申新九厂。为了扩大生产规模，1933 年，荣氏兄弟在将新厂址选在苏州河南岸的澳门路上，这块占地面积

102 亩、建筑面积 11.67 万平方米的申新纺织九厂新厂房，成为了当时中国最大的纺织厂。

苏州河似乎和荣氏兄弟有着特殊的缘分，他们的足迹围绕着苏州河两岸，一步又一步。兄弟俩雄心勃勃地从家乡无锡进军大上海，创办了福新面粉公司。自 1913 年开办第一家面粉厂到 1921 年短短的八年间，一共开了 8 家面粉厂。其中的福新第二、第三面粉厂就建在苏州河南岸的莫干山路和小沙渡路上。后来，福新面粉公司和无锡茂新面粉公司组成中国最大的面粉企业，共有工厂 12 家，荣氏家族旗下的面粉企业超过了“面粉大王”孙家兄弟，成为中国最大的面粉企业集团。“双料大王”，属于荣氏兄弟。

我们看到，新中国成立后的 1949 年 10 月中旬，吴蕴初由香港登船经天津到达北京。报载周恩来总理还在西花厅亲切地会见了他，握住他的手说：“味精大王回来了，欢迎欢迎！”那一天，周总理还留他一起用了午餐。

吴蕴初的“天字号”几起几落，这段经历坎坷而曲折。1904 年，年少志大的吴蕴初只身来到上海，先后在李鸿章创办的广方言馆和由广方言馆改办的上海兵工学堂学习英语和化工。无疑，学习为他日后进军化工行业，走出国门与洋人打交道打下了扎实的专业基础。

当年，充斥街头的日本美女牌“味之素”使吴蕴初特别好奇，他悄悄地买了一小瓶回去化验分析，他发现这种被日本人吹得神乎其神的“罕见调味品”不就是从植物蛋白中提炼出的谷氨酸钠吗?

天蕴初决定自己动手研制，用作原料的是老百姓餐桌上常吃的豆制品：面筋。他把面筋烘干后碾成粉末，然后放进盐酸里，再放在酒精炉上加热水融化。一道道工序，一组组数据，试管里终于结出了一粒粒晶莹剔透的白色晶体，放进嘴里一尝，果然鲜美无比。

吴蕴初经人引荐结识了“酱油大王”张逸云。张逸云听了吴蕴初的计划，又看到了实物，他当即决定投资 5000 元，办一家家庭作坊式的小工厂，取名“天厨”，有“天上庖厨”之意。而味精则以“佛手”为商标。

大众化的“佛手”牌味精很快打开了市场。1923年，北洋政府农商部批准吴蕴的味精专利申请。中国第一家调味品工厂就此诞生了。

张逸云的知遇之恩使吴蕴初深为感动，他努力改进生产工艺，“佛手”牌味精先后在美国费城世博会和芝加哥世博会上获奖，并获得了美英法等国的专利，成为响当当的国货精品，吴蕴初也成了享誉中外的“味精大王”。

苏州河是黄金水道，苏州河两岸是创业的热土。穿行于一座座老厂房之间，我们感受到的是曾经的沧桑巨变，我们听到的是一个个动情而又振奋的故事。

老工业，新颜值。苏州河百年工业、王者足迹，是民族的宝贵记忆。珍藏、珍藏！

二、苏州河治理的功臣：杨曹文梅

2016年国庆节前夕，九十岁的杨曹文梅专程从美国来到上海，当薄施脂粉、身着酒红色唐装的她从当时的杨雄市长手中接过“上海市荣誉市民”的证书时，老人家用一句软糯又标准上海话向市长道了声“谢谢”。

杨曹文梅是美籍华人，可她却是上海人。她介绍自己时总说：“我是地地道道的上海人，生于好婆（祖母）家祖屋，就在苏州河旁。”杨曹文梅回忆起她在上海的年少时光，1926年出生的她目光中溢满了留恋，她中学就读的是女中，毕业后考取了圣约翰大学。大学毕业后的1946年，她只身飞往纽约的哥伦比亚商学院念书去了。这一年她二十岁。

1993年，六十七岁的杨曹文梅被美国政府委任为美国驻亚洲开发银行大使和执行董事，这是美国历史和亚洲开发银行建行以来第一位获此职位的亚裔女性，光是这个任命就能看出美国政府对她的重视。2018年，杨曹文梅还被美国百人会授予“2018年美中关系杰出领袖奖”。

对上海怀有特殊的感情的杨曹文梅但凡出席国际会议、重大论坛，她发表演讲只说上海话。有人置疑，她便回复说：“因为上海是我的家乡，上海话是我的家乡话，我不会忘本。”可见她对上海的一街一弄、一草一木倾注了全身心的挚爱。

80年代末，与上海一别三十多年的她再回到故乡。这时的杨曹文梅已近花甲，少小离家老大回，这座城市让她充满了久别重逢的惊喜。在她眼里，现在的上海和她1946年离别时已有了天壤之别：街道上的人多了，行人的步伐有点像曼哈顿人一样的快速，这种快节奏下意识地带动着她的脚步，她感叹上海真是变化太快了！

然而，也有令杨曹文梅感到遗憾的发现，她看到路上行人的穿着大都色彩单调，不是灰就是蓝；大大小小的建筑也有点老旧，暮气沉沉的；在南京西路逛街时，橱窗里的商品摆设也没有吸引力；更让她皱紧眉头的是，这次回沪，她特地挑选入住在苏州河旁的上海大厦。她熟悉这个当年叫“百老汇大厦”的上海大厦。当年，在她还是曹文梅时经常约了友人来这里喝杯咖啡，难得也打个牙祭，吃套“公司大餐”。这里有她年轻时的记忆，她更想从房间里看到外滩的全景全貌，看到黄浦江和苏州河。可是不对了，房间的窗户变成了厚厚的双层玻璃窗，而且还被服务员关照尽量不要开窗。杨曹文梅问为什么？回答说安装双层窗是为了阻隔苏州河散发出的臭味……

这让杨曹文梅的心里不是滋味，她从小生活在苏州河边上，对游子来说，苏州河是萦绕在脑际挥之不去的母亲河，如此的黑乎乎、臭烘烘、脏兮兮，这是对母亲河的亵渎。显然，杨曹文梅明白苏州河的污染是经济转型期的阵痛，但苏州河必须治理，否则对不起苏州河两岸的市民，对不起子孙后代。

那一刻，杨曹文梅觉得自己应该做点什么，为上海故乡做点什么，为天蓝水清的环境做点什么，为苏州河的水质优化做点什么。

杨曹文梅决定利用自己在亚洲开发银行工作的优势，推动上海苏州河环境整合整治项目。可是，申请这个项目的贷款并不容易，刚提交讨论，美国政府方面就以一个“NO”拒绝了。理由也很合理：亚洲开发银行的贷款是用来帮助亚洲人民解决最基本的生活问题，用于人道主义援助的项目，一般不考虑环保和基础建设项目。换言之，苏州河治理的项目目前还轮不上批准贷款。

杨曹文梅不服气：人道主义援助？苏州河环境治理怎么就不是人道主义援助呢？人道主义提倡关怀人、爱护人、尊重人，是一种以人为本、以人为中心的世界观，苏州河环境的优劣直接影响上海人民的生活，我们当然要治理苏州河水质，改善两岸环境。这是一件对人道有着重要意义的事。

为了阐述治理苏州河是一个人道主义的项目，杨曹文梅执着地一次次说服亚洲各国驻亚洲开发银行的大使们，还不间断地游说华盛顿国会，甚至于找到美国国会议员动之以情，晓之以理。她说："你们一定要支持这个项目，因为我就出生在上海，我是上海的女儿，我非常清楚苏州河环境的整治将造福上海人民。"

一年又一年，杨曹文梅地在亚洲各国驻亚开行的大使与华盛顿之间游说起了效果，1998 年，上海苏州河环境整合整治贷款项目终于得到了批准，获得了可贵的三亿美元的贷款支持，确保了这项工程顺利启动。这一年，杨曹文梅已经七十二岁了，百感交集的她感慨万端，她在发言时说道："从小父母就告诉我一个道理：一个人不是生了就开始，死了就结束，而是漫长链条上的一环。前人汇聚的力量传承到你这一环，你就有责任去保护并增强它，然后传承给下一环，这样整个链条将会非常坚固。因此，做人做事不能只看马上会有什么好处，而要看长远结果如何。无论做任何事，都要铭记负责任。"

就在那一刻，杨曹文梅想到自己终究为上海故乡做了点事，所有的辛劳和委曲都烟消云散了。

杨曹文梅的努力还在继续，在她的争取下，治理工程不仅确保了顺利上马，还由此启动了项目总投资为 67.38 亿人民币的苏州河环境综合整治一期工程，助力上海市人民政府实现了向全市人民承诺的苏州河干流 2000 年底前基本消除黑臭的阶段性目标，并引领推动了二、三期项目的顺利实施。

杨曹文梅带来的不仅仅是求之若渴的资金，她还联络了一批国际上著名的水利专家来到上海，带来了先进的技术标准和理念。那些年里，已是高龄的她频繁地往返于上海和美国，参与对苏州河综合治理后续进展情况的深入调研，督促参加技术援助的各国城市发展专家留下经得起历史检验的水资源管理工程。她还提出了让苏州河两岸百姓改善生活的许多建议——在河道两旁修建绿化带，提供休闲娱乐的场所，为河道输氧，恢复水生生物的再生……

今天，当人们徜徉在面貌焕然一新的苏州河沿岸时，眼前是否会浮现出这位气质高雅又美丽的老人的形象？感恩她曾经为推动苏州河环境整治项目做出过不可替代的重要贡献？一定会的！杨曹文梅当选“上海市荣誉市民”就是上海这座城市对她的致敬和谢意。

相信杨曹文梅再次入住上海大厦时，推开窗户，她的眼里定会流露出欣喜：苏州河水清了，两岸绿了，这才是游子梦牵魂绕的母亲河啊！

上海的故事，从苏州河开始

蒋露霞

一、上海的故事，从苏州河开始

1

苏州河，孕育着上海最初的灵性。上海的故事，从苏州河开始。

吴淞江流入上海后被称为苏州河，起于北新泾，止于外白渡桥。全长 53 公里，其中有 14.3 公里在普陀区境内，是上海市中心城区河流岸线最长、河湾最多的一段，沿岸有上海造币厂、上海印钞厂等央企和上海啤酒厂、阜丰面粉厂等近二十处工厂、码头遗址。

沿河发展，借水路之便利。在陆路运输尚不发达的上世纪初，苏州河上舟楫如鲫、帆樯林立。这条河是这个城市的动力之河、生命之河、希望之河。

因外来的缘故，最先落脚的地方便是普陀区西康路，租房时竟与苏州河不期而遇，给我带来意外的惊喜。旁边是西康路桥，桥下便是苏州河，河水在眼前缓缓流过。这使我对苏州河，对普陀，有了一种亲近感。喜欢站在桥上，看两岸风景，这时，便有了一种在电影院里看 4D 影片的感觉，立体、恢宏、扑面而来，如梦似幻……

走在西康路桥上，匆匆的脚步便慢下来，浮躁的心性便静下来。说不定，此时就改变一个主意，或者冒出一个主意。从此，生活变得美好起来。有时，桥上还有一些外地人摆摊设点。路过的人，便驻足停留，问问价钱，摆弄摆弄那些小玩意儿，转身离去时，心里便产生了一丝新的念想。

沿着苏州河畔走，不经意间，就有一块绿地，或圆或方，或狭或宽，地段并不规整，却被花草树木点缀得缤纷多彩，有的树木高及十数米，不知何名何姓。清晨，常能听到鸟鸣，它们栖息于草地、林荫，却找不到它们的身影，就像和人类捉着迷藏。

因对普陀区的偏爱，便认为普陀区的经济在上海区县中最好，实则不然，这让我有些失落。然而，普陀区为上海的发展做出过贡献，上海的苏州河文化里，有着普陀区的浓墨重彩。普陀之于上海，正如上海之于普陀，从来都是相辅相成、相得益彰、密不可分的。一个有趣的现象是，凡是历史文化底蕴深厚的地方，经济发展的速度都比较缓慢。是承载得过重，反而迟疑了前进的脚步吗？作为上海老工业区的普陀区是否也有如此之虞？普陀区在上海地理位置上的重要，从它被列入国家和上海重点文物保护单位之众多可见一斑。这也正好给它腾出了一个发展的空间，振翮高飞，指日可待，继而我的失落又转为期盼。

在普陀区中远两湾城附近，有一座昌化路桥，桥头边上，有一个类似阳台的造型，错落有致，呈阶梯状起伏，犹如一座人造森林。这便是东西两座“千树”建筑物。按照规划，这里将得到整体保护，在修旧如旧的基础上，为老房子引入新功能、新理念。老厂房将改造成购物餐饮、休闲娱乐等大型城市综合体。

有一种创新思维，会让你耳目一新。沿着莫干山路往里走，便到了位于50号的M50创意产业园。一位来自台湾的摄影家在这里举办摄影作品展，他拍摄的樱花，寄寓着对生命灿烂美好而又稍纵即逝的惋惜；他拍摄的沙漠，呈现出广袤辽阔和沉静之美。我徜徉于一个个画廊和艺术家工作室，感受视觉艺术的冲击。转过深深的巷道，便来到一个古旧艺术品小店，泛黄的老照片，“还记得自己小时候的样子吗”的创意设计，以及店里飘出来的音乐，让人产生如时光倒流、回到童年的感觉。历史穿越了时光隧道，迎面走来。而我，是连接过去和未来的那个人吗？流连于此，尽情享受艺术的熏风，竟有层云荡尽、豁然开朗之感，对生命又有了新的感悟。原来这些工作室、画廊、布展间都是由一座座厂房、一个个车间改造而成的，在保持老旧建筑外观的同时，赋予了它以新的生命和内涵。

在苏州河叉袋角区域，莫干山路120号，曾诞生了民族资本第一家机制面粉厂——阜丰面粉厂，生产“车牌”面粉。该厂的创办人孙多森、孙多鑫兄弟是晚清状元孙家鼐的侄孙。作为帝师的孙家鼐一生几乎没有什么大起大落，这在风云诡谲的清末官场，几乎是独一无二的。连他的同僚亦是对手的翁同龢都称羡不已。亲历晚清四五十年的英国人李提摩太也说："孙家鼐是所有中国官员中，最有教养、最具有绅士风度的人之一。"这话说得有点过了，但孙家鼐的低调内敛、治家严谨却是毋庸置疑的。孙氏兄弟也颇得家族遗风，办实业，干实事。他们以企业家特有的市场嗅觉，发现了商机。当时洋面粉每包40斤，售价1.6元至1.8元，而国内土制面粉每袋180斤，售价才1.9元至2元。可见洋面粉的利润空间之大。尽管洋面粉比土制面粉售价高，但糕点店、面馆都乐于采用洋面粉。于是，孙氏兄弟瞅准市场，由盐业进军面粉业，又涉猎金融业，创办中孚银行，揭开了上海民族工业的新篇章。阜丰面粉厂开业的当年，即赢利颇丰，又经过三次扩建，成为当时远东地区最大的面粉厂。它在后来的分分合合中完成了历史使命，便隐入历史的风尘，它的遗址作为苏州河工业文明的一部分保留了下来。如今，在苏州河工业文明展示馆还能看到阜丰里门额。阜丰里，即阜丰面粉厂工人居住区。原来，孙氏创办面粉厂，工人大都是从家乡寿州带来的。最兴旺时，有两千名员工，其中三分之二以上是孙氏族人，真是名副其实的"寿州村"了。大有"出来一人，带富一方"之盛况。这也印证了上海的开放和包容，上海也是一座移民的城市。

一个家族带给我们的励志故事，一代开创者在上海滩的摸爬滚打，这里面的酸甜苦辣、惊涛骇浪，看似平静的遗址，一砖一瓦，一草一木，都隐含着说不完道不尽的故事。今天，当我走在苏州河畔，恍若听到昔日千军万马的奔腾、刀光剑影之声，商场如战场，在那风云变幻的年代，如果没有一点胆气和魄力，没有家国天下的责任和意识，何以能铸就上海民族工业的基座和辉煌?！某种程度上，苏州河已经与这些遗址融为一体，成为上海生生不息的根和源泉。

记得二十世纪八九十年代，我们江南小城的年轻人结婚都要到上海采购新婚用品，那是时尚和新潮的象征，如果拥有一套上海产的时装或羊毛衫，那是要引以为傲的。说起上海的纺织业，全国人民都会跷起大拇指。近代以来，纺织业是上海的母亲工业和支柱产业，从一组组数字就能看出来：1930 年上海产业工人 28.5 万人，其中纺织行业 20 万人，占 70% 以上。1949 年上海解放时，共有纺织企业 4552 家，棉纺锭 243.54 万枚，占全国棉纺锭的 47.23%，号称半壁江山。1949 年到 1993 年，累计生产总值 6320 亿元，行业员工最高时达到 55 万人，可谓辉煌一时。

上海人对于纺织业深深的情结，催生了上海纺织博物馆的诞生。位于苏州河南岸、澳门路北侧、昌化路东面、长寿路西北翼的上海纺织博物馆，原是上海申新纺织第九厂旧址，这里最鼎盛时，有 10 万多个纱锭，800 多台织布机，每天有数千名工人出入。

“车转轻雷秋纺雪，弓弯半月夜弹云”勾勒出了一幅唯美的棉纺画卷。纺织博物馆里有一尊黄道婆纺纱时的雕塑，安详的神态、微微的笑意，活现出黄道婆纺纱时的乐趣。说起来，生活于宋末元初的黄道婆也是上海纺织业的先祖，她是松江府乌泥泾（今上海徐汇区东湾村）人，年轻时流落到海南岛崖州，和黎族同胞们学到了过硬的纺织技术。老年后又回到家乡，对纺织技术进行改良，她创造的三锭脚踏纺纱车，不仅省力，而且效率空前提高。遗憾的是这位伟大的纺织改革家的事迹更多的是在民间流传，而在正史里却只字未提，唯有元代王祯《农书》中寥寥数语带过。上海与纺织业的不解之缘，可以追溯于此。因此，近代史上的上海成为纺织业的重镇，也就有了雄厚的铺垫。

曾经，上海的纺织业是让人羡慕的行业，许多职工以厂为家，以厂为荣，这里就是一个小社会，福利齐全，待遇优厚，无后顾之忧。我们能感受到职工对企业的那份感情，那是一种安全感和归属感，荣辱与共，生死相依。与今天的企业员工频繁跳槽有着壤宵之别。二十世纪九十年代，纺织行业面临关停并转，有五十五万产业工人下岗，惊惶无助迷惘，几代人对纺织业所形成的感情，怎么能随着厂子的停产说没了就没了呢？虽然下岗了，有的人还天天到厂子里去转悠，为的是那份不舍。转型是痛苦的。一段时间的阵痛之后，工人开始分流。一个成功转型的空嫂路遇一个过去同时进厂的小姐妹，她高兴地迎上去打招呼，而对方却面露复杂的表情说：“你现在日子好过了，而我还得等到退休年龄拿退休工资。”这就是转型所带来的心态变化。过去的同事，下岗后，有的幸运地找到了新的人生坐标，而有的则迷失了方向，处于人生的低谷。身份地位的改变、工作性质的不同而带来收入上的差别，使原来人和人之间单纯亲密的关系变得疏离和复杂起来。在时代的大潮里，要么是激流勇进，要么是随波逐流、溺水而亡。而这在很大程度上，又取决于每个人的态度和选择。惊涛骇浪之后，是风平浪静的到来。然而，平静是相对的，而波涛汹涌才是大海的常态，正是这种交叠更替，才构成了大海最为奇妙动人的壮观。

苏州河畔，像这样的博物馆和在建的博物馆还有很多，它们是苏州河工业文明流动的画廊，也是一条贯通古今的血脉，将为普陀、为上海的未来提供绵绵不绝的精神滋养。

2

在钢铁丛林里，苏州河蜿蜒，作为一个柔性的存在，与吴侬软语的上海结合得如此天衣无缝，伸展而不张扬，柔韧而不柔弱。苏州河穿城而过，十里洋场，如果没有苏州河的陪伴，那将是什么样子？这是不可想象的。是它承载了上海的百年发展和经济腾飞。今天，无论我们怎么夸大苏州河的地标意义，都不为过。这使我感到，苏州河不仅仅是一条河，而且是一个生命体，它有气息、有温度、有担当、有道义。它赋予这座城市以思想、以灵魂、以水一般柔性的质地。

说起苏州河，相信许多上海人有着深沉而又复杂的情感。或许，他们的父母就是在苏州河上认识的；或许，他们在苏州河桥上谈过恋爱；或许，他们的家就住在苏州河边；或许，他们小时候吃的就是苏州河的水。这里，有他们的魂牵梦绕，也有他们的爱恨情仇。离家远游，心里梦里都离不开这条河。很难说，上海人的性格，与这条苏州河没有关系。这种感情已经浸润到他们的血液，变成他们性格的一部分，那就是通达而柔韧。所以，他们对苏州河，又怀着深深的感恩。然而，事情又不仅仅如此。

一个从小生长在苏州河边的朋友，谈到二十世纪六七十年代的苏州河，依然记忆犹新。两岸企业、仓库码头众多，混杂着密集的居民区和弄堂，工业、生活污水和垃圾直接排入河中，苏州河成为一条垃圾河，臭水河。她说她有“三怕”，一怕黄梅天气，二怕夏天，三怕刮风。黄梅雨季，污水横流，夏天热气蒸腾，苏州河更是发酵发臭得厉害，风裹挟着臭味飘过来让人胸闷难忍。那时，对这条河除了抱怨，除了想逃离，没有什么感觉。或许是与人类的生活结合得太过紧密、太过烟火气的缘故，苏州河失去了它的神秘和高贵。

今天，普陀区段苏州河两岸的滨河路，曲折回廊，花红柳绿，构成了上海最美丽最浪漫的园林景观。高楼大厦此起彼伏，呈现现代化大都市的格局。绿树环绕，风光旖旎，每当夜幕降临，华灯初上，苏州河沿岸成了一个迷人的去处。能住到苏州河畔，开窗见河，出门临河，成为一种时尚和品质的象征。

苏州河南岸，宜昌路以北，昌化路以西，江宁路桥东侧，三面临水，有一个占地 8.6 公顷的活水公园，叫“梦清园”。走进园中，绿色扑面而来，鸟语不绝于耳，顿觉神清气爽。可谁能想到，这里曾经是工厂与居民的混杂区，是苏州河污染最严重的地段之一，河水终年黑臭，是上海最难堪的所在。这样的改变，不过是近十多年来的事。

人类的历史，从来都是人类与自身斗争的历史。二十一世纪初，上海市政府投资 5.1 亿元对这里进行综合整治，关闭周围所有的工厂、排水管，搬迁 18 户工厂、754 户居民，引进最先进的技术，集中污水处理。这些枯燥的数字背后是一个庞大的系统工程，隐含了多少艰难困苦。官民一心，下大力气，使治理初见成效。还苏州河一个清洁的水源，将它改造成可亲可触的与人类共生共融的优美环境。苏州河作为航道已退出历史，而作为景观河的功能日渐显现。于是，苏州河上，第一座集景观和文化为一体的活水公园——梦清园环保主题公园诞生了。

园内的“梦清馆”，由原上海啤酒厂的酿造楼和罐装车间改造而成，成为上海水环境治理的展示中心，系统地展示了河流生态系统的演变、退化、修复过程，集中地反映了苏州河治理的科学原理和采取的工程技术措施，并通过大量珍贵资料，完整地展现了苏州河沿岸蕴含的人文脉络和建设发展的规划远景。园内有大鱼岛、听水雕塑等多个景点。还有一个隐藏在地下的三万立方米雨水调蓄池，启用后可大幅度提高地区污水系统的输送能力，减少雨天泵站的排水量，使苏州河水质达到景观河水质标准。园内还有一条樱花道，春天两边樱花盛开的时候，就如一条浪漫的粉色穹庐，走进去，如入仙境一般，令人陶醉。园内有棵国家级保护珍稀濒危植物“对节白蜡树”，享有“活化石”之称，庄重典雅、绿茵匝地，具有遮阴好、抗烟尘、耐瘠薄、无污染的特点，寿命可达2000年左右，是梦清园的镇园之宝。

无独有偶，欧洲的塞纳河、泰晤士河、莱茵河等，也曾面临污染的尴尬。早在十九世纪初，巴黎的塞纳河，曾因人口增多、工业排污而污染严重，水体的自洁功能已不堪重负，使它变成了一条臭河。塞纳河成就了巴黎，也成为巴黎之羞。当污水横流，塞纳河成了藏污纳垢之地，人们对这条河的锥心之痛可以想见。塞纳河无言，默默流淌，任由人类取用糟践。终有一天，巴黎人抑制不住内心的隐忧，向它投以关注的一瞥。治理塞纳河的过程同样艰难。但人类的决心，是任何困难也挡不住的。塞纳河于十九世纪中期开始集中整治。二战后，塞纳河两岸的工厂全部搬迁，将废弃遗址改造成了景观公园。如今，漫步塞纳河畔，只见市民休闲场所、儿童游乐场所、体育设施专区和创新水上花园一应俱全，还有专辟的自行车道、人行道等。参观塞纳河畔的巴黎地下水道博物馆时，我深有感触。地下水管的展示，全世界唯巴黎独有。在这里，又脏又臭的下水道污水，像横冲直撞的猛兽被乖乖收服，驯顺地各分其流。地下水管道密如蛛网，像毛细血管伸向城市各个角落，难以想象，这条从1854年开始修建的下水管道，经过近两百年的不断延建，如今长度已达到2400公里，比巴黎四通八达的地铁线还要长。

因此，水更清，天更蓝，是人类共同的理想。理想成为现实，是人类懂得和自然和谐相处之道的结果。从最初的人靠自然养育，到违背自然规律而破坏自然，遭到自然的惩罚，到认识自然，与自然和谐相处，经历了漫长而曲折的过程。

梦清园里寻清梦，一朝变成现实，让世代共享美好发展的成果。人们认识到，只有保护好环境的发展，才是惠及子孙后代的发展，才是可持续的发展。

环保意识需要长期的培养，上海又是这样一个开放的国际化大都市，不断有外来建设者的涌入，他们急欲融入上海，这样的生存压力，也成为苏州河隐性的负担。今天，走在苏州河畔，怎能忘记它曾经遭受的玷辱。当我看到有人往河里放生，这种外来生物对水体自身平衡的破坏，怎能不让人产生一丝隐忧。西康路桥下的苏州河边，漂浮着塑料袋；不知哪一位冒失鬼，将一辆共享单车扔到了河里……这些都是不和谐音符。

由此我想到，我们不能忘记，治理苏州河，保护好苏州河，绝不是一劳永逸的，而是一个长期的过程。如果我们忘记，也许，它又会回到过去。苏州河的治理远没有结束，治理永远在路上。因此，梦清馆的存在，实际上是一个警醒。

苏州河曲曲弯弯，长寿路苏州河段就有十湾八桥。

长寿湾、潘家湾、潭子湾、梦清湾、造币厂湾、朱家湾、小花园湾、宝成湾、谈家渡湾。哪一个湾不是一个故事。

长寿路桥、昌化路桥、江宁路桥、西康路桥、镇坪路桥、宝成桥、武宁路桥、曹杨路桥。这些桥里，有我的外婆桥。

小时候唱过儿歌：

摇啊摇，
摇到外婆桥，
外婆夸我好宝宝。

这桥头，有多少温暖的记忆，闪烁在岁月的风尘里。有多少海誓山盟，地老天荒，随着生命的延续，续写着一个又一个不老的故事。有多少人带着遗憾离去，又有多少人怀着深情归来。

走在苏州河畔，突发奇想，如果有一天，苏州河五十多公里长的两岸被改造成滨江大道，到那时，我要从北新泾沿着苏州河一路走到外白渡桥，看着苏州河汇入黄浦江，那将是多么浪漫的事啊……

二、遗失了手稿的时代

当我走进普陀区图书馆的上海当代作家作品手稿收藏展示馆（以下简称《展馆》），心里充满了崇敬之情。这里展示的是巴金等文学大师的手稿、作品，巴老《随想录》《家》《春》《秋》等浸透着情感的手稿，还有篆刻家所刻的书名印，那娟秀的字迹、真挚的情感，跃然于纸上，具有震撼人心的力量。巴老一生心系读者，以“把心交给读者”作为自己的创作追求。展馆建立于2010年，正是他逝世五周年的日子，带着对他深深的敬仰和怀念，静静地走进这里，走进手稿的世界，去默默地感受着他那燃烧的爱和火热的情。

1980年的春天，巴金先生在《我与文学》中许下心愿：“我用读者的口说出对作家们的要求：你们把人们的心拉拢了，让人们互相了解，你们就是寒天送炭、在痛苦中送安慰的人。”他明白生命的意义在于奉献，而不在享受。他说，社会的进化、民族的盛衰、人类的繁荣都是依据这个法则而行的，这个法则就是“互助”、“团结”。他借助柴可夫斯基的第四交响乐，表达了一位人民的作家对生活的认识：“如果你在自己身上找不到欢乐，你就到人民中去吧，你会相信在苦难的生活中仍然存在着欢乐。”巴老虽然离开了我们，但正如他所说，他的爱是不会消失的，一代代读者从他的作品中汲取营养和力量。

这里还展示有冰心、白桦、任溶溶、赵丽宏、王小鹰等作家的手稿。用的是各种纸张，有的是方格纸，有的是信纸；写的是各种字体，有的是钢笔字，有的是铅笔字；有的是书写工整的誊抄本，有的是用红笔涂改得密密麻麻的草稿本。如果说文学是一座艰难攀越的高山，那么，这里能看到每一位作家攀登的足迹。他们呕心沥血，他们披肝沥胆，他们不畏艰险，他们勇往直前。他们是用生命在写作，每一个字都带着温度。面对着这些发脆发黄的手稿，我感到亲切，感到温暖，似乎触到了作家脉搏的跳动，我的心也与他们的心连在了一起。

今天，我们已经进入信息时代，人人手里一部手机，人人离不开手机。手机时代，也改变了人们的写作方式，有多少人还在纸上写作呢？你还能找到手稿吗？手稿成了稀世珍品。

发展是一把双刃剑，正像事物的两面，这是信息时代给我们带来的烦恼，这是一个没有手稿的时代，这多少是有缺憾的，假如许多年以后，我们想看到作家的手迹原稿，或是想读到一封信，一张纸条，那就只有到电脑上去寻找千篇一律的字体，或是印刷体，那是多么遗憾啊！如今有多少人还在纸上写作呢，大多数人在电脑上写作，甚至认为在电脑上写作是一种时尚，是一种进步，如果不会电脑写作，那就是落后，就是老土。所以，越来越多的人为了与时俱进，都不用手写了，都在电脑上写作了。

从这点来说，展馆是做了一个拯救的工作，具有了特别的意义。我希望，这个手稿的展馆不要从这里断开，而是要承续下去。就像中国五千年文明一样，就像长江、黄河一样，源远流长，绵绵不绝。请不要忘记，我们不能遗失手稿，不能遗失了我们生命的源头——那最可宝贵的东西。

“钢铁工人”去哪儿了

楼乘震

2018 年是我们高中毕业 50 周年。尽管老同学经常聚会，尤其是都退休以后，每年起码有两次相聚，但还是有多位同学提出，我们还要在 50 年前“散伙”这一天——11 月 3 日去长风公园聚一聚。这一下子又打开了各人记忆的盒子，微信群里顿时七嘴八舌，有的翻出了珍藏的日记。

我们是 1964 年进的高中。班级的团支部和班干部很能干，什么事都在同年级中不落后，同学们很团结，班主任也不多管我们。1968 年，我们终于毕业了。当时是工宣队和军宣队当家，班主任对我们的出路没决定权，但班主任还是向工宣队如实反映有的同学的实际困难，希望予以帮助。

相聚了四年的同学要各奔东西了。班主任以征求意见的口气问我们能否搞个活动？我们和班主任没有对立情绪，也没像其他班为派别而闹得四分五裂，很快就获得大家响应。

活动的地点安排在长风公园，我们全住在虹口或杨浦，为什么不去别处而要去长风？现在谁也想不起来。只记得 11 月 3 日，除了先期已去了新疆的以外，大多数同学都去了。有人乘公交，有人骑车，有几个同学借了一辆黄鱼车，甚至有人沿着苏州河步行，目标是长风。

长风公园是 1958 年大跃进的年代，由普陀区的共青团员在苏州河边古河道的一块低洼易涝的荒滩上所建的，他们利用业余时间义务劳动，挖出了一个市内最大的人工湖，用挖湖的泥垒起一座小山，为附近的工人新村增添了一个休息游览的去处，也成了上海市区大型的综合性山水公园。筹建时叫沪西公园，后改名碧罗湖公园，1959 年建国十周年正式开放时，由中共上海市委书记处书记魏文伯同志建议，取《宋书・宗悫传》中“乘长风破万里浪”之意，改名长风公园，园

1968 年 11 月 3 日，高中毕业时同学们在钢铁工人雕塑前拍照留念

2018 年 11 月 3 日，为纪念毕业 50 周年，高中同学特地在长风公园钢铁工人雕塑原址再次合影留念

中的湖山也借毛主席《送瘟神》中“天连五岭银锄落，地动山河铁臂摇”诗句，改为“银锄湖”“铁臂山”。公园大草坪的北侧，矗立着一座巨型花岗岩雕塑，一位炼钢工人左手高举，右脚踩在钢包上，钢水如瀑布直泻而下。从工人和钢包的比例来看，是现实主义和浪漫主义的完美结合，也许是我们当年人小个矮，抬头仰望这巨雕，总觉得顶天立地，感受到工人阶级英勇豪迈的气概。

同学们围坐在草坪上，有的朗诵毛主席的诗词，有的唱《智取威虎山》中的《时刻听从党召唤》，有的跳《我们共产党人好比种子》的舞蹈，然后我们在银锄湖上“荡起了双桨”。50年前的许多细节已想不起来了，但大家还记得很清楚，那些已明确被分配到农场，或还不知去向的“待分配”的同学脸上是难见笑容的。我们以钢铁工人的雕塑为背景拍下了一张难忘的合影。在那个年代，有几个班级拿得出这样的毕业照？也许在全市，我们是唯一的。

50年后，老同学有的托人照顾家中的老母，有的安排了孙辈的接送，有的提前做好家人的饭菜，甚至有的特地从美国、从香港回来，目标也是长风。

大多数同学在这50年中再也没来过长风，当大家从地铁13号线上来，几乎完全是陌生的景象，高高的烟囱不见了，矮矮的棚户也没有了，更给人印象深刻的那化工厂刺鼻的气味闻不到了。从大渡河路的三号门进去，迎面是一群蹦蹦跳跳从海洋水族馆出来的孩子，他们可曾知道，眼前这群爷爷奶奶在50年前是从这里“散伙”，奔向祖国的四面八方的，他们今天就是来寻找青少年时代记忆的痕迹。

我们很快就来到了大草坪，可是环顾四周，却找不到那“钢铁工人”的雕塑了。好在大家都学会了使用手机，很快就有同学搜索到这座“钢铁工人”是雕塑家李枫在1959年为公园特意设计的主题雕塑，用现在的话说就是“定身打造”，原先雕塑的位置就是现在的“地下少先队”群雕的位置。

遗憾归遗憾，老同学们在“钢铁工人”雕塑的遗址，如今“地下少先队”群雕的前面又拍下了一张合影。那位帮我们按下相机快门的游客，听说我们是“老三届”，为了拍这张合影，50年后从天南地北聚集拢来时，不无感慨地说：“不容易啊！你们这一代。”

换 颜

翟笃钧

改造后新建的“两湾城”丰姿

一、从王家宅到香溢花城

中山北路近沪太路立交桥的两侧，苏州河旁的一侧，原居住在杂乱的棚户区、与普陀区相连的贫民窟——潭子湾、潘家湾的居民，他们期盼多年的愿望实现了，搬出了既有所留恋又恨之差乱贫的地方，住进了宽敞明亮卧居舒适的新村。那块曾经的贫民窟居地，建成了大上海颇有名气的“中远两湾城”。

仅隔中山北路另一侧的立交桥堍下，与“中远两湾城”遥相对应的王家宅。看到贫差乱的“两湾”旧貌换新颜，尽管现所居之屋比起以往“两湾”的棚户来说要强出不少，有的还是简易的工房。但也盼望着告别老旧区，搬入新小区享受新生活。

王家宅的人们从议论到埋怨，怨声载道，中山北路边的高楼宝钢公寓，以及一字排开建造的写字楼，使王家宅成了大墙后面的老旧区。被前面新颖大楼遮住了旧差的破相，不知哪日方能与“两湾”的居民一样，迎来期冀已久搬入新居的春天。

等待，期盼的心情是可以理解的，尤其是高高耸立在眼前的“中远两湾城”似乎在那儿召唤，王家宅何时动迁搬入新建规范小区？不会因高楼遮眼被忘却了吧！

其实政府的规划哪会那么狭隘，怎么会因大墙后面高楼遮眼，而不考虑旧城简屋改造。尤其是从疏散交通拥点，打通断头路确保交通畅通角度考虑，拆除王家宅老旧区，新辟石泉东路，贯通中山北路，缓解石泉路、光新路的拥堵规划，经考察论证已趋成熟将要推出实行。

实际上如今的王家宅，早已不是仅王家而居的区域了，就像曹家渡、董家渡、王家码头、周家嘴等等一样，那里曹家、董家、王家、周家的人数已不再占压倒优势，只不过是沿用老名而已。

有消息传说王家宅要动迁了，这时王家宅不管户主姓谁，从激动到盘算，还有的四处打听，反正议论思索的焦点是我的所得和怎么分配……动迁尚未宣布人们已踌躇满志，真有些山雨欲来风满楼之势。谁说不是呢？期冀即将成真时，户主想得最多的是两个字：得到！

当“动迁办”正式进入王家宅，当众宣布动迁政策后，政策规定的透明度，各类情况划分的精细度，使多少人感到惊讶。你所想的政策放宽给了，你所算的政策一条条放在那儿自己算吧。

户主们所有的想法要求都有政策对应，而且结果满意，只2个月签约率达到规定率，动迁圆满完成。好多人拿到动迁协议书时手不停地颤抖，眼内饱含着泪水，心里在感叹，自己总算能住入梦寐以求理想的新房，还有数目可观的奖励金。真的没想到啊！房、钱双丰收，还是共产党好啊！享受到改革开放的红利，真正领会到幸福感。

王家宅的居民告别了几代人曾居住过的老宅陋室，怀着眷念的心登上搬家的大卡车，在阵阵锣鼓声中向着新生活的港湾驰去。是激动还是情感难舍？告别时，双眸紧盯着那老巷、老屋、老邻居，泪水潸然而下，王家宅的历史到此处画上了句号，是圆满的句号吧！

王家宅这片热土被香溢花城所取代，小区的大门前新辟了一条比石泉路宽一倍的石泉东路，石泉路光新路原断头路打通了，另一头与中山北路接通，疏通了光新路的拥挤堵点。

香溢花城内的中心广场，喷水池休闲庭，绿树花草尽现，一幢幢新颖楼房错位耸立。香溢花城富有诗意，就像镇坪路上，在原平民村拆除后建造的精美小区！

石泉社区乘着改革开放的东风，完全改变了以往简屋连连陋室常见，河水泛浑农田四现的旧貌。现今街区道路整洁，高档住宅小区如品尊国际、秋月枫舍、宝华城市之星、香溢花城争相显现。

从王家宅到香溢花城，从简房陋屋到精品住宅，从三代同居到室厅独享，一个时代的跨越仅仅只有40年。这就是改革开放丰硕成果，人们的期盼在现实变革中如愿，这就是我们的新时代。

二、“石泉”的今昔

出了地铁镇坪路站，穿过中山北路便进入了石泉社区。映入人们眼帘的是，一幢幢风格迥异的高楼鳞次栉比、错位矗立；一个个布局有序的绿化带，春绿夏茂、秋艳冬青，漫步其间，心旷神怡；一座座小区门前形异巧工的楼廊，楼宇前精垒的假山，时而喷出一股清水，水池内鱼儿游弋摆尾如同到了仙境。不远处琳琅满目层层摆放着各类商品的大超市，宽敞操场背后整齐规范的教学楼里，传出了朗朗的读书声，音乐室里那钢琴优雅奏鸣声和歌唱声相融合一，使人不免停住脚步静静聆听。那座翠色如荫的公园内，晨练的人们踏着铺着红毯的步道，有节奏地甩肩跨腿不急不慢地跑着；那树枝上爱鸟者挂着鸟笼喜笑颜开地听着鸟儿一阵阵优美的鸣叫声，有些如痴如醉，确实也给公园林间带来生机。不知哪个亭子里传来花腔女高音独唱《我爱你中国》还有音响里传出的伴奏声，似乎在与那些鸟儿在PK，是我的歌声美还是鸟儿鸣叫好听。还有社区医院，很有中国特色的四四方方平平稳稳的四层建筑，两幢楼，中、西医，内、外科，还有口腔、眼科包括放射理疗检验和宽敞座椅舒适的补液室等。另一幢楼则是病房，社区卫生院像这样的规模，在四十年前只有纱厂医院（原利群医院）"纺一"才有。

令人欣喜的，一个街道竟有五所小学两所中学、一所教育学院。而且每所学校的教学楼和操场，设计得都是那么的合理，那么人性化。幼儿园建有五所，那园内的安排布局更叫人叹为观止。一个街道社区有如此多的教育资源，恐怕在上海也论得上名列前茅，难怪石泉地块的房价居高不下，学区房是一重大因素。

路过石泉社区的公交线路不下十多条，另有三条地铁设有站点。整个社区道路整洁，行道树翠叶连连，小区内绿化成片，楼宇间草坪茵茵，石泉社区的确是居住佳地。

曾记否，四十年前的"石泉"境像，用一句话可概括为"简棚陋屋举目可见，道路窄小举步维艰。真如河内臭味熏人，火车道口被阻人群黑压压一片。"上海滩闻名的"三湾一弄"全在普陀区，而"三湾"又都在石泉街道和毗邻的兄弟街道。

当时人们把以苏州河为界的普陀区两岸，称之为浜南浜北。民间歌谣"浜南一片繁华，浜北贫窟一片。"而浜北中山北路边侧的朱家湾就在"石泉"界面，歌谣所述恰如其分。那时没有稍微像样的建筑，简屋一片陋棚连连。"二万户"结构可谓上乘，真如港小河污水横流，河边粪地处处可见，农田菜田满目皆是。小河边用大石块搭成的临水台阶，刷马桶的、用棒槌敲打衣物的，甚至是洗菜的都拥挤在阶梯石板上。没有人划分吃穿区域和清洗区域，大概是无法划分吧！因为一条河有多少个像这样的石板砌成亲水洗刷处，怎么分上游下游。好在还有井，淘米洗菜就用井水。若无井，居民便在公用积水站汇集，用钱买了竹子做的水筹。给一块水筹放一桶水，大嫂大姐阿婆阿姨，水桶脚盆，脸盆淘米箩，取水的洗衣洗菜淘米的，包括刷马桶的等等。熙熙攘攘喧哗一片煞是热闹。

她们虽然天天在这儿大盆竹篮水桶的忙碌着，可心中总揣着一个梦，啥时水管能接到家门口，最好还有下水道，装个水斗，那洗洗涮涮多方便。那时即使房内接入了自来水管也是几家合用，烧饭时一人在用他人候之好不烦心。有时为了用水发生争执，谁让谁呢！不都为了早点能洗涮完毕进入烧炒的程序吗！这些人家盼望着有单独的用水处，这些看来并不高的要求成了美好的愿望。

要是遇到暴雨，排水系统无法承受量大的雨水，那简棚陋屋和那些窄小的屋前小道便“水漫金山”泽国一片。暴雨过后全家出动，盆罐齐舞往外舀水。屋外排水缓慢屋内积水费力舀出，可水又从并不严实的墙缝门隙中泄入，还得继续奋斗舀水不止。一旦乌云密布，上班的人们就要担心，突来一场倾盆暴雨，家中无人后果会很不堪。

于是在家里搞起了“防汛工程”，买来水泥，离地一米高的墙见缝必堵，门前筑起了矮墙，尽管进出不太方便但总比水灌房内一片水要强。

那时人们大多一家四五口人仅有七八个平方米，床上搭床，厨房在门口，马桶塞床下。他们梦想，何时筑得广厦千万间，告别蜗居住新家。

那时的光新路铁路道口火车往返非常繁忙，居住在道口北面的，上班若碰到火车过道栏杆放下，如不巧要堵上十几分钟，眼看上班时间到了，也只得干等。如果以火车堵道为由而迟到，即招来何不提早出门的训斥。于是上班族又在梦想，何时出行不受火车挡道的影响。那时的人对外面的世界浑然不知，当然不知马路可造立交。这也难怪他们缺乏想象力，他们所梦想的是改善居住条件，能住上工房。最好能有独用的厨房和卫生间，告别蜗居和暴雨带来的烦恼，告别马桶和煤炉。他们的梦想很现实，能实现吗？！

二十世纪八十年代后期，朱家湾拆迁工程开始起动。人们欢腾雀跃，多少代人的梦想实现了，搬迁的卡车扎着红绸带，人们饱含热泪敲锣打鼓欢天喜地的告别了贫民窟，朝着梦寐以求的新建小区驰去。朱家湾拔地建起了高楼，石泉路上的简棚陋屋推倒了，一排排崭新的住宅小区耸立起来，光新路拓宽了，铁路道口建起了立交桥。尔后，中山北路架起了上海第一条立交环桥。管弄路、华池路将过去的农田和简屋变成了规范整洁的管弄新村。

那高层楼宇前的草坪绿化，那各类树种的乔木和常年清绿的灌木，有序得当的展现在小区的适当之处。光一个管弄新村就新建一所小学一所中学二所幼儿园，还有一个社区卫生院，一个公园一个大卖场以及菜市场。一切都设计得那么完美，那么合理和超前。

紧接着平民村没了，建成了沙田高层小区，务农为主的陈家宅不见了，高档住宅品尊国际小区耸立在岚皋路桥边上形成了一个标志性的建筑。

又接着地铁继3号、4号线通达沙田公寓后，7号线又在管弄新村和品尊国际设立了站点。公交线路在石泉街道周边开通了十多条线。如今宝华公寓又在棉纺新村旧址拔地而起，高层林立，形成一道风景线。"石泉"今朝雄姿现，饭后茶余谈过往。历代梦想终成真，人们颂赞换人间。

唐代诗人王维的名诗"明月松间照，清泉石上流。"这诗句将景色描绘得像一幅美轮美奂的风景画。回首石泉社区改革开放四十年来的巨变，比王维笔下山景河色不知要美多少。现今的"石泉"可谓：改革不惑年，石泉惊巨变。高楼鳞次现，喷泉石下流。学子读书声，老翁笑近医。当年思梦屋，今日当笑语。

四十年前梦里唤，今日宽屋绿林间。清泉石流漫步闲，那日曲径成溯忆。悠曲旋舞亭前现，不见河边浣衣娘。地铁驶进街区口，现代小区世界殊。

美哉当今石泉社区，

优哉平民美梦成真，

伟哉改革日新月异，

幸哉中华民族复兴！

三、“石泉”的福音与棉纺新村的新生

苏州河北面，标志中国近代造币事业辉煌历史的百年老厂——上海造币厂，具有美国费城造币厂风貌的著名企业，是普陀区苏州河边标志性企业之一。也是普陀区有着著称普陀十八湾美景，端午划龙舟比赛最佳观赏地。从地理位置来看苏州河十八湾，应该从长寿路桥为始点，到不远处的江宁路桥就有好几湾处。就像蛇的身躯的游动蜿蜒曲径，看似弯绕却现自然，一湾又一湾，湾湾有景色。如同江苏无锡通往陶都宜兴途中，需驶过十八盘一样。公路随丘陵山坡上下而驶，刚顺坡而下随着惯性的滑行，不多时又要爬坡了。一上一下十八盘道，却是别具一格的风景线。

过了中山北路的光新路桥堍下，第一条东西向两车道，没有慢车道不宽的马路，路牌名石泉路。

这条路也不太长，东从光新路始西至中宁路。以后随着香溢花城高层住宅区的建成，新辟了石泉东路连接了中山北路，打通了断头路使石泉路得以延伸和畅通。

石泉社区地块从路段规模而论，石泉路充其量只是条支线，主干道应是岚皋路。它是直连中山北路的南北主干线，但社区恰恰以石泉命名，看来社区的命名与道路的宽窄，是否主干线没有必然联系。

普陀区的路名大多以陕西省地名为主命名，同属陕西安康市的石泉县与岚皋县。相对而言石泉县不仅是国家级卫生县城和省级园林县城，又是秦巴汉水生态旅游胜地，素有“秦巴山水，石泉十美”之称。又是我国西部地区第一蚕桑产业大县，被誉为“丝路之源，金蚕之乡”。还是纵横学派鼻祖鬼谷子修炼授徒之地，被人们称之鬼谷子故里，石泉确实久负盛名。

还有唐代著名诗人王维的山居秋暝诗中，脍炙人口的两句诗“明月松间照，清泉石上流”，尤其是清泉石上流，一缕源源不断的清泉在山石隙缓缓流过，一轮明月透过青松的枝间映照在潺潺清泉之上，映衬出美不胜收的景色。石泉另有

一则富有美好想象力的掌故，凤凰召来百鸟，将荒乱石滩间的乱岩啄穿，一股清泉喷涌而出，经久不息。用石泉命名社区确有深刻含义，并借景告知社区公仆的职责，应如潺潺清泉为百姓服务，一心一意永不间歇。

进入石泉路不远的各路公交车站称之棉纺新村。她的“盛名”与淮海路上赫赫有名的上海新村根本无法相比，棉纺新村最多只能是居家的“第三世界”。可就是这么一个根本莫谈营造风格，屋间隙距不宽，建造简陋仅二层建筑，厨房卫生合用的棉纺新村，却在石泉地块乃至普陀区基本上人尽皆知。何因？改革开放前物资匮乏定量计划供应，居屋拥挤三代同堂，如拥有类似棉纺新村的居屋已算宽敞令人羡慕了。

那地处石泉路上的群宅为何起名棉纺新村呢？称之石泉新村顺理成章。君有所不知，上海近代史上帝国主义列强及民族资产阶级，兴办的纺织行业都在普陀、杨浦两区。理由很简单，这两区均有水路，运输便利且便宜。作为主原料的棉花，轻又松软体积大，用船运不失为上策。

新中国建立后工人阶级成为领导阶级，解决住房困难成为当务之急。石泉路上原有纺织厂的堆场仓库，清理整顿后建造工人新村以解职工住房困难之急需。

建地有了资金不足，巧妇难为无米之炊，经协商，急需解决困难住房者自己出资投入，名为自建工房，既缓解资金筹措困难，又使急需居房者得到满足。是纺织系统的地块又是给纺织工人解决住房困难，所以用棉纺新村命名。顾名思义只是棉纺系统的部分员工的住房，毛纺、丝织不在其列。

那时的石泉路上的居民大多是本地人，也就是土生土长的上海当地人。所住之屋称之本地房子，即土瓦灰墙的平房，厨房内都有砖砌的灶头铁锅，燃料是柴和秸秆。烧饭时凸现屋顶上方的烟囱，会冒出袅袅炊烟，阵阵浓色烟雾中还会夹带点点火星。而棉纺新村内的居民没有大灶头，只用一个不大的铁壳煤饼炉。往后却发现灶头模式不错，也砌了个灶头只是将烧煤饼的炉芯砌入，觉得还是烧饼方便。随烧炒之需炉门收开方便可调节火候，晚上不用炉火可全关闭炉门，第二天清晨只要打开炉门又可随需用火。比本地人烧柴要方便干净，当然燃料费用也得多支出。

在当时能住上棉纺新村这样的房型，与“二万户”建筑基本相似的居屋，又紧靠内环线地块应该是幸运的了。

有些职工住房困难孩子多，拿不出钱投入建房资金，只能继续蜗居耐心等待。那时自建工房的投资是2000元，这个数字对当今的来说，只够几个同学或朋友同事相聚一起，点上一些家常菜，要上几瓶酒吃上一顿叙叙旧而已。就这个2字头的四位数却能拥有一套住房，二间卧室还有卫生间和厨房，尽管合用可不用倒马桶，尽管仍用煤饼炉但有厨房。更重要一点是，出资人是房屋的主人，以至棉纺新村的名气在那时很响亮。就像近岚皋西路公交站，至今唤之和平新村，殊不知原来的和平新村早就拆了，被新建的高楼替代。但和平新村的旧名仍被人们沿用，没有人提出更改，大概是怀旧感的支配作用吧！

石泉社区进入八十年代中期，她的变化驶入了快车道。石泉路上简陋的本地房拆除了，没过多久一排排一幢幢崭新的多层建筑，在石泉路上一字排开。几乎与同步推进的棚户连片，居住条件忒差的朱家湾动迁了，光新路拓宽了，一幢幢高楼耸立在真如港边。几步之宽的真如港两岸，粪池杂草被整齐的护栏和绿化替代，小河中的漂浮物打捞干净，还栽上了睡莲，大型超市乐购旗舰店，坐落在中山北路光新路交接处。

紧接着岚皋路两侧住房建设一路展开，华池路管弄路规划小区全面铺开。昔日被人羡慕称赞的棉纺新村，尽管用上了管道煤气，但建筑低矮陈旧，房距窄小合用卫厨，已成明日黄花的老屋。尤其是与石泉路和光新路日新月异的巨变相比，棉纺新村显得就像断枝残叶毫无生气的老树。在充满朝气新颖小区映衬下，根本无法与时俱进，淘汰拆迁是必由之路。

旧房拆迁改造重建新楼在棉纺新村展开，拆迁过程，竟然历经15年的马拉松式的拉锯。当年职工出资建房，却成了双方谈判的焦点和难点，这拖拉搅劲足足耗去了15个春秋，足足占据了改革开放40年的三分之一时间。动迁政策的不完善，15年政策的变动和人们需求不相适应，拖住了整个小区改观的步伐。

棉纺新村终于拆除了，大约二月有余的时间。多少年居住的热土，15 年纷争的僵持，只用了不多天时间，在各式拆房机械及卡车的工作下，棉纺新村成了一片平地。据悉，上海历史原因形成的简易二层结构，仅有二万户的住房，从此在上海这座国际大都市中完全消失。50 后 60 后对“二万户”建筑尚有记忆，如今也只能在地方志的照片中还能看到那昔日的风貌。俱往矣!

棉纺新村的旧址建造新颖高层住宅的速度，可以用惊讶、飞速来形容而一点不为过。只用了两年，崭新的宝华城市之星，耸立在光新路石泉路口，显得格外的妖娆大气。在她的建体风格的展现下，尤其是大门外侧宽敞的中欧结合的造型，正门大型翠灿的五针松，一排间隔有序红色大缸栽植的铁树，门前砌筑华丽的花岗岩道，使八十年代末建造的颇有风貌的秋月枫舍、中远两湾城显得逊色不少。更莫谈楼前的石泉邮政大楼及光新路桥边的光新大楼，在宝华的光环下尤显黯淡。只有香溢花城三期可与宝华遥相辉映。

棉纺新村成了宝华城市之星，不远的公交站边的路标，将此站定为石泉路汉阴路，原来称之的棉纺新村不见了，它的抹去标志着一个时代居住旧模式的结束，崭新模式的开始。

石泉社区有了新颖居宅宝华城市之星，整个社区显得更加新潮。这时我忽而想到石泉的那则掌故:

远古之际，此为石滩。一日，忽凤凰引吭，百鸟翔集，遮天蔽日，争啄乱岩。倏忽一声巨响，山石洞开，清泉喷涌，奔流不息。后即名其地“石泉”也……

改革开放犹如凤凰引吭，引领国人改变祖国面貌，向富起来进军。石泉社区在改革开放洪流带领之下，随着利国利民政策大开，利好之事如同喷涌而出的清泉奔流不息，给人民带来福祉。棉纺新村的建、拆、新的变化，是石泉社区改革开放 40 年成就的缩影。其中也反映出改革变化征程中，人们思想裂变的过程。

社会变革必然会引起人们思想意识的变革。在新旧事物的变革中，新生事物总是会以崭新的精神面貌喷薄而出，给社会带来生机，给人民带来希望。

四、三湾一弄：棚户区巨变畅想曲

都说黄浦江是上海的母亲河，在黄浦江畔出生长大的我，从小看惯了频频驶过的轮船巨影，听惯了巨轮进出港响亮的汽笛声。

儿时的我还是喜欢外白渡桥下的苏州河。那苏州河比黄浦江窄得多水很清，总能看到河鳗露出水面透气的可爱景象。河面上的桥总在不远处的路口展现，造型各异横跨苏州河的桥，坦露胸怀笑迎南北客。

那时外白渡桥堍西侧不远有一座儿童公园，面积不大却有水泥建成的滑梯，几根毛竹竖起的爬杆，一个木质开裂厚厚木板制成的翘翘板和一个沙坑。就这些简陋的儿童玩具那时却是我们的向往之处，不收门票，比马路对面的外滩公园好玩多了。那里只有树木花草情侣卿卿我我，没有儿童玩耍处还要 5 分钱门票，这钱能吃断棒冰两根了。一到放学稍微早点或星期天，那里成了儿童乐园，嬉笑玩耍好不开心。有些顽皮的男孩子在玩够了后，会去招惹园门对面英国领事馆门前头缠厚厚白布、一脸大胡子的印度门卫。拿着沙坑里的小石子隔街丢过去还狂叫："阿三，老鹰来了。"气怒异常的印度门卫手拿警棍赶来，那些浑小子一溜烟跑了。这种恶作剧的举动从没我份，我还斥责他们不能侮辱人。我不知道这话的含义，觉得肯定不是什么好话，顽童也不知其义，只是找印度门卫逗乐而已。

儿童公园我也没去过几次，我怕玩耍以后满脸灰土被母亲训斥，加上水泥滑梯、沙坑、爬竹竿等项目，一双布鞋子经不起几次折腾就得报废。游子脚上鞋，母亲千万针，我看到母亲灯下纳鞋底，多少针穿过鞋底还使劲地拉紧纱线，一不留神针扎手指鲜血顿现，妈妈太不容易了，还是悠着点吧！

苏州河比黄浦江窄得多航道浅，只有驳船拖轮和小木船穿行，行船不断，船后泛起不大的浪花。大热天却是顽童甚至成人的天然泳池，游弋河中搏击浪舟，清凉潇洒好不自在。游累了歇于桥墩，湿身河风好不爽也。更有胆大者赤足立于桥榄边，如见无船驶过一纵身跃入河中，半晌在河面露出湿漉漉的头颅真叫人揪心。从那时起我对心目中苏州河倍感亲近，她带给我好多乐趣，她成了我心中的母亲河。光阴如梭日月变迁，父遭折难家陷困境，我为帮母亲挑起生活重担再也无暇顾及其他，对孩提时代与苏州河结下的情怀渐渐淡忘了。

说来也巧，结婚时婚房在长寿路桥西面的江宁路，买菜买米都在苏州河边上的昌化路，妻子在昌化中学当老师。我从黄浦江畔搬至苏州河边开始了新生活。

那里的老居民喜欢用过去叫惯了的名说周围的路名。如称江宁路为哥敦路，长寿路为劳脖生路，昌化路为归化路，长寿路西康路为大自鸣钟，江宁路桥为造币厂桥，苏州河以南称浜南、以北则为浜北。玉佛寺旁边的利群医院称纱厂医院、普陀人民医院称纺一医院，昌化路菜场称之小河浜菜场。可我却没见过有条小河，老居民说原来有条小河没人治理又脏又臭填了。就像西康路菜场人们总喜欢称之大自鸣钟菜场一样，看来习惯称谓还是有它的市场，慢慢的我听惯了也适应了。

二十世纪六十年代末，我带着黄浦江的气息却成了普陀区苏州河畔的女婿，天天生活在苏州河边的浜南，那可是普陀区最繁华之地。尤其是长寿路，自江宁路起至常德路这一段是普陀区的中心区域，最热闹地段是大自鸣钟周围。有大型的中百五店，规模型的钢混结构西康路室内菜场，服装店、钟表店、箱包店和著名的“四时春”点心店、门面装饰典雅的中药房、建筑别具一格的牙防所。那个地块医院二所妇婴保健院一所，一所小学四所中学，一家颇有名气的革新电机厂，名扬上海的造币厂，申新九厂、国棉十四厂、一厂、六厂、新华印刷厂、华生电器厂、大隆机器厂、面粉厂等等和沪人皆知的古庙宇玉佛寺。

玉佛寺附近建有新式里弄配有抽水马桶、浴缸的卫生间，煤气用具灶间的金城里、集贤邨、光明邨和日式660弄住房。还有简屋陋房无煤卫设施居住拥挤不堪的药水弄、梅芳里、英华里及没有弄名里称的斗室窝房。同一地段居室陋豪悬殊难以评说。

时过年余有了我俩的宝贝女儿，学校没有托儿所，妻子56天产假后，只得把婴儿放置学校附近潭子湾的百姓家中。我那时的工作是三班制几乎每天都接送小宝贝，以往对潭子湾——女儿的寄托处一无所知，进到那儿从惊愕吃惊到恍然大悟有所了解，真正感受到什么叫蜗居斗室，什么是棚户贫民窟，真是百闻不如一见。

只有几平方米的简屋床上搭床，马桶放在床下一个角落，多余处全塞满杂物，方便时拿出便后推入床下。板壁墙上密密麻麻挂满了衣物，床前一张小方桌，长凳叠起紧靠在层叠的挂衣处，屋内空处所剩无几。烧饭门外搭了个小棚，食用水到蓄水站买好小竹筹，铁桶拎来倒入门外的缸内。看到眼前的一切好像进入了另一世界，整个区域内乱搭随建没有一条笔直的道，好多通道只有一人能过，称之“一人通”。可谓曲径通幽处，过道不见人。最尴尬的是突下暴雨，下水道不及排水，整个居住区水漫金山，每家每户纷纷往门外舀水。我在想若遇火警消防车进不来，这木质简屋接连无隙怎么了得。我却非常担心自己的小宝贝，虽然显得有点自私但总觉得有些担忧，想到此我显得无奈。好在熬过了女儿周岁断奶，没出意外，将宝贝放在自己家附近的邻居托管后总算松了口气。可潭子湾居处的现象总使我感叹，何时安得广厦千万间，棚户人们俱欢颜。

由于妻子在“浜北”工作，我去那儿的次数仍然很多，看到“浜北”何止一个潭子湾棚户区，还有紧靠潭子湾的潘家湾和不远处的朱家湾皆是如此。普陀区的“三湾一弄”棚户区浜北就占了三湾，药水弄在浜南。据老人说民国以后战火不断，苏北地区原来就很贫困，战乱加上天灾，无以为生的难民纷纷移至大上海靠出卖劳力尽干苦活度生。拉黄包车、做码头小工、浴室搓背、街头擦皮鞋。稍有些手艺的摆剃头摊，背上一条长凳走街窜巷戗刀磨剪刀，弄堂口搞个炉子支个锅做起大饼油条、老虎脚爪香脆饼等等营生。刚来上海没处落脚，就在苏州河北边搭个窝棚安家能遮风挡雨睡下就行，以后生活有着落了稍加改造成简屋陋房。于是将故乡的家人亲眷也弄来上海，在自己的窝棚边再搭个窝棚，家乡四邻也纷纷拥至“脱贫”。无形之中苏州河北边棚户区扩大连成一片，也就有了朱家湾、潘家湾、潭子湾的三湾。

那时我见到光新路木桥下的一条小河是今日真如港吧，河边农田一片粪池建在河边，一个连一个。朱家湾的百姓每天将马桶的粪便倒入粪池，接着又至河边洗刷。不远处河边修成的木台阶伸入河中，好多妇女在那儿洗衣被鞋什么的，那是在刷马桶等脏物的下游。看之浑然一笑，那洗衣处的上端不是有人在刷马桶吗！唉，眼不见为净吧！谈不上自欺欺人，实是居住条件差家家户户没自来水。再说用河水不用花钱买筹取水，这里的水取之不尽用之不竭哪有那么多讲究。在家乡食、洗、用，什么的不都是用河水！不是说“不干不净吃了没病吗”？这就是穷人平民生活的逻辑，到什么山砍什么柴也有道理，总之因地制宜节省是硬道理。

有时我在想这“三湾一弄”何时能彻底改变，不用河水不用到蓄水站取水，不用为下暴雨担忧，不那么蜗居能住入新工房。妻子知后笑语“我们自己不也用马桶、煤饼炉，虽说不是蜗居，女儿大了只一间房多不方便，也想改变啊！”唔！妇人之见，却不知是多少人、多少代人梦寐以求的改变啊！人应有理想、有追求、奋力求之，我相信定会有这一天。我心里默默地说着，期盼着那一天的到来。

我殷切的期盼终于迎来曙光，二十世纪八十年代市长实事工程发出“丢掉煤球炉，丢弃马桶”的响亮呼声。没隔多时我的居处因厨房安上了煤气，解决了生活中的一大难点，我欣喜地觉得盼望开始实现了。又没过多久朱家湾动迁了，我看到搬迁的民众把家具等物装满卡车，敲锣打鼓喜笑颜开地告别艰难蜗居几代人的棚屋，崭新的楼房迎接新的主人。随之看到那片拆除的热土上一幢幢高楼拔地而起；光新路拓宽了，小木桥被宽实的水泥桥替代；过去脏乱差的河道及两岸再也见不着粪池，见不到刷马桶、洗衣取水妇女们的身影；那整齐的栏杆、那河边的绿草大树与河中的荷花相形互现，多美啊！

随后朱家湾后面的简陋民房不见了，管弄新村以崭新的面貌展现在人们眼中。小区内建有幼儿园、中学和小学还有街道医院，草坪绿化宽整的马路和各色商店，令人叹而赞之。

紧接着我的居所和药水弄浜南地块启动拆迁，取而代之的是一片高楼。刚搬入明亮宽敞新居的我，兴奋之余又见长寿路一条街全面改造。多少年我看惯了的商铺不见了，走惯了的路变得又宽又大。一路形状各异的高楼一幢又一幢的耸立在路边，大自鸣钟是普陀区最热闹之地，修起了大型音乐喷水池和绿化亭台楼阁。大型购物场所亚新广场设计新颖、物品众多，衣着鞋袜、餐饮休闲一应俱全，人们感叹如今的长寿路是普陀区的南京路，甚至有过之而无不及。你看这喷泉广场水柱随着音乐上下跳跃；你看这翠绿花树中的亭台楼阁是南京路步行街所不及。是啊！如今的人们在心悦神怡的享受着美好生活。

药水弄地段改造前后

几乎与此同时，中山北路立交高架、地铁3号线建设拉开序幕。不久，我感悟颇深的棚户区——潭子湾、潘家湾开始动迁。听到这一消息比自家的拆迁还要兴奋，那里曾经是我的女儿哺乳时的寄托处，我特意带着即将大学毕业的女儿去那儿走一走，告诉她婴儿时寄养之地人们的梦想成真了。正忙着打包搬家的那家人认出了我，看到身边亭亭玉立的姑娘好奇地问："她是……"我会心地笑着说："就是当年放在你家的女儿，恭喜你家乔迁新居开始新生活。"女主人看着我父女俩，眼中含满泪水，半晌才说了一句话："没忘记我们，现在多好啊！"我懂她这句话的含义，她们的夙愿成为现实，我的女儿也成才了。是啊，这一切多好啊！

苏州河一切都变了，曾经她从清澈变成黑臭，又经尽力的治理重新变成清澈。但现今的苏州河、普陀区的母亲河不仅水清，而且河岸两边的亲水区域绿化成荫汛墙整齐，各色建筑群一路排开，健身步道处处可见。端午节河中的龙舟比赛，苏州河登船观光游览，夜晚一眼望去璀璨夺目的灯光，苏州河显得更加妖娆动人。

我站在江宁路桥的高处眺望如今苏州河那美不胜收的壮景，不禁心旷神怡。蓦然间又吟起杜甫"安得广厦千万间，大庇天下寒士俱欢颜"的诗句。杜甫的叹息和想象，苏州河经历多少年的坎坷周折，只有在今朝：棚户居者住高楼，风雨不动安如山。水清岸洁行路宽，百姓笑说换人间。

诗　　歌

时代之河

王亚岗

坐在时间的船头
携带吴越的文化
从古太湖的瓜泾口出发
穿越松江沪渎
穿越古吴淞江
经秦汉，越唐宋，到明清
将飘飞的船绳揽住开埠的码头

苏州河的两岸此起彼伏，移物换景
城市的影子吞噬着无数个乡村
轰鸣的小火轮犁开波平如镜的河面
河水里已泛不起沉淀的文化
欧风美雨雕镂着岸上的风景
现代工业却以民族的形式
顽强艰难地前行

曾经是环太湖七州府的赋粮通道
成为了内河航运中东方的莱茵河
苏州河日夜不停船来船往
民族资本企业
在河岸边如甘雨后的春笋

曾经用河水的乳汁
滋养人们的母亲河
挺起柔软的胸脯
托起了一个时代
以另一种方式
使艰辛苦难的儿女
有了最初的依靠

可辉煌的光环
随着时间的消隐而黯淡
自然优美的河岸
被贪婪者的黑手所扭曲
杂陈的文化垃圾
从河底泛滥成黑臭
岸柳不再婀娜
堤花不再吐艳
掩鼻而过的尴尬
成了上海人的耻辱

水能载舟，河能兴市
梦清园终于盼来了清澈如甘泉
焕发青春的母亲河精神抖擞
鱼翔之浅底
云游于清波
鸥鸟在船前逗玩
白鹭在岸边悠闲

仿佛踏进了梦的公园
公园未必有如此美景

创意园的创意蜚声国际
米高美的锣声已经敲响
苏州河的大业刚刚起步
苏州河的宏图徐徐舒展
苏州河的柔波
托起了多少人的悲欢离合
锻造了多少英雄豪杰
创造了多少人间的财富
找不回的过往岁月
流不尽的闪亮时光
只有用相机、用画笔、用诗行
记取这辉煌的瞬间
书写成永恒的诗篇

寻找你，长征

王晓云

你的脚步坚定又铿锵
你的名字动听而响亮

长征
这一声激荡云霄的回响
是信仰，是力量
是奋斗路上不断绽放的辉煌

从 1958 年到 1992 年
在嘉定的版图里
你是对外开放的人民公社
你是保障市民需求的蔬菜之乡
你是国内首条高速公路的起点
你将五大拳头工业产品打入国际市场

从农村到城镇
你进入第二次成长
划归普陀，撤乡建镇
城市化进程中，你共建共享
万里与长征建制分设
你翻开新的篇章

就这样，斗志高昂
穿越一甲子时空
谱写四十载华章

今天，我在寻找你
有温度的长征

难忘
曹安路菜篮子里泥土的清香
还有花卉的芬芳
难忘
铜川路上，鱼虾翻腾的细浪
那是勤劳致富的汗水在流淌
难忘
光彩小市场
人们的欢笑与奔忙
往昔的繁荣与今朝的隐退
是为了更好的起航

看城中村的综合整治一天一个样
金沙江路上的慈善超市，爱心在飞扬
企业赞助的免费体检，关注乡村教师的健康
这是有温度的长征
值得一次次回望

我在寻找你
有厚度的长征

特色普高曹杨中学被评为全国巾帼文明岗
社区卫生服务中心蝉联全国百强
金沙雅苑获得中国人居环境金奖
共青团号、优秀集体，更多的荣誉纷纷上榜
这是对过去的肯定与嘉奖
点点滴滴都值得珍藏

绿洲、百联、新长征商务大厦、118 广场
中环商圈，熠熠发光
暨南大学旧址、沪上首个街镇社工学院
金江工业园区、天地软件园
教育科创，势不可挡
长征红色力量联盟、XIN 里巷
同心家园，奉献一方
这是有厚度的长征
最用心的守望

我在寻找你
有速度的长征

自筹加装的电梯
为老人家按上一双翅膀
从此，上楼如同展翼飞翔

怒江苑的垂直速度
凝聚了社区自治的力量

高架、国道、地铁 13 号线
空中、路面、地下，联通四面八方
这是有速度的长征
会赛跑的梦想

我在寻找你
有深度的长征

苏州河从这里拐过第十七个湾
在名为上河湾的河道旁
转入云岭西路
向下 60 米，一个新的攻坚战役已经打响
不是高峡出平湖，恰是水库隐河床
这是苏州河深隧工程
除了预防百年一遇的强降水
它的影响无限宽广

这是有深度的长征
未来难以估量

长征
你是星火燎原，你是旗帜飘扬
你的温度、厚度、速度、深度

孕育新的高度

催化奋斗的幸福

我愿追寻你，奔向更美好的前方

夜色中的河

韦　决

星光与灯火
从河底一点点升起
我多么希望它
升幅再慢一些
缓缓地，缓缓地
升到河面，然后盛开
白天，谁也看不见
星光与灯火
只有夜色下垂
才看见盛开的景象
波光涟涟，有点迷离和摇曳
天穹无边，是黑黑的帷幕
黑得如同过去的苏州河
而夜色中的这条河
泛着白皙的浪花
晶莹、透亮
岸柳与楼宇
请不要随波而动
这不是一场幻景
不是我想象中的
河流的远古容貌

这是神话中的银河
一只无形的鸥鸟
正在滑翔，巨大的羽翼
悄悄覆盖着城市
白昼的喧嚣顷刻消融
此刻，仿佛孵它入眠
是的，枕着河流的声音入眠
街巷恬淡，不动声色

夜晚的河
蜿蜒于城市腹地
光亮在延续
鸥鸟在寻觅
夜航在事物的内部
人们顿悟，奔涌而来的
文明的果实无比珍贵

苏州河的微笑（组诗）

成雅明

苏州河的微笑

昨天，一条河
久久地愁眉不展
阳光被推进了灰暗的河里
我从来没见过它微笑
因为浑浊、肮脏、油腻
几乎成了城市又黑又臭的尾巴
那种遭唾弃的滋味
让河水变得越发沉重凝滞
卑微与羞涩　忧郁与疼痛
道道伤口连着我的肌体

我的教室紧挨着苏州河
我的学生都是岸边的孩子
这些粗鲁而又质朴的孩子啊
就像这条苦难的河——
我知道他们是怎样开始每一天的
谁能忘怀
与河水一起叹息的日子
甚至委屈的泪痕和飘落的秘密
那条移不动的河啊

就把它移植在心里

今天，我看见这条河在微笑
笑容如同它的名字——娟秀而又清丽
碧波欢跃气韵生动
绽开涟漪也绽开了久违的激情
万物孕育浪漫的诗句
打湿眼神也打湿了飞向蓝天的羽翼
敞开宽阔的胸怀
所有的构想以璀璨和辉煌融进了历史
岸边的孩子如今有了自己的孩子
还在寻觅挥不去的童年影子

苏州河的微笑
是春天洒落的一行金灿灿的文字
站在梦幻般的光影里
啊，我的母亲河——
握着如椽大笔　为城市
添上壮美而大气的一笔

从窗口凝望

记忆中的这条河
是挂在我教室窗前
一行黑浊的泪
从窗口凝望
擦不干净的泪水

和校园的岁月叠在一起
隐忍的痛
让黑夜代替白昼
琅琅书声涌起了忧伤

从窗口凝望
闯入我眼帘的不是梦
湛蓝的河水
挽起清风白云低吟浅唱
万千气象染绿心海
蛰伏已久的文字，灼灼地
铺开辽阔的细浪
挂在我教室窗前的那道明亮
缤纷了校园的色彩
让童颜的笑靥洒落芳香……

浪花

被泪沾湿的河水啊
忽然蓝了
忽然清了
忽然一夜间
把春天
含在了嘴唇上

一朵浪花
和鸟鸣一起绽放

就有了芬芳
一万朵浪花
和鸟鸣一起绽放
就会让过往的眼神
流动春光

一幅蓝图
是一朵浪花
一幅又一幅蓝图
是千千万万朵浪花
簇拥斑斓的色彩
在太阳的怀抱里畅想
啊，“莱茵河”的梦境
正踏着时间的节拍
轻舞飞扬

记忆渐远
淡出的是一片荒凉
而浪花
却牵起惊喜
牵起一道道坚定的目光
此刻，我的祝福
已化作一朵浪花
在水面上
幸福地荡漾

诺言

一次次许诺
无法掂出
我的诺言，还有多远

河边——
曾有我一个很聪慧的学子
因为我美丽的许诺
几回回梦见
水清岸绿群鸥飞翔
有梦少女秋天得了一场大病
第二年坟上青草萋萋

还有多少熟悉或陌生的人
怀着最后的叹息
走了
却再也没有回来
只有河水仍在翻腾
那一刻，诺言
成了穿梭于河面上的风

大地见证、白云见证
苏州河的巨变
让喧嚣安静下来
抹去衣襟上的泪痕

轻轻呼唤远去的名字
而执着、坚定，比风刚劲的诺言
已经抵达心底

枕边苏州河

朱吉林

蜿蜒的河，缓缓在枕边流过
别名苏州河
从小，在河滨成长生活
目睹
她从前黑色的痛苦
和如今流畅的清澈

少年，从旧木桥上走过
不敢低头看桥面的缝隙
以及那长串的拖轮
蛇迤驰过
汽笛声，敲打青春的耳膜

胆大的小伙伴
敢在围堤上奔跑
而我，只有仰望的欢乐

沿着河堤一路向西
武宁路桥堍
碾米厂码头
装卸散落的稻谷

金黄脆弱
小心，捡起装进衣兜
喂养，故乡带来的母鸡

惊悚，也曾见过落水死鬼
被汽艇打捞上岸
挺着鼓胀的肚皮
睁着白鱼眼球
浮尸上盖一张旧草席

宝成桥畔，童年时光
多少惊喜快乐
褪成泛黄的胶卷
多少次
上映在记忆影院的银幕

青年时在河畔
学会了骑自行车
两次跌倒又爬起
成就了如今
踏了飞奔的感觉

中学时代曾冒险
横渡苏州河
泳技初学
赤脚站在对岸纺织厂废弃码头

滑腻的青苔，让人胆颤
休憩片刻
向往对岸的家园
宛如，梦境般真实

我家的门前有一条河
在老屋附近，拐了个弯
从你我年轻记忆的梦中
缓缓流过

确信，这条故乡的河
通往天堂般的苏州
和孩童恬静天真的生活

今年初夏，重返吴淞江
上海的母亲河
渐渐清澈如镜
河水依然
谦逊地穿越，上海的腹部
在外白渡桥边
和黄浦江汇合

哦，枕边的苏州河
记忆如昨，梦中的我

一条灵性的圣河

李天靖

苏州河，你娉婷而来
从小，或者更早
赶趟似的拖轮
像一串串蚂蚱划过清澈的水面
散发故乡好闻的
草腥味儿

孩提的地图上，把你看作
一棵葳蕤的大树
梦的耳朵
远远谛听枝叶间
星星般的果子
不停地灌浆——

申新九厂昼夜转动
45 万个纺锭
纺出经天纬地的纱
凤凰牌火柴燃起万家的煤球炉子
UB 啤酒、天厨味精
占领百姓餐桌
安迪生灯泡、华生电扇

美亚织绸……

曾引领时尚的风景
苏州河，真正黄金水道
用丰盈的乳汁、最后一磅血肉
喂大了这座城

而它却将最脏的排泄物
注入你的体内，挣扎像一道黑闪电
孤悬在空中痛苦，舍身
默默忍受
成了一条佛性的河流

新世纪的太阳升起
从中取一滴水，拉成闪光的和弦
弹拨一阕新的乐章——
将母亲河还原成美丽的河
成为一座城市的良心
成为怀念的故乡
没有比栖居在乡土
给人更多的福祉
与诗意

葳蕤的大树上
星星们成了沿岸而立的博物馆
老厂房“艺术仓库”

被誉为东方塞纳河左岸
不断生长的生态园越来越美
起身的水雾，比黎明更早
舔醒花枝的眼睛
她们看到一条灵性的圣河
穿过历史沧桑
从身边幸福地流过
将比泰晤士河、莱茵河
更加美丽，令人沉醉

彩虹之桥

杨绣丽

宛若一弯弯黛眉，
挂在腰姿细软的姑娘的脸庞，
她的眉梢划过树的浓阴，
像副浅浅的水墨画。
她点染了苏州河的春夏秋冬，
把两岸的风情一一传送。

宛若一道道彩虹，
在苏州河上空旖旎飘动，
虹彩上的人群轻盈走动，
两岸的烟囱、仓库、高楼，
被岁月的轻烟笼罩成薄雾朦胧……

宛若是时光的银簪，
插在河流的发辫，
挑起苏州河的妩媚和蓬勃，
两岸的灯火在变迁的水波里消融。

啊，苏州河上的桥，
似银河，似弦月，
似玉臂，似弯弓，

它串起了最早的沧桑，
它挽起了今天的光荣。

最早的外白渡桥，
别号“韦尔斯桥”，
它开辟了最初南北两岸的沟通，
民族资本企业从此不断地
在苏州河岸畔诞生、拔节、葱茏！

那俗称“三摆渡桥”的河南路桥，
桥堍下建着天后宫，
在喇叭的喧嚣声中，
桥下的水是否以沉思的歌声流动？

还有乍浦路桥，那斜拉的桥梁

两岸的重心被托举成蓝天的太阳，
像开阔巨大的鸥鸟的羽翼，
在黄金水道上缓缓滑动。

武宁路桥、乌镇路桥，
江宁路桥、三官堂桥，
恒丰路桥、西康路桥……
那一座座桥啊，
它们与母亲河融为一体，
便利着两岸间的交通，

更为现实与历史做着沟通。

苏州河上的桥，
蜿蜒的桥，笔直的桥，
高耸的桥，端庄的桥，
它们是岁月的缩影，
是时代的渡桥，
它们像苏州河里一尾尾
晶亮亮的鱼，
为苏州河带来清亮的生动！

让我们凝视
那银簪，那弦月，
那玉臂，那弯弓，
我们把苏州河的姿影
在心间慢慢展开又收拢，
那一座座桥就是通向
未来明天的彩虹，
在高高的河堤，
太阳舞起最斑斓的长袖，
东方的塞纳河更加美丽繁荣！

一束光，亮在古老的河道（外四首）

肖建民

莫非时光倒流
眼前是 700 年前的元代水闸

水底的青石板坚如金刚
还留存着工匠手上的温度

木制地钉镌刻着八思巴文字
是源自古藏文的最早的拼音符号

闸门垂落
阻截汹汹倒灌的潮水

闸门升起
泄水冲击淤积的泥沙

碧空尽处孤帆远影
圩堤斜坡芳草萋萋

我想起设计水闸的这位元代“大禹”
故宫博物院还收藏着他的名画

清波粼粼

交织科技与人文的肌理

一束光

亮在苏州河古老的河道

书　签

——“华彩新普陀，雅韵苏州河”主题音乐会遐思

精美的入场券

宛如一枚书签

我把她夹在

一本苏州河的书里

一曲茉莉花

散发着浓郁的芳香

几把马头琴

扬起大草原飞奔的马蹄

女高音歌唱家深情的歌声

穿越了时空

稚童的伴唱

如天籁之音溪水淙淙

一张精美唱片
悠悠地旋转着

下雪了

下雪了
戊戌年的第一场雪
一阵惊喜刹那间席卷了魔都

谁都没有打开雨具
让晶莹的雪花尽情飞舞
落在身上，落在心里

街道像都市的双臂
喜迎天上的使者
把美艳之至的雪花紧紧拥抱

公园里的墨兰、银杏、红枫、蔓草
张开欣喜的笑脸
与雨的精魂深情相吻

下雪了
冬的耳语，冬的心跳，冬的温馨
飘进大街小巷，千家万户

升　旗

一，一二一

一，一二一
苏州河畔，校园操场
回荡着豪迈的脚步声

胸前飘着红领巾
六位小小升旗手
庄重地托举起五星红旗
迈开正步走向升旗台

托起的是祖国的尊严
托起的是多娇的江山
托起的是奋斗的使命
托起的是无声的誓言

像天安门国旗班那样
英姿勃发，一丝不苟
像开山岛海防英雄那样
扎根大地，矢志不渝

在雄壮的国歌声中
五星红旗冉冉升起
像东方的朝阳喷薄而出
金色的阳光洒满大地

一排排青葱小树林
挺拔肃立，行队礼

致敬！我们伟大的祖国
致敬！我们神圣的国旗

炎黄五千年的大千气象
新中国七十载的沧桑巨变
两个一百年的伟大梦想
一同融入血液奔腾不息

一，一二一
一，一二一
鼓点声声，波涛滚滚
雏鹰展翅，云天万里

送你一棵四叶草

冬雪里孕育
春风里又生
经历夏之骤雨
凝结秋之霜露
与日月一同呼吸
送你一棵四叶草

疾风中韧性坚劲
丽日下柔情万种
为田头地角添春色
为高楼街道送绿意

对大地充满深情
送你一棵四叶草

一叶东一叶西一叶南一叶北
叶叶相连团团相融
叶纹连天下江河
叶茎接地上山峰
像蓝天大海般宽广
送你一棵四叶草

神望之河

余志成

静静的苏州河
上海的母亲河
我梦中的河啊
流过我心灵的沙漠
唤醒我童年的传说

静静的苏州河
神往的母亲河
我心中的河啊
带给我无尽的向往
带给我无限的欢乐

捧一口清清的河水
滋润我的歌喉
我歌唱浓浓的亲情
生活里有爱就没有忧愁

喝一口清清的河水
提升我的探索
我潇洒面对艰难与困苦
勇于趟过人生所有的坎坷

抚摸清清的苏州河水
我圣洁的母亲河啊
千年的血脉与人民相连
万年的温柔靠人民呵护
你从古老流向未来
舞动着不老的前进的歌

抚摸清清的苏州河水
我永远的母亲河啊
我愿化作一群白鸽
飞翔在你的四周
让一切美梦成真
让我的歌带给你永远的欢乐

我的新娘

沙　柳

一

弯一河幽梦
用黑白情调延伸　十八湾
美丽而悠长
雨丝从竖琴的氤氲里泛出
扁舟，轻划音，河岸
飘逸，茉莉花的身姿
闪现在，沪剧筑起的堤
流淌一河的文化

一河的里弄软语
湿润成粉墙幻化成烟雾
一串串浸润在水中
唱腔、莲叶、小手般托起圆润的珠子
荷蕾，微启红唇向微风深情表白
藕花深处，轻歌漫起

苏州河有多古老？
主题总是在江南的水系中
显露如梦的花影

舒展长袖，轻歌漫舞吧
我的新娘
我的苏州河

总是有东南西北风
吹过来，你照单收下
收下来的还有来自西部的漠风
不管多么粗粝，你总是能够纳入

吹着你了吧，苏州河
我的翅羽呵
如鼓起长风的山鹰
让秀美的苏州河和云一般的新娘拌住
白皙的精米，纯粹的炊烟
一瓮江南清凉甜润的清水

在生活中酿制吧
一坛上海老酒浇开两枝花
状元红和女儿红
蕴藏着一个梦
千年才子佳人梦

里弄，是苏州河栽种成荫的竹林吗
三月，软语为船漂在里弄化为石
千年等一回，和着剔透的河水

我是修炼了千年的书生吗
新娘啊，你就是我的苏州河
苏州河的清

二

而今的十里洋场——
纳入全世界的繁华
心脏流淌的依旧是苏州河
徐阶，董其昌，徐光启
唐文献，管道升
杨雄里，陈子龙
米、年糕、酥糖酱肉
一个水系
连着千年不变万年不改的黄浦江、长江
这是中华民族的水系

这条水系啊
曾经流失过张继
曾经流失过故乡
水道迢遥也流失过船娘
外白渡桥，曾以钢铁的姿势
成为租界的标致

千年时光隧道
一尾鱼一泓清水
映照着少女的你

几许沧桑

是谁在河埠头淘米捣衣
是谁在柳堤上横吹牧笛
清水横溢五湖四海
每掬一泓都是那么滚烫
船艄那身蓝印花布的影子
总在这一河流淌

水做成的女子啊，瓷一样的女子
蓝印花布漂泊着万种蓝万种风情
从里弄深巷打着油纸伞
一直走到苏州河心灵深处

远征的候鸟
会合住翅膀合住黄昏
合住来世最后的雨滴
栖息在这一河的里弄深处
在这棵悠长的枝上
明朝纸扇摇合诗韵
正跨过外白渡桥
植成一朵千年馨香的茉莉花
开在苏州河的心上

城市的伴侣

张健桐

苏州河，蜿蜒地由西而东
妙曼地穿过我居住的城市
她弯弯的流水和多姿的两岸
蕴含一座城市的历史和灵性
她母亲般的深厚、哺育和涵盖
让我产生涌流不尽的关注和感恩

她的两岸站立苍老的楼宇、厂房、民居和寺庙
她的河面穿行迤逦的拖船和“子夜”时代的小火轮
她有过血染两岸与河水黑臭的往昔
她吞下苦辣酸甜，染黑沉默的自尊
她的姿态依然浑厚、开阔又饱含沧桑
她的性格依然沉静、包容又不息地流动

在一个理性和梦想镀亮的早晨
市长来了，区长来了，专家来了
他们指指点点的手，使两岸苏醒
使河面荡起激情的涟漪
一座腾飞的城市理当伴随一弯灵动的河流呵
柔情地灌溉两岸的繁华和文明

于是亲水的楼群一簇簇耸立起来了
芬芳的绿地也滴落一声声鸟鸣
还有博物馆、影视城、创意园和艺术中心
星星般闪烁在规划图那优美的岸线
苏州河，像注入一脉年轻的热血
展现活力四射而又仪态万方的姿容

我穿行在这流动着波涛的道路上
感应到她厚实的胸怀和匆促的步履
我迷上了滑翔而过的江鸥　水中梦想的鱼
临江的咖啡吧和华灯销魂的倒影
苏州河一天比一天日益风姿绰约
我含泪伫立桥头，自豪是个上海市民

总有一段河连着我的血管

武佩珧

总有一段河连着我的血管
否则，当您感到凝重和黑沉的时候
我的心
跳动的就不会如此的艰难

总有一段岸连着我的心田
否则，当您感到撞击和溃蚀的时候
我的心
跳动的就不会如此的窒息

总有一片水连着我的晴空
当您又一次被粉尘和肮脏污染的时候
我的心
跳动的就不会如此的疼，如此的痛

总有一种苦让苦痛苦
总有一种爱让爱流泪
总有一个小孩到老了他还在期待着
总有一个梦萦绕在我的前生后世

总有一首歌在我的喉结里我要放声地歌唱

总有一句话在我的呼吸中我要悄悄地对您说
噢！苏州河，我的母亲
我会永永久久地深深地爱您

无论我贫穷还是富有，无论我浪迹天涯还是化为尘埃
如同绿波绕着蓝天小草依着阳光
我都会深深地依恋着您依恋着您给予我的深远与广阔
依恋着您给予我的生命与辉煌

我梦中的河啊
流过我心灵的沙漠
唤醒我童年的传说

静静的苏州河
神望的母亲河
我心中的河啊
带给我无尽的向往
带给我无限的欢乐

捧一口清清的河水
滋润我的歌喉
我歌唱浓浓的亲情
生活里有爱就没有忧愁

喝一口清清的河水
提升我的探索

我潇洒面对艰难与困苦
勇于趟过人生所有的坎坷

抚摸清清的苏州河水
我圣洁的母亲河啊
千年的血脉与人民相连
万年的温柔靠人民呵护
你从古老流向未来
舞动着不老的前进的歌

抚摸清清的苏州河水
我永远的母亲河啊
我愿化作一群白鸽
飞翔在你的四周
让一切美梦成真
让我的歌带给你永远的欢乐

母亲河

征　帆

一条远古的母亲河
缓缓地流向我茂密的田间
她从原始的白垩纪流进了现代的文明史册
她从原始的唐古拉山流进了东方的苏州河
像一条质朴的巨龙哺育了两岸龙的传人

我从母亲阵痛的苦难中诞生
无数次朝歌月光，拥抱太阳
将散乱的思想纷飞聚拢在母亲河的胸脯
她带领着我幼稚的躯体
穿越了苍茫的人生海洋
她抚爱着我贫血的肌肤
跨过了险恶的峭壁悬崖
她鼓励着我胆怯的魂魄
走过了辽阔的戈壁草原
从此，心灵的太阳冉冉升起
人生起步的朝辉
霞光铺满了我青云的旅途
我蹒蹒跚跚、摇摇晃晃、颤颤荡荡
掠视了人世间春夏秋冬的季风
母亲河给了我征服自然的力量源泉

即便碎尸万段，我那微弱搏动的灵魂
依然能组合成人格的力量
去淌过阴霾霏雨笼罩的沼泽地……

我的田间开满了紫色迷离的鲜花
我的头顶飞翔着人生欢悦的鸽子
我的心路缀绿了青青欲滴的松竹
啊，母亲河
一条古老的苏州河
一个永恒的名字和偶像
我虔诚地朝拜就像朝拜圣母
但我不信佛
却坚信纯洁的江河和母亲的胸怀
为了母亲的尊严
我愿是一滴透亮晶莹的水珠
润湿抚柔母亲的肌肤
滋养拨动母亲的心脏
匍匐在母亲宽厚隆起的乳房
汇同母亲苗条的身材
一起骄傲、一起昂首
一起走向中国美丽的家园
……

苏州河咏叹

赵丽宏

没有江
就没有港口
没有河
就没有城市
人们聚集在江河畔
靠水为生
以水为路
水的流淌
犹如生命繁衍和律动
水的波光
映照着人间哀乐疾苦

苏州河
你就这样流过来
流过月光铺地的
沉睡原野
流过炊烟缭绕的
宁静乡村
流过兵荒马乱
流过饥馑贫困
流过晚霞和晨雾

流过渔灯和萤火
从荒凉缓缓流向繁华
从远古悠悠流到今天
流出了上海人
酸甜苦辣的生活
……

我常常想象
你当初的姿态
江南的柔媚
江北的旷达
都在你沉着的涛声里
交汇融和
我从不怀疑
你当初的清澈
看得见河底的绿草
数得清水里的游鱼
你像一匹绿色的锦缎
飘过城市
也像母亲胸脯上
流动的乳汁
滋润着两岸
香烟旺盛的村落
你的优美和典雅
决不亚于
塞纳河和涅瓦河

也不会逊色于
莱茵河的碧波

我记不清多少次
在你身边漫步
你像一个
变幻莫测的魔术师
在我的注视下
悄然变脸
时而污浊
如乌黑的墨汁
时而又浑黄
如黄河的浪波

偶尔的清澈
像昙花一现
却在我记忆中
美妙地凝固
我曾幻想变成
上一个世纪的画家
我是吴昌硕
我是黄宾虹
我是任伯年
我是虚谷
我踩着
青草覆盖的小路

在你的怀抱里
寻找画意
耳畔
有水面上波涛的微语
头顶
有树荫里百鸟的吟哦
用你的流水洗笔
蘸你的清波砚墨
绘树绘花
绘自由自在的鱼鸟
画山画河
画依山傍水的人物
梦醒时分
却见浊流汹涌
河上传来
小火轮的喧哗
还有弥漫在空气里的
腥浊
……

不过你还是给了我
童年的快乐
你在我记忆的库藏里
有声有色
站在你高高的桥头跳水
跳出了我的

大胆无畏
投入你无声的急流游泳
游出了我的
自信沉着
我还记得河上的
樯桅和桨橹
船娘摇橹的姿态
仪态万方
把艰辛的生计
美化成舞蹈和歌
我还记得桥头的
“天后宫”
那扇圆形的洞门里
隐藏着神秘
隐藏着往日的
刀光剑影
英雄的故事
淹没了鬼神传说
我还记得河边的
堆货场
那是孩子们的
迷宫和堡垒
童稚的“官兵捉强盗”
将历史风云
漫画一般浓缩
……

走过你
每一座姿态各异的桥
听过你
每一个时辰不同的歌
见过朝曦
在你的浪花上燃烧
看过晚霞
在你的涟漪中沉没
曲折的岁月
和你一起曲折地流
欸乃桨声
变成了机器的喧嚣
古老的木船
裹上了坚硬的铁壳
你两岸的楼房
像春天的竹林
一天天拔节
一天天蓬勃
而你，却变得
蓬头垢面
懒洋洋在城市里穿梭
你像一根
不堪入目的黑腰带
使走向未来的上海
为之失色

我曾经以为
你的清澈永难复返
现代的生活
怎能容忍一条肮脏的河
我曾经在我的诗里
把你诅咒
甚至一厢情愿地
代你呐喊——

把我填没吧
把我填没
我不愿意用
甩不脱的污浊
破坏上海的容颜
我不愿意用
扑不灭的腥臭
污染上海的天廓
哪怕，为我装上盖子
让我成为
一条地下之河
……

我的呐喊
也许可笑之极
我的悲观

也许幼稚浅薄
苏州河啊
面对你滚滚的浊流
应该羞愧的
是你的儿女子孙
我们无休无止地吸吮你
我们没完没了地奴役你
却没有想到
如何把你爱护
你以母性的温柔博大
承接了城市
无穷无尽的索取
容纳了人类
所有肮脏的排泄
你岸边的母亲们
一代一代老去
你怎么能
不疲惫不衰弱
你怎么能
保持清纯本色
你的黑色
是我们脸上的污点
你的浑浊
是我们心里的焦灼

是的，生活中

有一条江河多么好
没有江河
土地就会变成沙漠
是的，江河里
有清澈的流水多么好
江河污染
生活也会变得浑浊
天下的流水
原本都一样清澈
污染的根源
是人的愚昧和野蛮
是人的急功近利
还有贪婪虚浮
你终于引我们
走进醒悟的时刻
以你的累累伤痕
以你的疲惫衰弱
以你曲折踉跄的
沉重脚步

上海人，终于开始
为你的清洁忙碌
人们又重新梦想你
如诗如画的美色
我终于明白
不必把你填没

更不必为你修建
巨大的盖子
只要真正懂得
珍惜和爱护
你完全能在阳光下
和我们一起
走向新的世纪
走向美丽和清澈

如果有谁要你
在一夜之间变清
那是痴人说梦
是荒唐的闲扯
我知道轻诺寡信的时代
已经过去
我珍视人们对你
郑重的承诺
那天傍晚
我走出书房
想回到你身边
寻找儿时感觉
我发现破旧的码头
已经不知去向
迎接我的竟是一片
绿荫摇曳的花圃
香樟和玉兰

替代了凌乱的吊车
草坪和幽径
覆盖了潮湿的道路
拄杖的老人
在树林里散步
情侣的身影
在花叶间闪烁
我怀疑自己迷失了方向
只听见你清新的涛声
在身边低语
晚霞正在波涛荡漾中
静静燃烧
奇光灼灼
……

浪花的变奏

姜金城

带着质朴的向往
穿过原生的荒漠
你从太湖瓜泾口流来
啊，一个世纪又一个世纪
该怎样记录你的流程?

带着岁月的风尘
穿过漫天的硝烟
你涌动着生命的波涛
啊，一个世纪又一个世纪
该怎样感悟你的倔强?

养育了一片土地
养育了一个东方的大都市
养育了祖祖辈辈在这里生活的人们
用爱和恨
用血和泪
用不屈不挠的民族精神
闯出一条
多云、多雾、多风、多雨的航道!

碧水长天
潮起潮落
你见证了上海民族工业的发展
也承受了工业繁荣带来的污染
一河闪亮的灯火
一河流泻的拖船
牵出我们多少远久的记忆
一河游艇的浪带
一河绿地的倒影
带给我们多少最新的憧憬

从清澈到浑浊
从浑浊到清澈
这不是一个简单的回归
更不是大自然的恩赐与馈赠
它让我们认识了——
一条河的命运
就是一个城市的命运!

从清澈到浑浊
从浑浊到清澈
这不是生活浪花的变奏
更不是新时代的童话与幻觉
它让我们懂得了——
珍惜一条河的生命
就是珍惜她所养育的人的生命!

带着新世纪的期望
沿着生态文明的流向
你从可持续发展的源头起程
每一簇浪花，都有美丽蓝图的闪光
每一阵涛声，都有战略工程的宣言
啊，血脉相连的母亲河
我们深深地爱你，爱你！
爱你的奉献
爱你的巨变
爱你水鸟逐浪、鱼群穿波的航道
爱你奔腾不息的信念！

为了尽快实现你向生态文明的飞跃
我们知道该怎样履行儿女的使命！

水　魂

钱　涛

水灵灵从魂魄中飞升的
是申城隽永壮丽的英姿
——题记

一

涛声从远古极地传来
你邈远宽阔的非凡气概
飞珠溅玉越过汉唐的传说
豪气干宵一路迎向太阳奔去
青青蒹葭从春的页面闪过
祁祁喜雨站在水尖欢舞
美丽黄鸟在秋的两翼啁啾
声声好音沿着江岸飞翔
万顷碧水流淌造化的乳汁
滋润古老而年轻的水域文明
九曲十八湾一条黄金水道
缠满千年苇丛百年荻花
在吻热申城青春额头的瞬间
弥散一野清纯的芬芳

二

渔歌的号子从你的畅想里
飘动春汛中几声出海的宣言
几个小渔村恬静的帆片
扬起汉唐清韵一曲新的乐章
当三官塘桥江宁路桥外白渡桥
羽翼般张开都市的梦呓
在几十公里曲线的蜿蜒里
无数驳船把近代工业绾结在一起
天厨申新大隆都是精彩的词语
花团锦簇写一段华丽篇章
那些四季繁华随风飘飞
让石库门在都市原野尽情绽放
那些褐色河滩演绎成蛋格路
走响汗涔涔的城市音响

三

江边曾响起另类的小唱
江面泛起层层油污的浊浪
肮脏万国旗下的疯狂冒险
激情风景线上的浮躁律动
繁华在繁华的亵渎里凋零
文明在文明的践踏下啜泣
百年历史用冲天火光满身油汗
记录水域腹地贫瘠而真实的一面

母亲河匆匆走过那一串难堪的日子
一江丽水涌动浑浊和惆怅
当周家桥和北新泾的下游水面
浮满彩色斑斓的诅咒泡沫
你的儿女用心擂响沉重的誓言
写成“梦清园”里那一声壮美绝唱

四

江浪拍击百里长堤
水魂激荡万千精英
当千幢摩天大楼耸立江岸
当万幅精美蓝图昭示日月
因河而生因河而兴的子民
扬起一道通亮的火把
“苏州河文化长廊”像层层涟漪
让无数晶莹水珠相映成趣
关于“水岸经济”“水岸文化”的畅想
连缀成国际大都市的美丽风景
终于进入百年一遇的辉煌
流光溢彩的故事款款而至
复清的河水晶亮都市的明眸
将申城时尚凝视成绝代风采

五

涛声从远古极地传来
你的呼吸如长天擂鼓大海和声

刚的坚硬和柔的秀美
在水的魂魄里完美交融
苏州河孕育的故事里透出
重瓣牡丹冷艳绿梅的馨香
申城的血脉随着母亲河
汹涌澎湃着奔向海洋
江风和着潮音
江涛裹挟海浪
把申城儿女情愫的浪花
飞雨般洒向四面八方
在一片注定要崛起的水域
演绎人类最华美的辞章

在我心灵梦境绽放爱情

高元兴

没有什么可以使我放弃
对你的爱
哪怕眼前静默的西雅图港的黄昏
夕阳燃烧着那么热烈的波光鸥影

最美不过家乡水
苏州河，今夜
你的美在我心灵梦境绽放爱情

爱是一个神圣的字眼
尤其在东方，那是需要付出一生的生命精粹

不用避讳，苏州河，在我成长的时候
你从清澈的，浑黄的
变成污浊的，黑臭的
你的水波不仅流动着城市的繁华与沧桑
也摇晃着上海的一个个幽怨和梦呓
但纵使污秽的岁月我们也有清纯的信念
对你的爱一刻也没有停止
你是故乡切不断的血脉和灵魂依恋

我曾对一位诗人的诗产生共鸣
希冀把被污染的苏州河的水洗亮
洗红夕阳的爱恋，洗清霜月的柔情
洗出暗香浮动，洗出鸥翔鱼跃
一颗闪亮的星星，一个闪亮的思念
以及杨柳丝摇动的朦胧初恋

可是，为什么，今天
你与时代一起绽放青春和美的浪漫
不再是“黑色的牡丹花”，那是岁月的嘲讽
而我，却有一点泪痕被海风擦干

我是从苏州河畔走出来的
走过恒丰路桥、新闸路桥、福建路桥
走向黄浦江、东海、太平洋
走出生命的本真、深邃与浩瀚
地球是圆的，相通的不仅仅是水
流动和抵达的还有意志、情感
开放的波浪，有一种光芒在时空闪耀微笑

世间的美是无尽的，无尽的向往呵
但最美的依然是家乡水
千里万里，总在我心头呢喃
苏州河是我最美的祈盼
祈盼，最美的明天

而此刻，北太平洋的海面沉浸幽静
我的心却不住地闪烁激动
莫不是遥远的苏州河的风
千万里地追寻
越过江海
吹动，我的无眠

理想已经启程
——游苏州河有感

郭在精

近百年来你承载了太多的淤泥
近百年来你承载了太多的苦难
你旖旎明丽的风光到哪里去了
你清澈妩媚的形象到哪里去了
为何你成了脏和臭的黑色
黑色成了人们重重的叹息
几时春风吹来了
吹醒了沉醉的人们
这流不尽的河流啊
是我们赖以生存的水源和分子
是我们赖以生长的血管和神经
不能让它癌变
不能让它污染
于是人们有了梦清的蓝图
有了梦清的绿草地绿公园
有了梦清的河水和两岸风光
有了与世界大河媲美的设想
于是，今天我们在河上作了一次漫游
半个多世纪从未有过的舒畅
曲曲弯弯

浪花喷溅
绿树隐隐
两岸宁静
有诗人激动得站立不稳
有主人急迫得摔了跟斗
那是理想已经启程
那是河水开始变清
英烈顾正红正眺望着我们
码头正铺展出一片天地新
清澈妩媚
会融入到我们的血管和神经
旖旎明丽
会展现出我们大都会的风景
让我们重新打扮美丽的苏州河
让世人重新赞美还原水流之美的人们

梦清园系情

路　鸿

我是一条悠哉悠哉的小鱼
在游艇的陪伴下
观赏苏州河岸线的美景
鱼我两相忘
相忘在梦清园的亲水河滨
抑或是真的陶醉了
踏上船码头
双脚还有点踉跄不稳

往昔这里是一卷黑白胶片
犬牙交错的棚户如牙床般不整
工厂排污管大口大口呕吐
黑水腐臭得令路人捏鼻疾行
一长串机动船水蛇般航运
河面曲折漂浮起一道道油痕
串条鱼曾伴着我的童年活蹦乱跳
鱼儿以后竟和苏州河绝情
寸土寸金的黄金地带
挑逗不了房产开发商的亢奋

如今苏州河岸线

简直是现实中的桃源仙境
依依杨柳为我舞蹈
荫荫林木湿我衣衿
萋萋草坪邀我小憩
拳拳湖石请我赏心
儿童的欢笑入耳嬉戏
情侣的魅影留眼滋润
杏花疏影里
老人摩挲着晚年的幸福
熹微阳光中
新婚夫妇和谐地推着车中爱婴
梦清园四周
氤氲着一派祥和的温馨

在梦清园里惬意徜徉
我这尾小鱼儿游得自在舒心
有一组群雕立上如水浅草
隔岸是中远两湾城的高耸楼群
有个少年头顶覆着荷叶
那就是我遗失的童年
鱼钩晃动着欢欣

几多多梦见苏州河水返清
梦觉庆幸黑水还未污染梦境
梦清梦清
几代人的梦清

只待春天的故事里的那场春风
才明矾般地将苏州河水澄清

流连在梦清园的天然氧吧
五脏六腑，乃至
我们的思维思想
我们的生存环境
全要梦清得不落纤尘

在梦清园里憧憬
梦想定能成真

神奇的十八湾

蔡兆良

渔火一亮一闪
蛙鸣一青一黄
垂柳弯成的十八湾
母亲河丰盈起柔美的曲线

新世纪的夜半钟声
千年客船靠上岸
长袍马褂拾阶而上
沪宁门户镶嵌了
一排又一排鎏金的铜钉
面粉厂、纺织机、商行
大江南北回眸闪烁
母亲胸前佩环叮当

殖民者以冒险家的脸谱
张开猩红血口
狐步如电闪
疯狂了一曲又一曲
沿江留下串串垂涎的口红

苏浙皖移民

梅雨天用汗水沿河
缝补的补丁
一叠叠，一褡褡棚户
是一张张敷贴在母亲骨节上
隐隐作痛的伤膏

当两湾城鲤鱼似地跳出河面
群鹿雀跃，群鹿雀跃
向阳光，展开的奔腾
硌疼了蔚蓝
晨光甩出了抛物线
十八湾弯成一把把弓箭
飞镝遨向宇宙！

我划着你（外一首）

薛锡祥

从怀抱琵琶半遮面的评弹里划来
丝竹声声
从寒山寺夜半钟声里划来
梦里看灯醉眼蒙眬
从苏绣的红蜻蜓蓝蝴蝶图案中划来
缠绵成一缕彩线
从黄浦江的拐弯处划来
划出你的弯弯

我是一叶桨
把你划得痒痒的
将你的浪花划出各各笑声
你划着我，我也痒痒
你说，在我的桨上
嗅得着飘荷香的蛙鸣

我划着你
揉动你润滑的肌肤
揉动你软软的情怀
揉动你想说又说不出的娇羞
揉动你从明朝流淌来的月华

叠映今宵的灯影，潺潺、潺潺

苏州河，我划着你
冥冥中一百年前
我划着你章节中罗列星辰的文字
找回迷失已久的那段和你相吻的艳史
波心幻化一瓣莲花一瓣馨香

苏州河的长度

我不问苏州河的宽度
不问浪击堤岸声飘进哪家船只
不问水上灯火点亮哪一座码头、哪一个渡口
不问鱼跃虾蹦抢夺哪一片月光
不问鸥鸟的画圈营造哪一亩领地
不问木橹欸乃穿行哪一拱桥
我只想知道她的长度

她长长的涛韵被一缕柳丝钩住
轻轻一荡
就荡进了天后宫
她长长的波纹犹如上海少女卷曲的发辫
弯弯的怎么梳都拉不直
她长长的清流流进了我的生命
我的心情
我的血脉

我血脉的长度或许是她的尺寸
量来量去，够不着她的源头
她的源头不在太湖
在那天上，在那流淌的云和雨搬弄的风
以及风搬弄我的心情
苏州河的长度是我心情无数个来回

后　记

钟经纬

苏州河是上海的母亲河，更是普陀的母亲河，她蜿蜒普陀十余公里，不仅留下了长达二十多公里的优美岸线，更留下了大量丰富的历史人文资源。古代的苏州河，烟波浩淼、浩汤东流，近百年来的苏州河，舟楫往来、热闹非凡，也又曾黑臭污浊、令人生畏，而如今的苏州河水清鱼乐、岸边花香。一条苏州河，就仿似一幅普陀前行的历史画卷，这画卷上的点点滴滴正是这前行的脚印，坚毅而真切。

人类临河而居，“苏州河水兴普陀”，她滋养了普陀儿女，见证了上海这座城市的演进步伐，而生活在这片土地上的人们也对苏州河充满了感情。苏州河不仅与两岸人们的生产生活息息相关，也是两岸人们的精神家园和文化场。苏州河，既是有形的生存空间，更是无形的心灵港湾，千百年来为文学艺术创作提供了素材和养分、营造了极大的空间，让文学艺术家们遨游其中。二十世纪四十年代，由著名音乐家陈歌辛词曲、流行歌手姚敏、姚莉兄妹的一曲《苏州河边》，唱出了苏州河的风情，演绎出苏州河畔的爱情，成为经典而被不断翻唱。

丽娃河，曾是苏州河的一条支流，因为近百年来大夏大学、华东师大的人文滋养而不再是一条普通的河流，也不仅是一条校园河，她已是一条文学河、爱情河、文脉河。也正因为丽娃河畔的华东师大中文系，“华东师大作家群”应运而生，并成为全国唯一的一种文学现象，也自然成为了普陀区内的文学高峰和标杆。有了“华东师大作家群”的加持，使得上海市作协有超过十分之一的会员生活在普陀，而中国作协会员的这一比例则更高。正是基于这种得天独厚的资源，在普陀区委宣传部和区文化局的关心下，普陀区作家协会于 2017 年在普陀区图书馆正式成立，“华东师大作家群”的领衔作家、诗人赵丽宏，文艺评论家杨扬分别担任名誉主席和主席。普陀作协从诞生的那一刻起，就与“华东师大作家群”有了天然而密不可分的关系。

成立伊始，普陀作协就紧紧抓住苏州河这一历史文化资源和土壤，围绕苏州河、围绕大家生活着的普陀这片土地，组织文学活动和开展文学创作，积极培育“苏州河作家联盟”。在上海文化品牌的建设中，普陀区提出了打响“苏河十八湾”文化品牌，加快建设上海文化品牌特色承载区的决定，“苏州河作家联盟”正是“苏河十八湾”文化品牌的重要一环。在这里，普陀作家和苏州河作家已成为一种命运共同体。从某种程度上来讲，普陀作协的作家，就是“苏州河作家联盟”的成员，普陀作家的作品，就是“苏州河作家联盟”的成果。两年来，围绕着这一主题和“共同光环”，普陀作协开展了一系列的采风、创作和分享活动，作家凝聚力不断增强、优秀原创作品不断涌现，“苏州河作家联盟”开始形成，并开始产生一定的影响力和辐射力。为了见证“苏州河作家群”的成长脚印，辑录作家的优秀作品，我们启动了这部《印象——苏州河作家联盟作品集》的编辑工作。

《作品集》共收录了“苏州河作家联盟”成员近期专题创作的作品近六十篇，分为散文和诗歌两个版块。这些作品或是叙写、或是抒怀，都是苏州河畔作家心境的流淌。这是第一部作品集，或许文字还有些粗糙，编辑也缺乏经验，但这毕竟是我们勇敢迈出的第一步。我们有信心以后会有更多、更好的作品集、作品丛书面世，我们的队伍也将不断地充实和庞大。

尽管“苏州河作家联盟”目前还是一个年轻的群体，这本《作品集》也只是一部仅有寥寥十数万字的“处女集”，但相信有着苏州河水的滋养，有着“华东师大作家群”的引领，有着普陀作协人的努力，“苏州河作家联盟”将不断前行，创作出更多无愧于时代、流传后世的佳作，成为苏州河畔一张亮丽而永恒的文化名片。

2019 年 5 月于普陀区图书馆

（作者系普陀区图书馆书记、馆长，

普陀区文化遗产保护和管理委员会办公室主任）